海上花开

国语海上花列传 I

青马(天津)文化有限公司
出 品

目录

海上花列传序　　1

译者识　　15

第一回　赵朴斋咸瓜街访舅
　　　　洪善卿聚秀堂做媒　　21

第二回　小伙子装烟空一笑
　　　　清倌人吃酒枉相讥　　32

第三回　议芳名小妹附招牌
　　　　拘俗礼西崽翻首座　　43

第四回　看面情代庖当买办
　　　　丢眼色吃醋是包荒　　54

第五回　垫空当快手结新欢
　　　　包住宅调头瞒旧好　　65

第六回　养囡鱼戏言征善教
　　　　管老鸨奇事反常情　　76

第七回　恶圈套罩住迷魂阵
　　　　美姻缘填成薄命坑　　86

第八回　蓄深心劫留红线盒
　　　　逞利口谢却七香车　　96

第九回　沈小红拳翻张蕙贞
　　　　黄翠凤舌战罗子富　　107

第一〇回　理新妆讨人严训导
　　　　　还旧债清客钝机锋　　117

第一一回　乱撞钟比舍受虚惊
　　　　　齐举案联襟承厚待　　127

第一二回	背冤家拜烦和事老 装鬼戏催转踏谣娘	137
第一三回	挨城门陆秀宝开宝 抬轿子周少和碰和	147
第一四回	单拆单单嫖明受侮 合上合合赌暗通谋	157
第一五回	屠明珠出局公和里 李实夫开灯花雨楼	168
第一六回	种果毒大户拓便宜 打花和小娘陪消遣	178
第一七回	别有心肠私讥老母 将何面目重责贤甥	188
第一八回	添夹袄厚谊即深情 补双台阜财能解愠	198
第一九回	错会深心两情浃洽 强扶弱体一病缠绵	208
第二〇回	提心事对镜出谵言 动情魔同衾惊噩梦	218
第二一回	问失物瞒客诈求签 限归期怕妻偷摆酒	228
第二二回	借洋钱赎身初定议 买首饰赌嘴早伤和	239
第二三回	甥女听来背后言 老婆出尽当场丑	250
第二四回	只怕招冤同行相护 自甘落魄失路谁悲	260

第二五回	翻前事抢白更多情 约后期落红谁解语	270
第二六回	真本事耳际夜闻声 假好人眉间春动色	281
第二七回	搅欢场醉汉吐空喉 证孽冤淫娼烧炙手	291
第二八回	局赌露风巡丁登屋 乡亲削色嫖客拉车	301
第二九回	隔壁邻居寻兄结伴 过房亲眷挈妹同游	311
第三〇回	新住家客栈用相帮 老师傅茶楼谈不肖	321
第三一回	长辈埋冤亲情断绝 方家贻笑臭味差池	331
第三二回	诸金花效法受皮鞭 周双玉定情遗手帕	342

海上花列传序

胡适

探寻《海上花列传》的作者

《海上花列传》的作者自称"花也怜侬",他的历史我们起先都不知道。民国九年,蒋瑞藻先生的《小说考证》卷八引《谭瀛室笔记》说:

"《海上花》作者为松江韩君子云。韩为人风流蕴藉,善弈棋,兼有阿芙蓉癖;旅居沪上甚久,曾充报馆编辑之职。所得笔墨之资悉挥霍于花丛。阅历既深,此中狐媚伎俩洞烛无遗,笔意又足以达之。……"

民国十一年,上海清华书局重排的《海上花》出版,有许廑父先生的序,中有云:

"《海上花列传》……或曰松江韩太痴所著也。韩初业幕,以伉直不合时宜,中年后乃匿身海上,以诗酒自娱。既而病穷,……于是乎有《海上花列传》之作。"

这段话太浮泛了,使人不能相信。所以我便打定主意另寻可靠的材料。

我先问陈陶遗先生,托他向松江同乡中访问韩子云的历史。

陶遗先生不久就做了江苏省长；在他往南京就职之前，他来回覆我，说韩子云的事实一时访不着；但他知道孙玉声先生（海上漱石生）和韩君认识，也许他能供给我一点材料。我正想去访问孙先生，恰巧他的《退醒庐笔记》出版了。我第一天见了广告，便去买来看；果然在《笔记》下卷（页十二）寻得"海上花列传"一条：

"云间韩子云明经，别篆太仙，博雅能文，自成一家言，不屑傍人门户。尝主《申报》笔政，自署曰大一山人，太仙二字之拆字格也。辛卯（一八九一）秋应试北闱，余识之于大蒋家衖衖松江会馆，一见有若旧识。场后南旋，同乘招商局海定轮船，长途无俚，出其著而未竣之小说稿相示，颜曰花国春秋，回目已得二十有四，书则仅成其半。时余正撰《海上繁华梦》初集，已成二十一回；舟中乃易稿互读，喜此二书异途同归，相顾欣赏不置。惟韩谓花国春秋之名不甚惬意，拟改为海上花。而余则谓此书通体皆操吴语，恐阅者不甚了了；且吴语中有音无字之字甚多，下笔时殊费研考，不如改易通俗白话为佳。乃韩言：'曹雪芹撰《石头记》皆操京语，我书安见不可以操吴语？'并指稿中有音无字之齆鬖诸字，谓'虽出自臆造，然当日仓颉造字，度亦以意为之。文人游戏三昧，更何妨自我作古，得以生面别开？'余知其不可谏，斯勿复语。逮至两书相继出版，韩书已易名曰《海上花列传》，而吴语则悉仍其旧，致客省人几难卒读，遂令绝好笔墨竟不获风行于时。而《繁华梦》则年必再版，所销已不知几十万册。于以慨韩君之欲以吴语著书，独树一帜，当日实为大误。盖吴语限于一隅，非若京语之到处流行，人人畅晓，故不可与《石头记》并论也。"

我看了这一段，便写信给孙玉声先生，请问几个问题。

(1) 韩子云的"考名"是什么？
(2) 生卒的时代？
(3) 他的其他事迹？

孙先生回信说这几个问题他都不能回答；但他允许我托松江的朋友代为调查。

直到今年二月初，孙玉声先生亲自来看我，带来《小时报》一张，有"松江颠公"的一条《懒窝随笔》，题为"《海上花列传》之著作者"。据孙先生说，他也不知道这位"松江颠公"是谁；他托了松江金剑华先生去访问，结果便是这篇长文。孙先生又说，松江雷君曜先生（瑨）从前作报馆文字时署名"颠"字，大概这位颠公就是他。

颠公说：

"……作者自署为'花也怜侬'，因当时风气未开，小说家身价不如今日之尊贵，故不愿使世人知真实姓名，随意署一别号。

"按作者之真姓名为韩邦庆，字子云，别号太仙，又自署大一山人，即太仙二字之拆字格也。籍隶旧松江府属之娄县。本生父韩宗文，字六一，清咸丰戊午（一八五八）科顺天榜举人，素负文誉，官刑部主事。作者自幼随父宦游京师，资质极聪慧，读书别有神悟。及长，南旋，应童试，入娄庠为诸生。越岁，食廪饩，时年甫二十余也。屡应秋试，不获售。尝一试北闱，仍铩羽而归。自此遂淡于功名。为人潇洒绝俗，家境虽寒素，然从不重视'阿堵物'，弹琴赋诗，怡如也。尤精于弈；与知友楸枰相对，气宇闲雅，偶下一子，必精警出人意表。至今松人之谈善弈者，犹必数作者为能品云。

"作者常年旅居沪渎，与《申报》主笔钱忻伯、何桂笙诸人暨沪上诸名士互以诗唱酬,亦尝担任《申报》撰著;顾性落拓不耐拘束,除偶作论说外,若琐碎繁冗之编辑,掉头不屑也。与某校书最昵,常日匿居其妆阁中,兴之所至,拾残纸秃笔,一挥万言。盖是书即属稿于此时。

"书共六十四回,印全未久,作者即赴召玉楼,寿仅三十有九。殁后诗文杂著散失无存,闻者无不惜之。妻严氏,生一子,三岁即夭折;遂无嗣。一女字童芬,嫁聂姓,今亦夫妇双亡。惟严氏现犹健在,年已七十有五,盖长作者五岁云。……"

过了几个月,《时报》(四月廿二日)又登出一条《懒窝随笔》,题为"太仙漫稿",其中也有许多可以补充前文的材料。我们把此条的前半段也转载在这里:

"小说《海上花列传》之著作者韩子云君,前已略述其梗概。某君与韩为文字交,兹又谈其轶事云:君小名三庆,及应童试,即以庆为名,嗣又改名奇。幼时从同邑蔡蔼云先生习制举业,为诗文聪慧绝伦。入泮时诗题为'春城无处不飞花'。所作试帖微妙清灵,艺林传诵。逾年应岁试,文题为'不可以作巫医',通篇系游戏笔墨,见者惊其用笔之神妙,而深虑不中程式。学使者爱其才,案发,列一等,食饩于庠。君性落拓,年未弱冠,已染烟霞癖。家贫不能佣仆役,惟一婢名雅兰,朝夕给使令而已。时有父执谢某,官于豫省,知君家况清寒,特函招入幕。在豫数年,主宾相得。某岁秋闱,辞居停,由豫入都,应顺天乡试。时携有短篇小说及杂作两册,署曰《太仙漫稿》。小说笔意略近《聊斋》,而诙诡奇诞,又类似庄、列之寓言。都中同人皆啧啧叹赏,誉为奇才。是年榜发,不得售,乃铩羽而归。君生性疏懒,凡有著述,随手散弃。今此二册,不知流落何所矣。稿末附有酒令灯谜等杂作,无不俊妙,郡人士至今犹能道之。"

《海上奇书》

《海上花》作者自己说全书笔法是从《儒林外史》脱化出来的。"脱化"两个字用的好，因为《海上花》的结构实在远胜于《儒林外史》，可以说是脱化，而不可说是模仿。《儒林外史》是一段一段的记载，没有一个鸟瞰的布局，所以前半说的是一班人，后半说的是另一班人——并且我们可以说，《儒林外史》每一个大段落都可以截作一个短篇故事，自成一个片段，与前文后文没有必然的关系。所以《儒林外史》里并没有什么"穿插"与"藏闪"的笔法。《海上花》便不同了。作者大概先有一个全局在脑中，所以能从容布置，把几个小故事都摺叠在一块，东穿一段，西插一段，或藏或露，指挥自如。所以我们可以说，在结构的方面，《海上花》远胜于《儒林外史》；《儒林外史》只是一串短篇故事，没有什么组织；《海上花》也只是一串短篇故事，却有一个综合的组织。

然而许多不相干的故事——甲客与乙妓，丙客与丁妓，戊客与己妓……的故事——究竟不能有真正的，自然的组织。怎么办呢？只有用作者所谓"穿插，藏闪"之法了。这部书叫做《海上花列传》，命名之中就表示这书是一种"合传"。这个体裁起于《史记》；但在《史记》里，这个合传体已有了优劣之分。如《滑稽列传》每段之末用"其后若干年，某国有某人"一句作结合的关键，这是很不自然的牵合。如《魏其武安侯列传》全靠事实本身的连络，时分时合，便自然成一篇合传。这种地方应该给后人一种教训：凡一个故事里的人物可以合传；几个不同的故事里的人物不可以合传。窦婴、田蚡、灌夫可以合传，但淳于髡、优孟、优旃只可以"汇编"在一块，而不可以合传。《儒林外史》只是一种"儒林故事的汇编"，而不能算作有自然连络的合传。《水浒传》稍好一点，因为其中的主要人物彼此都有点关系；然而有几个人——例如卢俊义——已是很勉强的了。《海上花》的人物各有各的故事，本身并没有什么关系；本不能合传，故作者不能不煞费苦心，把许多故事打通，摺叠在一块，让这几个故事同时进行，同时发展。主脑的故事是赵朴斋兄妹的历史，从赵朴斋跌交起，至赵二宝做梦止。其中插入罗子富与黄翠凤的故事，王莲生与张蕙贞、沈小红的故事，陶玉甫与李漱芳、李浣芳的故事，朱淑人与周双玉的故事，此外还有无数小故事。作者不愿学《儒林外史》那样先叙完一事，然后再叙第二事，所以他改用"穿插，藏闪"之法，"一波未平，一波又起"，阅者"急欲观后文，而后文又舍而叙他事矣。"其中牵线的人物，前半是洪善卿，后半是齐韵叟。这是一种文学技术上的试验，要试试几个不相干的故事里的人物是否可以合传。所谓"穿插，藏闪"的笔法，不过是实行这种试验的一种方法。至于这个方法是否成功，这却要读者自己去评判。看惯了西洋那种格局单一的小说的人，也许要嫌这种"摺叠式"的格局有点牵强，有点不自然。反过来说，看惯了《官场现形记》和《九尾龟》那一类毫无格局的小说的人，也许能赏识《海上花》是一部很有组织的书。至少我们对于作者这样自觉地作文学技术上的试验，是应该十分表敬意的。

例言另一条说：

"合传之体有三难。一曰无雷同：一书百十人，其性情言语面目行为，此与彼稍有相仿，即是雷同。一曰无矛盾：一人而前后数见,前与后稍有不符,即是矛盾。一曰无挂漏:写一人而无结局,挂漏也;叙一事而无收场,亦挂漏也。知是三者,而后可与言说部。"这三难之中,第三项并不重要,可以不论。第一第二两项即是我们现在所谓"个性的描写"。彼与此无雷同,是个性的区别;前与后无矛盾,是个人人格的一致。《海上花》的特别长处不在他的"穿插,藏闪"的笔法,而在于他的"无雷同,无矛盾"的描写个性。作者自己也很注意这一点,所以第十一期上有例言一条说:

"廿二回如黄翠凤、张蕙贞、吴雪香诸人皆是第二次描写,所载事实言语自应前后关照;至于性情脾气态度行为有一丝不合之处否?阅者反覆查勘之,幸甚。"

这样自觉地注意自己的技术,真可令人佩服。前人写妓女,很少能描写他们的个性区别的。十九世纪的中叶(一八四八)邗上蒙人的《风月梦》出世,始有稍稍描写妓女个性的书。到《海上花》出世,一个第一流的作者用他的全力来描写上海妓家的生活,自觉地描写各人的"性情,脾气,态度,行为",这种技术方才有充分的发展。《海上花》写黄翠凤之辣,张蕙贞之庸凡,吴雪香之憨,周双玉之骄,陆秀宝之浪,李漱芳之痴情,卫霞仙之口才,赵二宝之忠厚,……都有个性的区别,可算是一大成功。

海上花是吴语文学的第一部杰作

但是《海上花》的作者的最大贡献还在他的采用苏州土话。我们要知道,在三十多年前,用吴语作小说还是破天荒的事。《海上花》是苏州土话的文学的第一部杰作。苏白的文学起于明代;但无论为传奇中的说白,无论为弹词中的唱与白,都只居于附属的地位,不成为独立的方言文学。苏州土白的文学的正式成立,要从《海上花》算起。

我在别处(《〈吴歌甲集〉序》)曾说:

"老实说罢,国语不过是最优胜的一种方言;今日的国语文学在多少年前都不过是方言的文学。正因为当时的人肯用方言作文学,敢用方言作文学,所以一千多年之中积下了不少的活文学,其中那最有普遍性的部分逐渐被公认为国语文学的基础。我们自然不应该仅仅抱着这一点历史遗传下来的基础就自己满足了。国语的文学从方言的文学里出来,仍需要向方言的文学里去寻他的新材料,新血液,新生命。

"这是从'国语文学'的方面设想。若从文学的广义着想,我们更不能不倚靠方言了。文学要能表现个性的差异;乞婆娼女人人都说司马迁、班固的古文固是可笑,而张三、李四人人都说《红楼梦》、《儒林外史》的白话也是很可笑的。古人早已见到这一层,所以鲁智深与李逵都打着不少的土话,《金瓶梅》里的重要人物更以土话见长。平话小说如《三侠五义》、《小五义》都有意夹用土话。南方文学中自晚明以来昆曲与小说中常常用苏州土话,其中很有绝精采的描写。试举《海上花列传》中的一段作个例:

"'……双玉近前,与淑人并坐床沿。双玉略略欠身,两手都搭着淑人左右肩膀,教淑人把右手勾着双玉头项,把左手按着双玉心窝,脸对脸问道:"倪七月里来里一笠园,也像故歇实概样式一淘坐来浪说个闲话,耐阿记得?"……'(六十三回)

"假如我们把双玉的话都改成官话:'我们七月里在一笠园,也像现在这样子坐在一块说的话,你记得吗?'——意思固然一毫不错,神气却减少多多了。……

"中国各地的方言之中，有三种方言已产生了不少的文学。第一是北京话，第二是苏州话（吴语），第三是广州话（粤语）。京话产生的文学最多，传播也最远。北京做了五百年的京城，八旗子弟的游宦与驻防，近年京调戏剧的流行：这都是京语文学传播的原因。粤语的文学以'粤讴'为中心；粤讴起于民间，而百年以来，自从招子庸以后，仿作的已不少，在韵文的方面已可算是很有成绩的了。但如今海内和海外能说广东话的人虽然不少，粤语的文学究竟离普通话太远，他的影响究竟还很少。介于京语文学与粤语文学之间的，有吴语的文学。论地域，则苏、松、常、太、杭、嘉、湖都可算是吴语区域。论历史，则已有了三百年之久。三百年来，凡学昆曲的无不受吴音的训练；近百年中，上海成为全国商业的中心，吴语也因此而占特殊的重要地位。加之江南女儿的秀美，久已征服了全国少年心；向日所谓南蛮𫘧舌之音，久已成了吴中女儿最系人心的软语了。故除了京语文学之外，吴语文学要算最有势力又最有希望的方言文学了。……"

这是我去年九月里说的话。那时我还没有见着孙玉声先生的《退醒庐笔记》，还不知道三四十年前韩子云用吴语作小说的困难情形。孙先生说：

"余则谓此书通体皆操吴语，恐阅者不甚了了；且吴语中有音无字之字甚多，下笔时殊费研考，不如改易通俗白话为佳。乃韩言：'曹雪芹撰《石头记》，皆操京语，我书安见不可以操吴语？'并指稿中有音无字之'勏，𠯒'诸字，谓'虽出自臆造，然当日仓颉造字，度亦以意为之。文人游戏三昧，更何妨自我作古，得以生面别开？'"

这一段记事大有历史价值。韩君认定《石头记》用京话是一大成功，故他也决计用苏州话作小说。这是有意的主张，有计划的文学革命。他在例言里指出造字的必要，说，若不如此，"便不合当时神理"。这真是一针见血的议论。方言的文学所以可贵，正因为方言最能表现人的神理。通俗的白话固然远胜于古文，但终不如方言的能表现说话的人的神情口气。古文里的人物是死人；通俗官话里的人物是做作不自然的活人；方言土话里的人物是自然流露的活人。

我们试引本书第二十三回里卫霞仙对姚奶奶说的一段话做一个例：

"耐个家主公末，该应到耐府浪去寻啘。耐倽辰光交代拨倪，故歇到该搭来寻耐家主公？倪堂子里倒勿曾到耐府浪来请客人，耐倒先到倪堂子里来寻耐家主公，阿要笑话！倪开仔堂子做生意，走得进来，总是客人，阿管俚是倽人个家主公！……老实搭耐说仔罢：二少爷来里耐府浪，故末是耐家主公；到仔该搭来，就是倪个客人哉。耐有本事，耐拿家主公看牢仔；为倽放俚到堂子里来白相？来里该搭堂子里，耐再要想拉得去，耐去问声看，上海夷场浪阿有该号规矩？故歇甏说二少爷勿曾来，就来仔，耐阿敢骂俚一声，打俚一记！耐欺瞒耐家主公，勿关倪事，要欺瞒仔倪个客人，耐当心点！"

这种轻松痛快的口齿，无论翻成那一种方言，都不能不失掉原来的神气。这真是方言文学独有的长处。

但是方言的文学有两个大困难。第一是有许多字向来不曾写定，单有口音，没有文字。第二是懂得的人太少。

然而方言是活的语言，是常常变化的；语言变了，传写的文字也应该跟着变。即如二百年前昆曲说白里的代名词,和现在通用的代名词已不同了。故三十多年前韩子云作《海上花》时,他不能不大胆地作一番重新写定苏州话的大事业。有些音是可以借用现成的字的。有时候,他还有创造新字的必要。他在例言里说:

"苏州土白弹词中所载多系俗字;但通行已久,人所共知,故仍用之。盖演义小说不必沾沾于考据也。"

这是采用现成的俗字。他又说:

"惟有有音而无字者。如说'勿要'二字,苏人每急呼之,并为一音。若仍作'勿要'二字,便不合当时神理;又无他字可以替代。故将'勿要'二字并写一格。阅者须知'覅'字本无此字,乃合二字作一音读也。……"

读者请注意:韩子云只造了一个"覅"字;而孙玉声去年出版的《笔记》里却说他造了"朆""覅"等字。这是什么缘故呢?这一点可以证明两件事:

(1) 方言是时时变迁的。二百年前的苏州人说:

"弗要说哉。那说弗曾?"(《金锁记》)

三十多年前的苏州人说:

"故歇覅说二少爷勿曾来。"(《海上花》二十三回)

现在的人便要说:

"故歇覅说二少爷朆来。"

孙玉声看惯了近年新添的"朆"字,遂以为这也是韩子云创造的了。(《海上奇书》原本可证。)

(2) 这一点还可以证明这三十多年中吴语文学的进步。当韩子云造"覅"字时,他还感觉有说明的必要。近人造"朆"字时,便一直造了,连说明都用不着了。这虽是《九尾龟》一类的书的大功劳，然而韩子云的开山大魄力是我们不可忘记的。（我疑心作者以"子云"为字，后又改名"奇"，也许是表示仰慕那喜欢研究方言奇字的扬子云罢？）

关于方言文学的第二层困难——读者太少，我们也可以引证孙先生的《笔记》：

"逮至两书（《海上花》与《繁华梦》）相继出版，韩书……吴语悉仍其旧，致省人几难卒读，遂令绝好笔墨竟不获风行于时。而《繁华梦》则年必再版，所销已不知几十万册。于以慨韩君之欲以吴语著书，独树一帜，当日实为大误。盖吴语限于一隅，非若京语之到处流行，人人畅晓，故不可与《石头记》并论也。"

"松江颠公"似乎不赞成此说。他说《海上奇书》的销路不好，是因为"彼时小说风气未尽开，购阅者鲜，又以出版屡屡愆期，尤不为阅者所喜。"但我们想来，孙先生的解释似乎很近于事实。《海上花》是一个开路先锋，出版在三十五年前，那时的人对于小说本不热心，对于方言土话的小说尤其不热心。那时道路交通很不便，苏州话通行的区域很有限；上海还在轿子与马车的时代，还在煤油灯的时代，商业远不如今日的繁盛；苏州妓女的势力范围还只限于江南，北方绝少南妓。所以当时传播吴语文学的工具只有昆曲一项。在那个时候，吴语的小说确然没有风行一世的可能。所以《海上花》出世之后，销路很不见好，翻印的本子绝少。我做小学生的时候，只见着一种小石印本，后来竟没有见别种本子。以后二十年中，连这种小石印本也找不着了。许多爱读小说的人竟不知有这部书。这种事实使我们不能不承认方言文学创始之难，也就使我们对于那决心以吴语著书的韩子云感觉格外的崇敬了。

然而用苏白却不是《海上花》不风行的唯一原因。《海上花》是一部文学作品,富有文学的风格与文学的艺术,不是一般读者所能赏识的。《海上繁华梦》与《九尾龟》所以能风行一时,正因为他们都只刚刚够得上"嫖界指南"的资格,而都没有文学的价值,都没有深沉的见解与深刻的描写。这些书都只是供一般读者消遣的书,读时无所用心,读过毫无余味。《海上花》便不然了。《海上花》的长处在于语言的传神,描写的细致,同每一故事的自然地发展;读时耐人仔细玩味,读过之后令人感觉深刻的印象与悠然不尽的余韵。鲁迅先生称赞《海上花》"平淡而近自然"。这是文学上很不易做到的境界。但这种"平淡而近自然"的风格是普通看小说的人所不能赏识的。《海上花》所以不能风行一世,这也是一个重要原因。

　　然而《海上花》的文学价值究竟免不了一部分人的欣赏。即如孙玉声先生,他虽然不赞成此书的苏州方言,却也不能不承认他是"绝好笔墨"。又如我十五六岁时就听见我的哥哥绍之对人称赞《海上花》的好处。大概《海上花》虽然不曾受多数人的欢迎,却也得着了少数读者的欣赏赞叹。当日的不能畅销,是一切开山的作品应有的牺牲;少数人的欣赏赞叹,是一部第一流的文学作品应得的胜利。但《海上花》的胜利不单是作者私人的胜利,乃是吴语文学的运动的胜利。

　　我们在这时候很郑重地把《海上花》重新校印出版。我们希望这部吴语文学的开山作品的重新出世能够引起一些说吴语的文人的注意,希望他们继续发展这个已经成熟的吴语文学的趋势。如果这一部方言文学的杰作还能引起别处文人创作各地方言文学的兴味,如果从今以后有各地的方言文学继续起来供给中国新文学的新材料，新血液，新生命，——那么，韩子云与他的《海上花列传》真可以说是给中国文学开一个新局面了。

十五，六，三十，在北京

（转载节录自远东图书公司出版《胡适文存》第三集卷六《〈海上花列传〉序》）

译者识

半世纪前，胡适先生为《海上花》作序，称为"吴语文学的第一部杰作"。沧海桑田，当时盛行的写妓院的吴语小说早已跟着较广义的"社会小说"过时了，绝迹前也并没有第二部杰作出现。"吴语文学的第一部杰作"，不如说是方言文学的第一部杰作，既然粤语闽南语文学还是生气蓬勃，闽南语的尤其前途广阔，因为外省人养成欣赏力的更多。

自《九尾龟》以来，吴语小说其实都是夹苏白，或是妓女说苏白，嫖客说官话，一般人比较容易懂。全部吴语对白，《海上花》是最初也是最后的一个，没人敢再蹈覆辙——如果知道有这本书的话。《海上花》在十九世纪末出版；民初倒已经湮灭了。一九二〇年蒋瑞藻著《小说考证》，引《谭瀛室笔记》，说《海上花列传》作者"花也怜侬"是松江韩子云。一九二二年清华书局翻印《海上花》，许廑父序中说："或曰松江韩太痴所著也。"三年后胡适另托朋友在松江同乡中打听，发现孙玉声（海上漱石生）曾经认识韩子云，但是也不知道他的底细，辗转代问《小时报》专栏作家"松江颠公"（大概是雷瑨，字君曜），答覆是《小时报》上一篇长文关于韩邦庆（字子云），这才有了些可靠的传记资料。胡适算出生卒年。

一八九四年《海上花》出单行本，同年作者逝世，才三十九岁。

一九二六年亚东书局出版的标点本《海上花》有胡适、刘半农序。现在仅存的亚东本，海外几家大学图书馆收藏的都算是稀有的珍本了。清华书局出的想必绝版得更早，昙花一现。迄今很少人知道。我等于做打捞工作，把书中吴语翻译出来，像译外文一样，难免有些地方失去语气的神韵，但是希望至少替大众保存了这本书。

胡适指出此书当初滞销不是完全因为用吴语。但是到了二〇、三〇年间，看小说的态度不同了，而经胡适发掘出来，与刘半农合力推荐的结果，怎么还是一部失落的杰作？关于这一点，我的感想很多，等这国语本连载完了再谈了，也免得提起内容，泄露情节，破坏了故事的悬疑。

第三十八回前附记：

亚东本刘半农序指出此书缺点在后半部大段平铺直叙写名园名士——内中高亚白文武双全，还精通医道，简直有点像《野叟曝言》的文素臣——借此把作者"自己以为得意"的一些诗词与文言小说插入书中。我觉得尤其是几个"四书酒令"是卡住现代读者的一个瓶颈——过去读书人"四书"全都滚瓜烂熟，这种文字游戏的趣味不幸是有时间性的，而又不像《红楼梦》里的酒令表达个性，有的还预言各人命运。

所以《海上花》连载到中途，还是不得不照原先的译书计划，为了尊重原著放弃了的：删掉四回，用最低限度的改写补缀起来，成为较紧凑的"六十回《海上花》"。回目没动，除了第四十、四十一回两回并一回，原来的回目是：

"纵玩赏七夕鹊填桥　善俳谐一言雕贯箭"

"冲绣阁恶语牵三划（注一）　佐瑶觞陈言别四声"

代拟为：

"渡银河七夕续欢娱　冲绣阁一旦断情谊"

第五十、五十一回也是两回并一回，回目本来是：

"软厮缠有意捉讹头（注二）　恶打岔无端尝毒手"

"胸中块'秽史'寄牢骚（注三）　眼下钉小蛮（注四）争宠眷"

改为：

"软里硬太岁找碴　眼中钉小蛮争宠"

书中典故幸而有宋淇夫妇帮忙。本来还要多，多数在删掉的四回内。好像他们还不够忙，还要白忙！实在真对不起人。但是资料我都保留着，万一这六十回本能成为普及本，甚至于引起研究的兴趣，会再出完整的六十四回本，就还可以加注。

注一：即"三划王"。

注二：流氓寻衅，捉出一个由头，好讹人。

注三：书中高亚白与尹痴鸳打赌，要他根据一本春宫古画册写篇故事，以包下最豪华的粤菜馆请客作交换条件。尹痴鸳大概因为考场失意，也就借此发泄胸中块垒。

注四：白居易诗："樱桃樊素口，杨柳小蛮腰"，写擅歌舞的家妓。

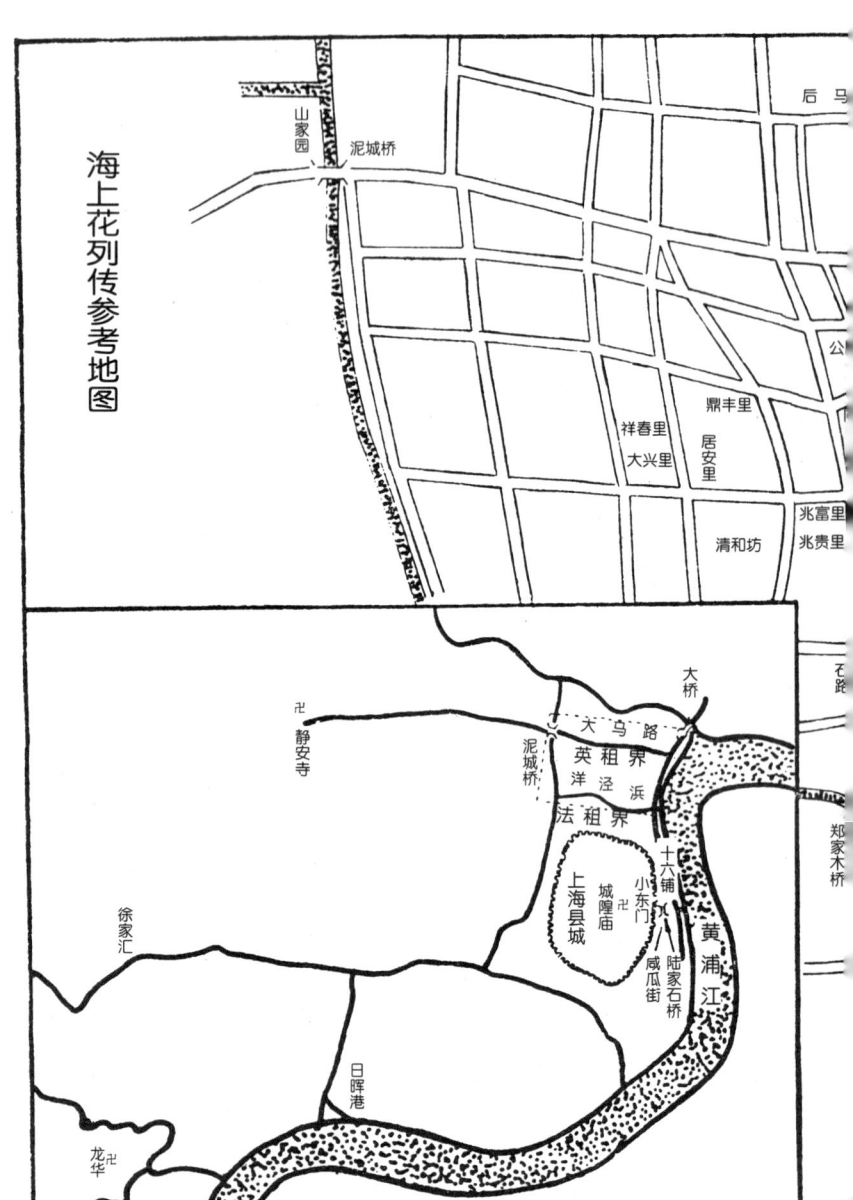

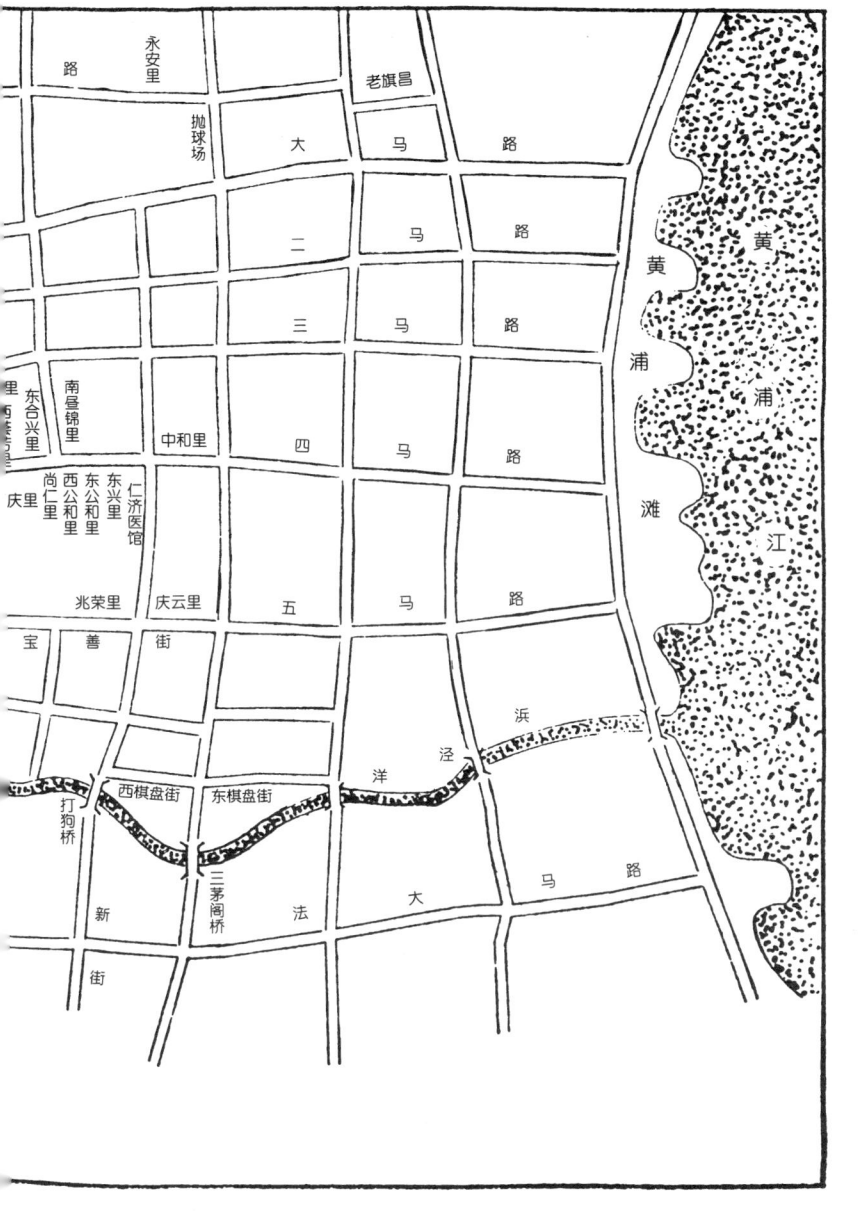

第一回
赵朴斋咸瓜街访舅　洪善卿聚秀堂做媒

按此一大说部书系花也怜侬所著，名曰《海上花列传》。只因海上自通商以来，南部烟花，日新月盛，凡冶游子弟，倾覆流离于狎邪者，不知凡几。虽有父兄，禁之不可；虽有师友，谏之不从。此岂其冥顽不灵哉？独不得一过来人为之现身说法耳。方其目挑心许，百样绸缪，当局者津津乎若有味焉；一经描摹出来，便觉令人欲呕，其有不爽然若失，废然自返者乎？花也怜侬具菩提心，运广长舌，写照传神，属辞此事，点缀渲染，跃跃如生，却绝无半个淫亵秽污字样，盖总不离警觉提撕之旨云。苟阅者按迹寻踪，心通其意，见当前之媚于西子，即可知背后之泼于夜叉；见今日之密于糟糠，即可卜他年之毒于蛇蝎：也算得是欲觉晨钟，发人深省者矣。此《海上花列传》之所以作也。

看官，你道这花也怜侬究是何等样人？原来古槐安国之北有黑甜乡，其主者曰趾离氏，尝仕为天禄大夫，晋封醴泉郡公，乃流寓于众香国之温柔乡，而自号花也怜侬云。所以花也怜侬，实是黑甜乡主人，日日在梦中过活，自己偏不信是梦，只当真的作起书来；及至捏造了这一部梦中之书，然后唤醒了那一场书中之梦。看官啊，你不要只在那里做梦，且看看这书，倒也不错。

这书即从花也怜侬一梦而起；也不知花也怜侬如何到了梦中，只觉得自己身子飘飘荡荡，把握不定，好似云催雾赶的滚了去，举首一望，已不在本原之地了，前后左右，寻不出一条道路，竟是一大片浩淼苍茫无边无际的花海。

看官须知道，"花海"二字非是杜撰的，只因这海本来没有什么水，只有无数花朵，连枝带叶，漂在海面上，又平匀，又绵软，浑如绣茵锦罽一般，竟把海水都盖住了。

花也怜侬只见花，不见水，喜得手舞足蹈起来，并不去理会这海的阔若干顷，深若干寻，还当在平地上似的，踯躅留连，不忍舍去。不料那花虽然枝叶扶疏，却都是没有根蒂的，花底下即是海水，被海水冲激起来，那花也只得随波逐流，听其所止。若不是遇着了蝶浪蜂狂，莺欺燕妒，就为那蚱蜢蟋蟀虾蟆蝼蚁之属，一味的披猖折辱，狼藉蹂躏。惟夭如桃，秾如李，富贵如牡丹，犹能砥柱中流，为群芳吐气；至于菊之秀逸，梅之孤高，兰之空山自芳，莲之出水不染，那里禁得起一些委屈，早已沉沦汩没于其间！

花也怜侬见此光景，辄有所感，又不禁怆然悲之。这一喜一悲也不打紧，只反害了自己，更觉得心慌意乱，目眩神摇；又被罡风一吹，身子越发乱撞乱磕的，登时闯空了一脚，便从那花缝里陷溺下去，竟跌在花海中了。

花也怜侬大叫一声，待要挣扎，早已一落千丈，直坠至地，却正坠在一处，睁眼看时，乃是上海地面，华洋交界的陆家石桥。

花也怜侬揉揉眼睛,立定了脚跟,方记今日是二月十二日;大清早起,从家里出门,走了错路,混入花海里面,翻了一个筋斗,幸亏这一跌倒跌醒了;回想适才多少情事,历历在目,自觉好笑道:"竟做了一场大梦!"叹息怪诧了一回。

看官,你道这花也怜侬究竟醒了不曾?请各位猜一猜这哑谜儿如何?但在花也怜侬自己以为是醒的了,想要回家里去,不知从那一头走,模模糊糊,踅下桥来。刚至桥堍,突然有一个后生,穿着月白竹布箭衣,金酱宁绸马褂,从桥下直冲上来。花也怜侬让避不及,对面一撞,那后生扑塌地跌了一交,跌得满身淋漓的泥浆水。那后生一骨碌爬起来拉住花也怜侬乱嚷乱骂,花也怜侬向他分说,也不听见。当时有青布号衣中国巡捕过来查问。后生道:"我叫赵朴斋,要到咸瓜街去。哪晓得这冒失鬼跑来撞我跌一交!你看我马褂上烂泥!要他赔的!"

花也怜侬正要回言,只见巡捕道:"你自己也不小心嚛。放他去罢。"赵朴斋还咕哝了两句,没奈何,放开手,眼睁睁地看着花也怜侬扬长自去。看的人挤满了路口,有说的,有笑的。赵朴斋抖抖衣襟,发急道:"教我怎样去见我舅舅呢?"巡捕也笑起来道:"你到茶馆里拿手巾来揩揩嗷。(注一)"

一句提醒了赵朴斋,即在桥堍近水台茶馆占着个靠街的座儿,脱下马褂,等到堂倌舀面水来,朴斋绞把手巾,细细的擦那马褂,擦得没一些痕迹,方才穿上,呷一口茶,会帐起身,径至咸瓜街中市,寻见永昌参店招牌,踱进石库门,高声问洪善卿先生。有小伙计答应,邀进客堂,问明姓字,忙去通报。

不多时,洪善卿匆匆出来。赵朴斋虽也久别,见他削骨脸,

爆眼睛，却还认得，趋步上前，口称"舅舅"，行下礼去。洪善卿还礼不迭，请起上坐，随问："令堂可好？有没一块来？寓在那里？"朴斋道："小寓宝善街悦来客栈。妈没来，说给舅舅请安。"

说着，小伙计送上烟茶二事。洪善卿问及来意。朴斋道："也没什么事，要想找点生意做做。"善卿道："近来上海滩上倒也没什么生意好做嘿。"朴斋道："因为妈说，人嚜一年大一年了，在家里干什么？还是出来做做生意罢。"善卿道："话也不错。你今年十几岁？"朴斋说："十七。"善卿道："你还有个令妹，也好几年不见了，比你小几岁？有没定亲？"朴斋说："没有；今年也十五岁了。"善卿道："家里还有什么人？"朴斋道："不过三个人，用个娘姨。"善卿道："人少，开消到底也有限。"朴斋道："比起从前省得多了。"

说话时，只听得天然几上自鸣钟连敲了十二下，善卿即留朴斋便饭，叫小伙计来说了。

须臾，搬上四盘两碗，还有一壶酒，甥舅两人，对坐同饮，絮语些近年景况，闲谈些乡下情形。善卿又道："你一个人住在客栈里，没有照应嚜？"朴斋道："有个米行里朋友，叫张小村，也到上海来找生意，一块住着。"善卿道："那也罢了。"吃过了饭，揩面漱口。善卿将水烟筒授与朴斋道："你坐一会，等我干掉点小事，跟你一块北头（注二）去。"朴斋唯唯听命。善卿仍匆匆的进去了。

朴斋独自坐着，把水烟吸了个不耐烦，直敲过两点钟，方见善卿出来，又叫小伙计来叮嘱了几句，然后一同出去到宝善街悦来客栈。房中先有一人躺着吸烟。善卿略一招呼，便问："阁下想是小村先生？"小村说道："正是。老伯可是善卿先生？"善卿道：

"岂敢,岂敢。"小村道:"没过来奉候,抱歉之至。"

谦逊一回,对面坐定。赵朴斋取一支水烟筒送上善卿。善卿道:"舍甥初次到上海,全仗大力照应照应。"小村道:"小佗也不懂什么事,一块出来嚜,自然大家照应点。"又谈了些客套,善卿把水烟筒送过来,小村一手接着,一手让去床上吸鸦片烟。善卿说:"不会吃。"仍各坐下。

朴斋坐在一边,听他们说话,慢慢的说到堂子倌人。朴斋正要开口问问,恰好小村送过水烟筒,朴斋趁势向小村耳边说了几句。小村先哈哈一笑,然后向善卿道:"朴兄说要到堂子里见识见识,好不好?"善卿道:"到哪去嚷?"小村道:"还是棋盘街上去走走罢。"善卿道:"我记得西棋盘街聚秀堂里有个倌人,叫陆秀宝,倒还不错。"朴斋插嘴道:"那这就去啰。"小村只是笑。善卿不觉也笑了。

朴斋催小村收拾起烟盘,又等他换了一副簇新行头,头戴瓜棱小帽,脚登京式镶鞋,身穿银灰杭纺棉袍,外罩宝蓝宁绸马褂,再把脱下的衣裳,一件件都摺叠起来,方才与善卿相让同行。

朴斋正自性急,拽上房门,随手锁了,跟着善卿小村出了客栈。转两个弯,已到西棋盘街,望见一盏八角玻璃灯,从铁管撑起在大门首,上写"聚秀堂"三个朱字。善卿引小村朴斋进去。外场认得善卿,忙喊:"杨家妈,庄大少爷朋友来。"只听得楼上答应一声,便登登登一路脚声到楼门口迎接。

三人上楼,那娘姨杨家妈见了道:"噢,洪大少爷,房里请坐。"一个十三四岁的大姐(注三),早打起帘子等候。不料房间里先有一人横躺在榻床上,搂着个倌人,正戏笑哩;见洪善卿进房,方丢下倌人,起身招呼,向张小村赵朴斋也拱一拱手,随问尊姓。

洪善卿代答了,又转身向张小村道:"这位是庄荔甫先生。"小村说声"久仰"。

那倌人掩在庄荔甫背后,等坐定了,才上前来敬瓜子。大姐也拿水烟筒来装水烟。庄荔甫向洪善卿道:"正要来找你,有好些东西,你看看,可有什么人作成。"即去身边摸出个摺子,授与洪善卿。善卿打开看时,上面开列的,或是珍宝,或是古董,或是书画,或是衣服,底下角明标价值号码。善卿皱眉道:"这种东西,消场倒难噢。听见说杭州黎篆鸿在这里,可要去问他一声看?"庄荔甫道:"黎篆鸿那儿,我教陈小云拿了去了,没有回信。"善卿道:"东西在哪里?"荔甫道:"就在宏寿书坊里楼上。可要去看看?"善卿道:"我是外行,看什么噢。"

赵朴斋听这等说话,好不耐烦,自别转头,细细的打量那倌人:一张雪白的圆面孔,五官端正,七窍玲珑;最可爱的是一点朱唇,时时含笑,一双俏眼,处处生情;见她家常只戴得一支银丝蝴蝶,穿一件东方亮竹布衫,罩一件元色绉心缎镶马甲,下束青荷绉心月白缎镶三道绣织花边的裤子。

朴斋看的出神,早被那倌人觉着,笑了一笑,慢慢走到靠壁大洋镜前,左右端详,掠掠鬓脚。朴斋忘其所以,眼光也跟了过去。忽听洪善卿叫道:"秀林小姐,我替你秀宝妹子做个媒人好不好?"朴斋方知那倌人是陆秀林,不是陆秀宝。只见陆秀林回头答道:"照应我妹子,有什么不好!"即高声叫杨家妈。正值杨家妈来绞手巾,冲茶碗。陆秀林便叫她喊秀宝上来加茶碗。杨家妈问:"哪一位呀?"洪善卿伸手指着朴斋,说是"赵大少爷。"杨家妈睒了两眼道:"可是这位赵大少爷?我去喊秀宝来。"接了手巾,忙登登登跑了去。

不多时,一路咭咭咯咯小脚声音,知道是陆秀宝来了,赵朴

洪善卿聚秀堂做媒

斋眼望着帘子，见陆秀宝一进房间，先取瓜子碟子，从庄大少爷洪大少爷（注四）挨顺敬去；敬到张小村赵朴斋两位，问了尊姓，却向朴斋微微一笑。朴斋看陆秀宝也是个小圆面孔，同陆秀林一模一样，但比秀林年纪轻些，身材短些，若不是同在一处，竟认不清楚。

陆秀宝放下碟子，挨着赵朴斋肩膀坐下。朴斋倒有些不好意思的，左不是，右不是，坐又坐不定，走又走不开。幸亏杨家妈又跑来说："赵大少爷，房间里去。"陆秀宝道："一块请过去啰。"大家听说，都立起来相让。庄荔甫道："我来引导。"正要先走，被陆秀林一把拉住袖口，说道："你不要去㖸。让他们去好了。"

洪善卿回头一笑，随同张小村赵朴斋跟着杨家妈走过陆秀宝房间里，就在陆秀林房间的间壁，一切铺设装潢不相上下，也有着衣镜，也有自鸣钟，也有泥金笺对，也有彩画绢灯，大家随意散坐。杨家妈又乱着加茶碗，又叫大姐装水烟。接着外场（注五）送进干湿（注六）来。陆秀宝一手托了，又敬一遍，仍来和赵朴斋并坐。

杨家妈在一旁问洪善卿道："赵大少爷公馆在哪呀？"善卿道："他跟张大少爷一块在悦来客栈。"杨家妈转问张小村道："张大少爷可有相好啊？"小村微笑摇头。杨家妈道："张大少爷没有相好嘞，也攀一个啰。"小村道："是不是你教我攀相好？我就攀你嘞啰。好不好？"说得大家哄然一笑。杨家妈笑了，又道："攀了相好嘞，跟赵大少爷一块走走，不是热闹点？"小村冷笑不答，自去榻床躺下吸烟。杨家妈向赵朴斋道："赵大少爷，你来做个媒人罢。"朴斋正和陆秀宝鬼混，装做不听见，秀宝夺过手说道："教你做媒人，怎么不作声哪？"朴斋仍不语。秀宝催道："你说说嘛。"

朴斋没法，看看张小村面色要说。小村只管吸烟，不理他。

正在为难，恰好庄荔甫掀帘进房，赵朴斋借势起身让坐。杨家妈见没意思，方同大姐出去了。

庄荔甫对着洪善卿坐下，讲论些生意场中情事。张小村仍躺下吸烟。陆秀宝两只手按住赵朴斋的手，不许动，只和朴斋说闲话，一回说要看戏，一回说要吃酒。朴斋嘻着嘴笑。秀宝索性搁起脚来，滚在怀里。朴斋腾出一手，伸进秀宝袖子里去。秀宝掩紧胸脯，发急道："不要㖸！"

张小村正吸完两口烟，笑道："你放着'水饺子'不吃，倒要吃'馒头'！"朴斋不懂，问小村道："你说什么？"秀宝忙放下脚，拉朴斋道："你不要去听他！他在拿你开心哦！"复睨着张小村，把嘴披下来道："你相好嚜不攀，说倒会说得很呢！"一句说得张小村没趣起来，讪讪的起身去看钟。

洪善卿觉小村意思要走，也立起来道："我们一块吃晚饭去。"赵朴斋听说，慌忙摸块洋钱丢在干湿碟子里。陆秀宝见了道："再坐会㖸。"一面喊秀林："姐姐，要走了。"陆秀林也跑过这边来，低声和庄荔甫说了些甚么，才同陆秀宝送至楼门口，都说："等会一块来。"四人答应下楼。

注一：原文作"哩"。作者在"例言"中云"哩"音"眼"，当是吴语"眼"字，额颜切，近代口音变化为"㖸"，亦即本世纪二〇、三〇年间吴语小说中的"㖸"字，含有不耐烦催促之意，兼用作加强的问号或惊叹号，可能带气愤或无可奈何的口吻，为吴语最常用的语助词之一，里巷中母亲唤孩子，一片"来㖸！""去㖸！"声。普通白话没有可代用的字眼，只好保存原音。

注二：上海租界和闸北叫北头，城内及南市——华界——叫南头。

注三：未婚女佣。

注四：二等妓院客人不分老少一律称大少爷。

注五：妓院男仆。

注六：桂圆等干果与果脯。

第二回
小伙子装烟空一笑　清倌人吃酒枉相讥

　　按四人离了聚秀堂，出西棋盘街北口，至斜角对过保合楼，进去拣了正厅后面小小一间亭子坐下。堂倌送过烟茶，便请点菜。洪善卿开了个菜壳子（注一）另外加一汤一碗。堂倌铺上台单，摆上围签（注二），旋亮了自来火（注三）。看钟时，已过六点。洪善卿叫烫酒来，让张小村首座。小村执意不肯，苦苦的推庄荔甫坐了。张小村次坐。赵朴斋第三。洪善卿主位。

　　堂倌上了两道小碗，庄荔甫又与洪善卿谈起生意来，张小村还插嘴说一两句。赵朴斋本自不懂，也无心去听他，只听得厅侧书房内，弹唱之声，十分热闹，便坐不住，推做解手，溜出来，向玻璃窗下去张看。只见一桌圆台，共是六客，许多倌人团团围绕，夹着些娘姨大姐，挤满了一屋子。其中向外坐着紫膛面色三绺乌须的一个胖子，叫了两个局。右首倌人正唱那二黄《采桑》一套，被琵琶遮着脸，不知生的怎样。那左首的年纪大些，却也风流倜傥；见胖子划拳输了，便要代酒；胖子不许代，一面拦住他手，一面伸下嘴去要呷；不料被右首倌人，停了琵琶，从袖子底下伸过手来，悄悄的取那一杯酒授与他娘姨吃了；胖子没看见，呷了个空，引得哄堂大笑。

赵朴斋看了，满心羡慕；只可恨不知趣的堂倌请去用菜，朴斋只得归席。席间六个小碗陆续上毕，庄荔甫还指手划脚谈个不了。堂倌见不大吃酒，随去预备吃饭的菜。洪善卿又每位各敬一杯，然后各拣干稀饭吃了，揩面散坐。堂倌呈上菜帐。洪善卿略看一看，叫写永昌参店。堂倌连声答应。

四人相让而行，刚至正厅上，正值书房内那胖子在厅外解手回来，已吃得满面通红，一见洪善卿，让道："善翁也在这儿，巧极了。里边坐。"不由分说，一把拉住，又拦着三人道："一块叙叙啰。"

庄荔甫辞了先走，张小村向赵朴斋丢个眼色，两人遂也辞了，与洪善卿作别，走出保合楼。赵朴斋在路上咕噜道："你为什么要走嗷？'镶边酒'嗷乐得扰扰他啰。"被张小村咄了一口道："他们叫了长三书寓在这儿，你去叫幺二（注四），该多坍台！"朴斋方知有这个缘故，便想了想道："庄荔甫只怕在陆秀林那儿，我们也到秀宝那儿去打茶围，好不好？"小村又哼了一声道："他不跟你一块去，你去找他干什么？多讨人嫌！"朴斋道："那么到哪去嗷？"小村只是冷笑，慢慢说道："也不怪你，头一趟到上海，哪晓得玩有玩的多少路数。我看起来，不要说什么长三书寓，就是幺二上，你也不要去的好。她们都看惯了大场面了，你拿三四十洋钱去用在她身上也不在她眼睛里。况且陆秀宝是清倌人，你可有几百洋钱来替她开宝？就省点也要一百开外喀。你也不犯着嗷。你要玩嗷，还是到老老实实地方去，倒还好。"朴斋道："哪里呢？"小村道："你要去，我同你去好了。比起长三书寓，不过地方小些，人是也差不多。"朴斋道："那么去嗷。"

小村立住脚一看,恰走到景星银楼门前,便说:"你要去嚜打那边走。"当下领朴斋转身,重又向南,过打狗桥,至法租界新街尽头,一家门首挂一盏薰黑的玻璃灯,跨进门口,便是楼梯。朴斋跟小村上去看时,只有半间楼房,狭窄得很,左首横安着一张广漆大床,右首把搁板拼做一张烟榻,却是向外对楼梯摆的,靠窗杉木妆台,两边"川"字高椅。便是这些东西,倒铺得花团锦簇。

　　朴斋见房里没人,便低声问小村道:"此地是不是幺二哪?"小村笑道:"不是幺二,叫阿二。"朴斋道:"阿二嚜比幺二可省点?"小村笑而不答。忽听得楼梯下高声喊道:"二小姐,来哝。"喊了两遍,方有人远远答应,一路戏笑而来。朴斋还只管问,小村忙告诉他说:"是花烟间。(注五)"朴斋道:"那为什么说是阿二呢?"小村道:"她名字叫王阿二。你坐这儿,不要话这么多。"

　　话声未绝,那王阿二已上楼来了。朴斋遂不言语。王阿二一见小村,便窜上去嚷道:"你好啊!骗我是不是?你说回去两三个月嚜,直到这时候才刚刚来!这是两三个月啊?只怕有两三年了!我叫娘姨到栈房里看了你几趟,说是没来,我还不信,隔壁郭孝婆也去看你,倒说是不来的了。你只嘴可是放屁?说过的话可有一句做到?倒给我记得清清楚楚在这儿。你再不来嚜,索性找上你了,跟你来一手,试试看好了!"小村忙陪笑央告道:"你不要生气,我跟你说。"便凑着王阿二耳朵边轻轻的说话。说不到三四句,王阿二忽跳起来沉下脸道:"你倒聪明死了,你想拿件湿布衫给别人穿了,你嚜脱身了,是不是?"小村发急道:"不是呀,你也等我说完了哝。"

　　王阿二便又爬在小村怀里去听,也不知咕咕唧唧说些什么。只见小村说着又努嘴,王阿二即回头把赵朴斋瞟了一眼。接着小村又说了几句。王阿二道："你嚜怎样呢？"小村道："我是还照旧嚜。"

王阿二方才罢了，立起身来剔亮了灯台，问朴斋尊姓，又自头至足细细打量。朴斋别转脸去装做看单条。只见一个半老娘姨，一手提水铫子，一手托两盒烟膏，蹭上楼来，见了小村，也说道："阿唷，张先生嚜。我们只道你不来的了，还算你有良心哒。"王阿二道："呸！人要有了良心是狗也不吃屎了！"小村笑道："我来了倒说我没良心，从明天起不来了！"王阿二也笑道："你敢！"

说时，那半老娘姨已把烟盒放在烟盘里，点了烟灯，冲了茶碗，仍提铫子下楼自去。王阿二靠在小村身旁烧起烟来，见朴斋独自坐着，便说："榻床上来躺躺喂。"

朴斋巴不得一声，随向烟榻下手躺下，看着王阿二烧好一口烟装在枪上授与小村，飕飕飕的直吸到底。又烧了一口，小村也吸了。至第三口，小村说："不吃了。"王阿二调过枪来授与朴斋。朴斋吸不惯，不到半口，斗门噎住。王阿二接过枪去打了一签，再吸再噎。王阿二嗤的一笑。朴斋正自动火，被她一笑，心里越发痒痒的。王阿二将签子打通烟眼，替他把火。朴斋趁势捏她手腕。王阿二夺过手，把朴斋腿膀尽力摔了一把，摔得朴斋又酸又痛又爽快。朴斋吸完烟，却偷眼去看小村，见小村闭着眼，朦朦胧胧似睡非睡光景。朴斋低声叫："小村哥。"连叫两声，小村只摇手不答应。王阿二道："烟迷呀，随他去罢。"朴斋便不叫了。

王阿二索性挨过朴斋这边，拿签子来烧烟。朴斋心里热的像炽炭一般，却关碍着小村，不敢动手，只目不转睛的呆看；见她雪白的面孔，漆黑的眉毛，亮晶晶的眼睛，血滴滴的嘴唇，越看越爱，越爱越看。王阿二见他如此，笑问："看什么？"朴斋要说又说不出，也嘻着嘴笑了。王阿二知道是个没有开荤的小伙子，但看那一种腼腆神情，倒也惹人生气，装上烟，把枪头塞到朴斋嘴边说道："哪，请你吃了罢。"自己起身，向桌上取碗茶呷了一口，回身见朴斋不吃烟，便问："可要用口茶？"把半碗茶授与朴斋。慌的朴斋一骨碌爬起来，双手来接，与王阿二对面一碰，淋淋漓漓，泼了一身的茶，几乎砸破茶碗。引得王阿二放声大笑起来。这一笑连小村都笑醒了，揉揉眼，问："你们笑什么？"王阿二见小村呆呆的出神，更加弯腰拍手，笑个不了。朴斋也跟着笑了一阵。

小村抬身起坐，又打个呵欠，向朴斋说："我们走罢。"朴斋知道他为这烟不过瘾，要紧回去，只得说好。王阿二和小村两个又轻轻说了好些话。小村说毕，一径下楼。朴斋随后要走。王阿二一把拉住朴斋袖子，悄说："明天你一个人来。"

朴斋点点头，忙跟上小村，一同回至悦来客栈，开门点灯。小村还要吃烟过瘾。朴斋先自睡下，在被窝里打算，想小村的话倒也不错，况且王阿二有情于我，想也是缘分了；只是丢不下陆秀宝，想秀宝毕竟比王阿二标致些；若要兼顾，又恐费用不敷。这个想想，那个想想，想得翻来覆去的睡不着。

一时，小村吸足了烟，出灰洗手，收拾要睡。朴斋重又披衣坐起，取水烟筒吸了几口水烟，再睡下去，却不知不觉睡着了。睡到早晨六点钟，朴斋已自起身，叫栈使舀水洗脸，想到街上去吃点心，也好趁此逛逛；看小村时，正鼾鼾的好睡；因把房门掩上，独自走出宝善街，在石路口长源馆里吃了一碗廿八个钱的焖肉大面；由石路转到四马路，东张西望，大踱而行，正碰着拉垃圾的车子下来，几个工人把长柄铁铲铲了垃圾抛上车去，落下来，四面飞洒，溅得远远的。朴斋怕沾染衣裳，待欲回栈，却见前面即是尚仁里；

小夥子褒煙空一笑

闻得这尚仁里都是长三书寓,便进衖去逛逛。只见衖内家家门首贴着红笺条子,上写倌人姓名;中有一家,石刻门坊,挂的牌子是黑漆金书,写着"卫霞仙书寓"五字。

朴斋站在门前,向内观望,只见娘姨蓬着头,正在天井里浆洗衣裳,外场跷着腿,正在客堂里揩拭玻璃各式洋灯。有一个十四五岁的大姐,嘴里不知咕噜些什么,从里面直跑出大门来,一头撞到朴斋怀里,朴斋正待发作,只听那大姐张口骂道:"撞死你娘起来了!眼睛可长着!"朴斋一听这娇滴滴声音,早把一腔怒气消化净尽;再看她模样俊秀,身材伶俐,倒嘻嘻的笑了。那大姐撇了朴斋,一转身又跑了去。忽又见一个老婆子,也从里面跑到门前,高声叫"阿巧";又招手儿,说:"不要去了。"那大姐听了,便噘着嘴,一路咕噜着,慢慢的回来。

那老婆子正要进去,看见朴斋有些诧异,即立住脚,估量是什么人。朴斋不好意思,方讪讪的走开,仍向北出衖,先前垃圾车子早已过去,遂去华众会楼上泡了一碗茶,一直吃到七八开,将近十二点钟时分,始回栈房。

那时小村也起身了。栈使搬上中饭,大家吃过,洗脸。朴斋便要去聚秀堂打茶围。小村笑道:"这时候倌人都睡在床上,去干什么?"朴斋无可如何。小村打开烟盘,躺下吸烟。朴斋也躺在自己床上,眼看着帐顶,心里辘辘的转念头,把右手抵住门牙去咬那指甲;一会儿又起来向房里转圈儿,踱来踱去,不知踱了几百圈;见小村刚吸得一口烟,不好便催,哎的一声叹口气,重复躺下。小村暗暗好笑,也不理他。等得小村过了瘾,朴斋已连催四五遍。小村勉强和朴斋同去,一径至聚秀堂。只见两个外场同娘姨在客堂里一桌碰和。一个忙丢下牌去楼梯边喊一声"客人上来。"

　　朴斋三脚两步，早已上楼，小村跟着到了房里。只见陆秀宝坐在靠窗桌子前，摆着紫檀洋镜台（注六），正梳头哩，杨家妈在背后用篦子篦着，一边大姐理那脱下的头发。小村朴斋就桌子两边高椅上坐下。秀宝笑问："有没用饭哪？"小村道："吃过有一会了。"秀宝道："怎么这么早哇？"杨家妈接口道："他们栈房里都是这样的，到了十二点钟嚟就要开饭了。不像我们堂子里，没什么数目，好晚喏！"

　　说时大姐已点了烟灯，又把水烟筒给朴斋装水烟。秀宝即请小村榻上用烟，小村便去躺下吸起来。外场提水铫子来冲茶。杨家妈绞了手巾。朴斋看秀宝梳好头，脱下蓝洋布衫，穿上件元色绉背心，走过壁间大洋镜前自己端详一回。忽听得间壁喊杨家妈，是陆秀林声音。杨家妈答应着，忙收拾起镜台，过那边秀林房里去了。

　　小村问秀宝道："庄大少爷可在这儿？"秀宝点点头。朴斋听说，便要过去招呼。小村连声喊住。秀宝也拉着朴斋袖子，说："坐着。"朴斋被他一拉，趁势在大床前藤椅上坐了。秀宝就坐在他膝盖上与他唧唧说话，朴斋茫然不懂；秀宝重说一遍，朴斋终听不清说的是甚么。秀宝没法，咬牙恨道："你这人啊！"说着，想了一想，又拉起朴斋来，说："你过来，我跟你说喏！"

　　两个去横躺在大床上，背着小村，方渐渐说明白了。一会儿，秀宝忽格格笑说："啊唷！不要喏！"一会儿又急声喊道："哎哟！杨家妈快点来喏！"接着"哎哟哟"喊个不住。杨家妈笑着从隔壁房里跑过来，着实说道："赵大少爷，不要闹喏！"朴斋只得放手。秀宝起身掠鬓脚。杨家妈向枕边拾起一支银丝蝴蝶替她戴上，又道：

清倌人喫酒枉拘謙

"赵大少爷可真会闹！我们秀宝小姐是清倌人哩！"

朴斋只是笑，却向烟榻下手与小村对面歪着，轻轻说道："秀宝跟我说，要吃台酒。"小村道："你吃不吃呢？"朴斋道："我答应她了。"小村冷笑两声，停了半晌，始说道："秀宝是清倌人哩，你可晓得？"秀宝插嘴道："清倌人嚜，就没客人来吃酒了？"小村冷笑道："清倌人只许吃酒不许闹，倒凶得很喏！"秀宝道："张大少爷，我们娘姨她们说错句把话，又有什么要紧啊？你是赵大少爷朋友嚜，我们也指望你照应照应。哪有什么撺掇赵大少爷来挑我们的眼？你做大少爷的也不犯着嚜。"杨家妈也说道："我说赵大少爷不要闹，也没说错什么话嚜。我们要是说错了，得罪了赵大少爷，赵大少爷自己也蛮会说的，还要人撺掇？"秀宝道："幸亏我们赵大少爷是明白人；要听了朋友们的话——好了！"

一语未了，忽听得楼下喊道："杨家妈，洪大少爷上来。"秀宝方住了嘴。杨家妈忙迎出去。朴斋也起身等候。不料随后一路脚声，却至隔壁候庄荔甫去了。

注一：只笼统的点三炒四冷盆等，是什么菜由饭馆决定。

注二：在第二十九回开始，席散后到房里去坐，"外场送进台面干湿。"显然酒席上也吃打茶围时例有的干果果脯。"围签"可能就是果盘，在官话普及后被果盘这名称取代"围"，因为果盘分隔为几只小碟子，围绕中央的一只；"签"似指果脯上戳的牙签。当时已有木制牙签出售。第十回有人用"柳条剔牙杖"。打茶围即吃茶与围签之意。

注三：煤气灯。

注四：一等妓女叫长三，因为她们那里打茶围——访客饮茶谈话——三元,出局——应名侑酒——也是三元,像骨牌中的长三,两个三点并列。所以二等妓女叫幺二,打茶围一元,出局二元。

晚清王廷鼎日记《南浦行云录》(一八八六年)自杭州至南昌沿途记听书:"此技独盛行于苏,业此者多常熟人,男女皆有之,而总称之曰说书先生。所说如《水浒》《西游记》《铁冠图》之类曰大书。《玉蜻蜓》《珍珠塔》《三笑》《白蛇传》之类曰小书。所说之处皆在茶室,曰书场。……难后〔灭太平天国后〕女说书者风行于沪上,实即妓也,亦称先生。女称先生即此。十一月二十一日听书记此,二十五日到沪往听,已京腔是尚矣。"女说书先生在上海沦为娼妓,称"书寓",自高身价,在原有的长三之上,逐渐放弃说书,与其他妓女一样唱京戏侑酒。长三也就跟着书寓称为"先生"——幺二仍旧称"小姐"。吴语"先生"读如"西桑",上海的英美人听了误以为"sing song",因为她们在酒席上例必歌唱;singsong girl 因此得名,并非"歌女"译名。"歌女"是一九二〇末叶至三〇年间的新名词,还在有舞女之后。当时始有秦淮河夫子庙歌女,经常上场清唱,与上海妓女偶一参加"群芳会唱"不同,而且也只有南京有。

注五:有妓女的鸦片馆。

注六:尺来长的盒子,大概是日本制,内装梳妆用品,盒盖内镶镜子,可以撑起来。

第三回

议芳名小妹附招牌　　拘俗礼西崽翻首座

　　按不多时,洪善卿与庄荔甫都过这边陆秀宝房里来。张小村赵朴斋忙招呼让坐。朴斋暗暗教小村替他说请吃酒。小村微微冷笑,尚未说出。陆秀宝看出朴斋意思,插嘴说道:"吃酒嚜有什么不好意思说哒?赵大少爷请你们两位用酒。说一声嚜就是了。"朴斋只得跟着也说了。庄荔甫笑说:"应得奉陪。"洪善卿沉吟道:"可就是四个人?"朴斋道:"四个人太少。"随问张小村道:"你晓得吴松桥在哪里?"小村道:"他在义大洋行里。你哪请得着啊!要我替你自己去找他。"朴斋道:"那么费神你替我跑一趟,好不好?"

　　小村答应了。朴斋又央洪善卿代请两位。庄荔甫道:"去请了陈小云罢。"洪善卿道:"等会我随便碰着什么人,就跟他一块来好了。"说了,便站起来道:"那么等会六点钟再来,我要去干掉点小事。"朴斋重又恳托。陆秀宝送洪善卿走出房间,庄荔甫随后追上,叫住善卿道:"你碰着了陈小云,替我问声看,黎篆鸿那儿东西有没拿去。"

　　洪善卿答应下楼,一直出了西棋盘街,恰有一把东洋车拉过。善卿坐上,拉至四马路西荟芳里停下,随意给了些钱,便向弄口沈小红书寓进去,在天井里喊"阿珠"。一个娘姨从楼窗口探出头来见了道:"洪老爷,上来喓。"善卿问:"王老爷可在这儿?"阿珠道:"没来;有三四天没来了。可晓得在哪里?"善卿道:"我也好几天没碰着。先生呢?"阿珠道:"先生坐马车去了。楼上来坐会喓。"善卿已自转身出门,随口答道:"不坐了。"阿珠又叫道:"碰着王老爷嚜,同他一块来。"

　　善卿一面应一面走,由同安里穿出三马路至公阳里周双珠家,直走过客堂,只有一个相帮的(注一)喊声:"洪老爷来。"楼上也不见答应。善卿上去,静悄悄的;自己掀帘进房看时,竟没有一个人。善卿走向榻床坐下。随后周双珠从对过房里款步而来,手里还拿着一只水烟筒,见了善卿,微笑问道:"你昨天晚上从保合楼出来,到哪去了?"善卿道:"我就回去了嚜。"双珠道:"我只道你同朋友打茶围去,教娘姨她们等了好一会呢,你嚜倒回去了。"善卿笑说:"对不住。"

　　双珠也笑着,坐在榻床前杌子上,装好一口水烟给善卿吸。善卿伸手要接,双珠道:"不要喓,我装你吃,"把水烟筒凑到嘴边,善卿一口气吸了。忽然大门口一阵嚷骂之声,蜂拥至客堂里,劈劈拍拍打起架来。善卿失惊道:"干什么?"双珠道:"又是阿金他们啰。成天成夜吵个没完。阿德保也不好。"

　　善卿便去楼窗口望下张看。只见娘姨阿金揪着她丈夫阿德保辫子要拉,却拉不动,被阿德保按住阿金鬏髻,只一揿,直揿下去。阿金伏倒在地,挣不起来,还气呼呼的嚷道:"你打我啊!"阿德保也不则声,屈一只腿,压在她背上,提起拳来,擂鼓似的从肩膀直敲到屁股,敲得阿金杀猪也似叫起来。双珠听不过,向窗口喊道:"你们算什么!要不要脸?"楼下众人也齐声喊住。阿德保方才放手。双珠挽着善卿手臂,扳转身来笑道:"不要去看他们哝。"将水烟筒授与善卿自吸。

须臾,阿金上楼,噘着嘴,哭得满面泪痕。双珠道:"成天成夜吵个没完,也不管有没客人在这儿。"阿金道:"他拿我皮袄去当掉了,还要打我!"说着又哭了。双珠道:"还有什么可说的?你自己乖觉点也吃不着眼前亏啰。"

阿金没得说了,却去客堂里坐着哭。接着阿德保提水铫子进房。双珠道:"你为什么打她哪?"阿德保笑道:"三先生有什么不知道的!"双珠道:"她说你当掉了她皮袄,可有这事啊?"阿德保冷笑两声道:"三先生,你问她一声看,前天收来的会钱到哪去喽?我说,送阿大去学生意也要五六块洋钱哪,教她拿会钱来,她拿不出了呀,这才拿了件皮袄去当了四块半洋钱。想想可气死人!"双珠道:"会钱嚜也是她赚来的钱去合的会,你倒不许她用!"阿德保笑道:"三先生也蛮明白的哦。她真是用掉了倒罢了。你看她可有什么用项啊?丢到黄浦里也还听见点响声,她是一点点响声也没有嚜!"

双珠微笑不语。阿德保冲了茶,又随手绞了把手巾,然后下去。善卿挨近双珠悄悄问道:"阿金有多少姘头啊?"双珠忙摇手道:"你不要去多嘴。你嚜算说着玩,给阿德保听见了要吵死了。"善卿道:"你还替她瞒什么。我也有点晓得了。"双珠大声道:"瞎说喽!坐下来,我跟你说句话。"

善卿仍退下归座。双珠道:"我妈有没跟你说起过什么?"善卿低头一想道:"可是要买个讨人(注二)?"双珠点头道:"说好了呀,五百块洋钱呢!"善卿道:"人可标致呢?"双珠道:"就快要来了。我是没看见。想必总比双宝标致点。"善卿道:"房间铺在哪儿?"

双珠道:"就是对过房间。双宝嚜搬到下头去。"善卿叹道:"双宝心里是也巴不得要好,就吃亏了老实点,不会做生意。"双珠道:"我妈为了双宝也糟掉了多少钱。"善卿道:"你还是照应点她,劝劝你妈,看开点,譬如做好事。"

正说时,只听得一路大脚声音,直跑到客堂里,连说:"来了!来了!"善卿忙又向楼窗口去看,乃是大姐巧囡跑得喘吁吁的。

善卿知道那新买的讨人来了,和双珠爬在窗槛上等候。只见双珠的亲生娘周兰亲自搀着一个清倌人进门,巧囡前走,径上楼来。周兰直拉到善卿面前,问道:"洪老爷,你看看,我们小先生好不好?"善卿故意上前去打个照面。巧囡教她叫洪老爷。她便含含糊糊叫了一声,却羞得别转脸去,彻耳通红。善卿见那一种风韵可怜可爱,正色说道:"出色了!恭喜,恭喜!发财!发财!"周兰笑道:"谢谢你金口,只要她巴结点,也像了她们姊妹三个就好了。"口里说,手指着双珠。

善卿回头向双珠一笑。双珠道:"姐姐是都嫁了人了好了,单剩我一个人,没谁来讨了去,要你养到老死的哦,有什么好啊?"周兰呵呵笑道:"你有洪老爷在这儿嚜。你嫁了洪老爷,比双福要加倍好呢。——洪老爷,是不是?"

善卿只是笑。周兰又道:"洪老爷先替我们起个名字,等她会做生意了嚜,双珠就给你罢。"洪善卿道:"名字叫周双玉,好不好?"双珠道:"可有什么好听点的呀?还是双什么双什么,多讨人厌!"周兰道:"双玉不错;把势里要名气响嚜好;叫了周双玉,上海滩上随便什么人,看见牌子就晓得是周双珠她们的妹子啰,总比新鲜名字好点的哦。"巧囡在旁大笑道:"倒有点像大先

謠名妹招
芳小附牌

生的名字。周双福,周双玉,可是听着差不多?(注三)"双珠笑道:"你嘿晓得什么!'差不多!'——阳台上晾着的一块手帕子替我拿来!"

巧囡去后,周兰挈过双玉,和她到对过房里去。善卿见天色晚将下来,也要走了。双珠道:"你忙什么嚱。"善卿道:"我要找个朋友去。"双珠起身,待送不送的,只嘱咐道:"你等会要回去嚱,先来一趟,不要忘记。"

善卿答应出房。那时娘姨阿金已不在客堂里,想是别处去了。善卿至楼门口,隐隐听见亭子间有饮泣之声;从帘子缝里一张,也不是阿金,竟是周兰的讨人周双宝,淌眼抹泪,面壁而坐。善卿要安慰她,跨进亭子,搭讪问道:"一个人在做什么?"那周双宝见是善卿,忙起身陪笑,叫一声"洪老爷",低头不语。善卿又问道:"是不是你要搬到下头去了?"双宝只点点头。善卿道:"下头房间倒比楼上要便当好些呢。"双宝手弄衣襟,仍是不语。善卿不好深谈,但道:"你有空还是到楼上来姐姐这儿多坐会,说说话,也不错。"双宝方微微答应。善卿乃退出下楼。双宝倒送至楼梯边而回。

善卿出了公阳里,往东转至南昼锦里中祥发吕宋票店(注四),只见管帐胡竹山正站在门首观望。善卿上前厮见。胡竹山忙请进里面。善卿也不归坐,问:"小云可在这儿?"胡竹山道:"走了没一会,朱蔼人来同他一块出去了。看光景是吃局。"善卿即改邀胡竹山道:"那我们也吃局去。"胡竹山连连推辞。善卿不由分说,死拖活拽同往西棋盘街来。到了聚秀堂陆秀宝房里,见赵朴斋张小村都在,还有一客,约摸是吴松桥,询问不错。胡竹山都不认识,各通姓名,然后就座。大家随意闲谈。

等至上灯以后,独有庄荔甫未到,问陆秀林,说是往抛球场买东西去的。外场罩圆台,排高椅,把挂的湘竹绢片方灯都点上了。赵朴斋已等得不耐烦,便满房间大踱起来,被大姐一把仍拉他坐了。张小村与吴松桥两个在榻床左右对面躺着,也不吸烟,却悄悄的说些秘密事务。陆秀林陆秀宝姊妹并坐在大床上,指点众人,背地说笑。胡竹山没甚说的,仰着脸看壁间单条对联。

洪善卿叫杨家妈拿笔砚来开局票,先写了陆秀林周双珠二人。胡竹山叫清和坊的袁三宝,也写了。再问吴松桥张小村叫什么人。松桥说叫孙素兰,住兆贵里;小村说叫马桂生,住庆云里。

赵朴斋在傍看着写毕,忽想起,向张小村道:"我们再去叫个王阿二来倒好玩嚨。"被小村着实瞪了一眼。朴斋后悔不迭。吴松桥只道朴斋要叫局,也拦道:"你自己吃酒,也不要叫什么局了。"

朴斋要说不是叫局,却顿住嘴,说不下去。恰好楼下外场喊说:"庄大少爷上来。"陆秀林听了,急奔出去。朴斋也借势走开去迎庄荔甫。荔甫进房见过众人,就和陆秀林过隔壁房间里去。洪善卿叫起手巾。杨家妈应着,随把局票带下去。及至外场绞上手巾,庄荔甫也已过来。大家都揩了面。于是赵朴斋高举酒壶,恭恭敬敬定胡竹山首座。竹山吃一大惊,极力推却。洪善卿说着也不依。赵朴斋没法,便将就请吴松桥坐了。竹山次位。其余略让一让,即已坐定。

陆秀宝上前筛了一巡酒。朴斋举杯让客。大家道谢而饮。第一道菜,照例上的是鱼翅。赵朴斋待要奉敬。大家拦说:"不要客气,随意好。"朴斋从直遵命,只说得一声"请"。鱼翅以后,

拘俗禮細崇翻首座

方是小碗。陆秀林已换了出局衣裳过来。杨家妈报说:"上先生了。"(注五)秀林秀宝也并没有唱大曲,只有两个乌师坐在帘子外吹弹了一套。

及至乌师下去,叫的局也陆续到了。张小村叫的马桂生也是个不会唱的。孙素兰一到即问袁三宝:"唱了没有?"袁三宝的娘姨会意,回说:"你们先唱好了。"孙素兰和准琵琶,唱一支开篇,一段京调。庄荔甫先鼓起兴致,叫拿大杯来摆庄。杨家妈去隔壁房里取过三只鸡缸杯(注六)列在荔甫面前。荔甫说:"我先摆十杯。"吴松桥听说,揎袖攘臂,和荔甫搳起拳来。孙素兰唱毕,即替吴松桥代酒;代了两杯,又要存两杯,说:"我要转局去,对不住。"

孙素兰去后,周双珠方姗姗其来。洪善卿见阿金两只眼睛肿得像胡桃一般,便接过水烟筒来自吸,不要她装。阿金背转身去立在一边。周双珠揭开豆蔻盒子盖,取出一张请客票授与洪善卿。善卿接来看时,是朱蔼人的,请至尚仁里林素芬家酒叙,后面另是一行小字,写道:"再有要事面商,见字速驾为幸!"这行却加上密密的圈子。

善卿猜不出是什么事,问周双珠道:"送票子来是什么时候?"双珠道:"来了有一会了。去不去呀?"善卿道:"不晓得什么事这样要紧。"双珠道:"可要教相帮他们去问声看?"善卿点点头。双珠叫过阿金道:"你去喊他们到尚仁里林素芬那儿台面上看看散了没有;问朱老爷可有什么事;不要紧嘞,说洪老爷谢谢不来了。"

阿金下楼与轿班说去。庄荔甫伸手要票子来看了道:"可是蔼人写哒?"善卿道:"所以不懂嘞。票子嘞是罗子富的笔迹,到底是谁有事㖃?"荔甫道:"罗子富做什么生意呀?"善卿道:"他是山东人,江苏候补知县,有差使在上海。昨天晚上保合楼厅上可看见个胖子？就是他。"

赵朴斋方知那胖子叫罗子富，记在肚里。只见庄荔甫又向善卿道："你要先去嚜，先打两杯庄。"

善卿伸手划了五杯，正值那轿班回来，说道："台面是快要散了；说请洪老爷带局过去，等着哪。"

善卿乃告罪先行。赵朴斋不敢强留，送至房门口。外场赶忙绞上手巾。善卿略揩一把，然后出门，款步转至宝善街，径往尚仁里来。比及到了林素芬家门首，见周双珠的轿子倒已先在等候，便与周双珠一同上楼进房。只见觥筹交错，履舄纵横，已是酒阑灯炧时候。台面上只有四位，除罗子富陈小云外，还有个汤啸庵，是朱蔼人得力朋友。这三位都与洪善卿时常聚首的。只一位不认识；是个清瘦面庞，长挑身材的后生。及至叙谈起来，才知道姓葛，号仲英，乃苏州有名贵公子。洪善卿重复拱手致敬道："一向渴慕，幸会，幸会。"罗子富听说，即移过一鸡缸杯酒来授与善卿道："请你吃一杯湿湿喉咙，不要害了你渴慕得要死！"

善卿只是讪讪的笑，接来放在桌上，随意向空着的高椅坐了。周双珠坐在背后。林素芬的娘姨另取一副杯箸奉上。林素芬亲自筛了一杯酒。罗子富偏要善卿吃那一鸡缸杯。善卿笑道："你们吃也吃完了，还请我来吃什么酒！你要请我吃酒嚜，也摆一台起来！"罗子富一听，直跳起来道："那么不要你吃了，我们走罢！"

注一：妓院男仆亦称"相帮"。

注二：老鸨买来当娼的养女。

注三：吴语"玉"音"虐"，与吴语"福"字押韵。

注四：吕宋票是一种流行的奖券。

注五：视应召侑酒的妓女为一道菜，显然是较守旧的二等堂子的陋规。它们仍称"聚秀堂""绘春堂"——堂子因此得名，想必起初它们是唯一的高级妓院。

注六：仿明代成窑五彩大酒杯，上有牡丹母鸡小鸡图案。

第四回
看面情代庖当买办　　丢眼色吃醋是包荒

按汤啸庵拉罗子富坐下，说道："你忙什吗？我说，你先教月琴先生打发个娘姨回去摆起台面来；善卿刚刚来，也让他摆个庄；等蔼人回来了一块过去，他们也预备好了，是不是？你此刻去也不过等在那儿，干什么呢？"罗子富连说"不错。"子富叫的两个倌人，一个是老相好蒋月琴，便令娘姨回去："看他们台面摆好了嚟，再来。"

洪善卿四面一看，果然不见朱蔼人，只有林素芬和汤啸庵应酬台面，还有素芬的妹子林翠芬，是汤啸庵叫的本堂局，也帮着张罗。洪善卿诧异问道："蔼人是主人嚟，到哪去啰？"汤啸庵道："黎篆鸿有句话说，教他去一趟，就快回来了。"洪善卿道："说起黎篆鸿，倒想起来了，"即向陈小云道："荔甫要问你，一篇帐有没拿到黎篆鸿那儿去？"陈小云道："我托蔼人拿去了。我看价钱开得太大了点。"洪善卿道："可晓得这批东西哪来的啊？"陈小云道："说是广东人家，底细也不清楚。"罗子富向洪善卿道："我也要问你，你可是做了包打听了？双珠先生有个广东客人，不晓得他底细，你有没替她打听过？"大家呵呵一笑。洪善卿也笑了。

周双珠道："我们哪有什么广东客人呀？你倒替我们拉个广东客人来做做呃。（注一）"

罗子富正要回言，洪善卿拦住道："不要瞎说了，我摆十杯庄，你来打。"罗子富挽起袖子，与洪善卿划拳，一交手便输了。罗子富道："划了一块吃。"接连划了五拳，竟输了五拳。蒋月琴代了一杯。那一个新做的倌人叫黄翠凤，也伸手来接酒。洪善卿道："怪不得你要划拳！有多少人替你代酒的哦！"罗子富道："大家不许代！我自己吃！"洪善卿拍手的笑。陈小云说："代代罢。"汤啸庵帮他筛酒，取一杯授与黄翠凤吃。黄翠凤知道罗子富要翻台到蒋月琴家去，因说道："我们走了，可要存两杯？"罗子富摇头说："不要存了。"黄翠凤乃先走了。

汤啸庵劝罗子富停一会再划，却教陈小云先与洪善卿交手，也划上五拳。接着汤啸庵自己都划过了，单剩下葛仲英一个。

那葛仲英正扭转身和倌人吴雪香两个唧唧哝哝的咬耳朵说话，连半日洪善卿如何摆庄都没有理会；及至汤啸庵叫他划拳，葛仲英方回头，问："做什么？"罗子富道："晓得你们是恩相好，台面上就推扳点好了！是不是要做出来给我们看看？"吴雪香把手帕子往罗子富面上甩来，说道："你嚜总没有一句好话说出来！"洪善卿拱手向葛仲英道："请教划拳。"葛仲英只划得两拳，吃过酒，仍和吴雪香去说话。

罗子富已耐不得，伸拳与洪善卿重又划起，这番却是赢的。洪善卿十杯庄消去九杯。罗子富想打完这庄，偏不巧又输了。忽听得楼下外场喊说"朱老爷上来。"陈小云忙阻止罗子富道："让蔼人来划了一拳，收令罢。"罗子富听说有理，便不再划。朱蔼人匆匆归席，连说："失陪，得罪。"又问："谁在摆庄？"

洪善卿且不划拳，却反问朱蔼人道："你有什么要紧事跟我商量？"朱蔼人茫然不知，说："我没什么事嚜。"罗子富不禁笑道："请你吃花酒，倒不是要紧事？"洪善卿也笑道："我就晓得是你在无事忙。"罗子富道："就算我无事忙，快点划了拳了去。"朱蔼人道："只剩了一拳，也不要划了。我来每位敬一杯。"大家说："遵命。"

朱蔼人取六只鸡缸杯，都筛上酒，一齐干讫，离席散坐。外场七手八脚绞上手巾。那蒋月琴的娘姨早来回话过了，当下又上前催请一遍。葛仲英罗子富朱蔼人各有轿子，陈小云自坐包车，一起倌人随着客轿，带局过去；惟汤啸庵与洪善卿步行，乃约同了先走一步。

二人离了林素芬家，来到尚仁里弄口，有一人正要进弄，见了忙侧身垂手叫声"洪老爷。"洪善卿认得是王莲生的管家，名叫来安的，便问他"老爷呢？"来安道："我们老爷在祥春里，请洪老爷过去说句话。"洪善卿道："祥春里谁家呢？"来安道："叫张蕙贞。我们老爷也刚刚做起，没两天。"洪善卿听了，即转向汤啸庵说："我去一趟就来。蒋月琴那儿请他们先坐罢。"汤啸庵叮嘱快点，自去了。

洪善卿随着来安，径至祥春里，弄内黑魆魆的，摸过二、三家，推开两扇大门进去。来安喊说："洪老爷在这儿。"楼上接口应了，不见动静。来安又说："拿只洋灯下来噢。"楼上连说"来了。"又等好一会，方见一个老娘姨手提马口铁回光灯，迎下楼来说："请洪老爷楼上去噢。"

善卿见楼下客堂里七横八竖的堆着许多红木桌椅，像要搬家光景。上楼看时，当中挂一盏保险灯（注二），映着四壁，像月洞一般，却空落落的没有一些东西，只剩下一张跋步床，一只梳妆台，连帘帐灯镜诸件都收拾干净了；王莲生坐在梳妆台前，正摆着四个小碗吃"便夜饭"，旁边一个倌人陪他同吃，想来便是张蕙贞。

善卿到了房里，即笑说道："你倒一个人在找乐子。"莲生起身招呼，觉善卿脸上有酒意，问："是不是在吃酒？"善卿道："吃了两台了。他们请了你好几趟啰。此刻罗子富翻到蒋月琴那儿去了。(注三)你可高兴一块去？"莲生微笑摇头。善卿随意向床上坐下。张蕙贞亲自送过一只水烟筒来，善卿接了，忙说："不要客气，你请用饭喱。"蕙贞笑道："我吃好了呀。"

善卿见张蕙贞满面和气，蔼然可亲，约摸是幺二住家(注四)，问她"可是要调头(注五)？"蕙贞点头应是。善卿道："调到哪去？"蕙贞说是东合兴里大脚姚家，在吴雪香那儿对门。善卿道："包房间呢做伙计？"蕙贞道："我们是包房间，三十块洋钱一个月哦。"善卿道："有限得很。单是王老爷一个人嚁，一节做下来也差不多五六百局钱哪。还怕开消不出？"

说着，王莲生已吃毕饭，揩面漱口。那老娘姨端了一副鸦片烟盘，问蕙贞"摆哪啊？"蕙贞道："自然摆在床上啰，难道摆到地上去？"老娘姨唏唏呵呵的端到床上，说道："给洪老爷看了笑死了！"蕙贞道："你收拾好了下头去罢，不要话这么多了。"那老娘姨方搬了碗碟杯筷下楼。

蕙贞乃请莲生吸烟。莲生去床上与善卿对面躺下，然后说道："我请你来，要买两样东西；一只大理石红木榻床，一堂湘妃竹翎毛灯片。你明天就替我买了来最好了。"善卿道："送到哪呀？"莲生道："就送到大脚姚家去。在楼上西面房间里。"

善卿听说，看看蕙贞，嘻嘻的笑道："你教别人去替你买了罢，我不去买。给沈小红晓得了，吃她两个嘴巴子喏！"莲生笑而不言。

看面情代庖買辦

蕙贞道:"洪老爷,你怎么见了沈小红也怕哒?"善卿道:"怎么不怕!你问声王老爷看,凶得呵——!"蕙贞道:"洪老爷,谢谢你,看王老爷面上,照应我们点。"善卿道:"你拿什么东西来谢我噢?"蕙贞道:"请你吃酒好不好?"善卿道:"谁要吃你什么台把酒哇?我可是没吃过?稀奇死了!"蕙贞道:"那谢你什么噢?"善卿道:"你要请我吃酒嚜,倒是请我吃点心罢。(注六)你嚜也便当得很,不用破费了,是不是?"蕙贞嗤的笑道:"你们都不是好人!"

善卿呵呵一笑,站起来道:"还有什么话嚜说,我要走了。"莲生道:"没什么了。后天请你吃酒。你看见子富他们,先替我说一声,明天送条子去。"善卿一面答应,一面下楼,仍至四马路公和里蒋月琴家吃酒去了。

蕙贞见善卿已去,才上床来歪在莲生身上给他烧烟。莲生接连吸了七八口,渐渐合拢眼睛,似乎睡去。蕙贞低声叫道:"王老爷,安置罢?"莲生点点头。于是端过烟盘,收拾共睡。

次日一点钟时候,两人始起身洗脸。老娘姨搬上稀饭来吃了些。蕙贞就在梳妆台前梳头。老娘姨仍把烟盘摆在床上。莲生自去吸起烟来;心想沈小红家须得先去撒个谎,然后再慢慢的告诉她才好;盘算一回,打定主意,便取马褂穿了要走。蕙贞忙问:"到哪去?"莲生道:"我到沈小红那儿去一趟。"蕙贞道:"那吃了饭再去噢。"莲生道:"不吃了。"蕙贞又问:"等会可来呀?"莲生想了想,说道:"你明天什么时候到东合兴去?"蕙贞道:"我们一早就过去了。"莲生道:"我明天一点钟到东合兴来。"蕙贞道:"你有工夫嚜等会来一趟。"

莲生应诺,踅下楼来,来安跟了,出祥春里,向东至西荟芳里弄口,令来安回公馆去打轿子来,自己即转弯进弄。娘姨阿珠先已望见,喊道:"啊唷!王老爷来了!"赶忙迎出天井里,一把拉住袖子,进去又喊道:"先生,王老爷来了。"拉到楼梯边,方放了手。

莲生款步上楼。沈小红也出房相迎,似笑不笑的说道:"王老爷,你倒好意思!"说得半句,便噎住了。莲生见她一副凄凉面孔,着实有些不过意,嘻着嘴进房坐下。沈小红也跟进来,挨在身旁,挽着莲生的手问道:"我要问你,你三天在哪儿?"莲生道:"我在城里,为了个朋友做生日,去吃了三天酒。"小红冷笑道:"你只好去骗骗小孩子!"阿珠绞手巾揩了脸。小红又问道:"你在城里嘿,夜里可回来呢?"莲生道:"夜里嘿就住在朋友那儿啰。"小红道:"你这朋友倒开了堂子了!"

莲生不禁笑了。小红也笑道:"阿珠,你们听听他的话!——我前天教阿金大到你公馆里来看你,说轿子嘿在那儿,人是出去了。你两只脚倒真有劲嘿,一直走到城里!可是坐马车打城头上跳进去的呀?(注七)"阿珠呵呵笑道:"王老爷这也有点不老实了!哪里去想来的好主意,说在城里!"小红道:"瞒倒瞒得紧的哦!朋友们找了好几趟也找不着。"阿珠道:"王老爷,你也老相好了,你就说了要去做什么人也没什么嘿,还怕我们先生不许你呀?"小红道:"你去做什么人也不关我事;你一定要瞒了我去做,倒好像是我吃醋,不许你去,可不气死人!"

莲生见她们一递一句,插不下嘴去,只看着讪讪的笑。及至阿珠事毕下楼,莲生方向小红说道:"你不要去听别人的话。我同你也三四年了,我的脾气你有什么不晓得?我就是要去做什么人嘿,跟你说明白了再做嘿啰,瞒你干什么?"小红道:"我也不晓得你嘿。你自己去想想看,你一直这些时,东去叫个局,西去叫个局,我可说过一句什么话呀？你这时候倒要瞒我了，那可为什么呢？"莲生道："我是没这事，不是要瞒你。"小红道："我倒猜着了你的意思：你也不是要瞒我，你是存心要跳槽了，是不是？我倒要看你跳跳看！"

莲生一听，沉下脸别过头去冷笑道："我不过三天没来，你就说是跳槽。从前我跟你说的话，你可是忘了？"小红道："正要你说这话嘿。你没忘记，你说嚎：三天工夫在哪儿？做谁？你说出来，我不跟你吵好了。"莲生道："你教我说什么嚎？我说在城里，你不信。"小红道："你倒还要给我当上！我打听了再问你！"莲生道："那倒也蛮好。这时候你在气头上，跟你也无从去说；隔两天，等你快活点，我再跟你说个明白好了。"

小红鼻子里哼了一声，半日不言语。莲生央告道："我们去吃筒烟去嚎。"小红乃拉着手同至榻床前。莲生脱去马褂，躺下吸烟。小红却呆呆的坐在下手。莲生要想些话来说又没甚说的。

忽听得楼梯上一阵脚步声，跑进房来，却是大姐阿金大，一见莲生，说道："王老爷，我嚎到你公馆里请你，你倒先在这儿了。"又道："王老爷为什么几天没来？可是生气了？"莲生不答。小红嗔道："生什么气！打两个嘴巴子啰——'生气'！"阿金大道："王老爷，你不来了嚎，我们先生气得呵——！害我们一趟一趟来请你。这可不要这样了，晓得罢？"说着，移过一碗茶来，放在烟盘里，随把马褂去挂在衣架上，正要走开。

莲生见小红呆呆的，乃说道："我们去弄点点心来吃，好不好？"小红道："你要吃什么说好了。"莲生道："你也吃点，我们一块吃；你不吃嚎，也不要去弄了。"小红道："那么你说嚎。"

莲生想小红喜吃的是虾仁炒面，即说了。小红叫住阿金大，

丢眼色喫醋是包荒

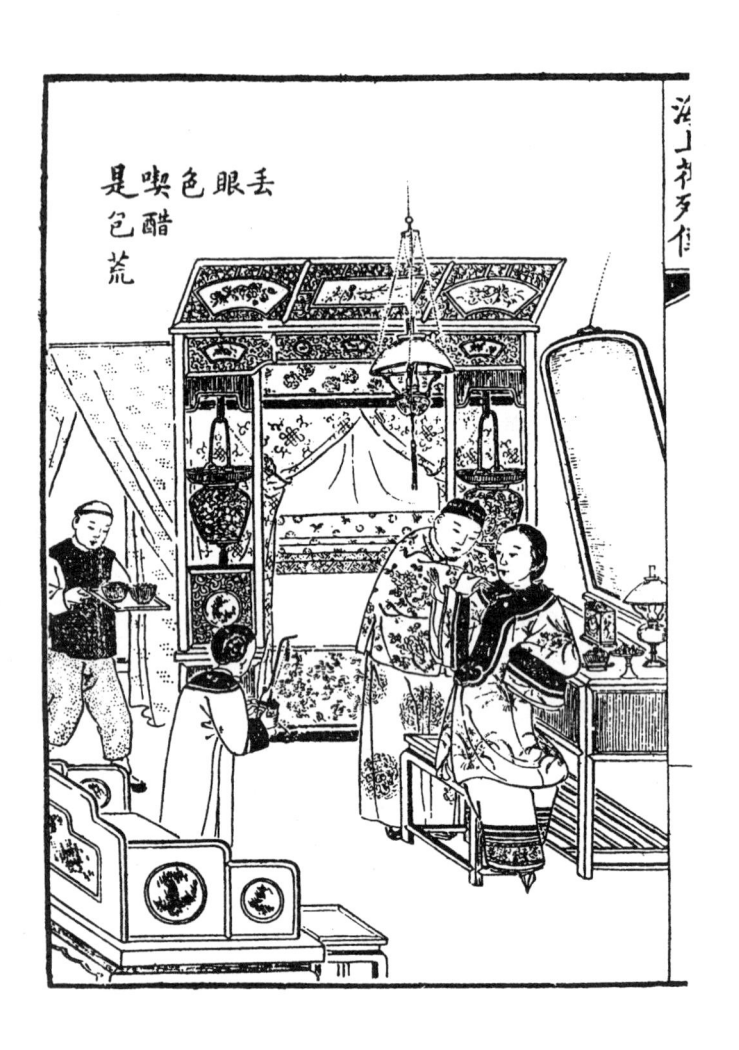

叫她喊下去，到聚丰园去叫。须臾送来，莲生要小红同吃。小红攒眉道："不晓得为什么，腻死了，嘴里好酸，吃不下。"莲生道："那么多少吃点。"小红没法，用小碟拣几根来吃了放下。莲生也吃不多几筷，即叫收下去。

阿珠绞手巾来，回说："你管家打了轿子来了。"莲生问："可有什么事？"阿珠往楼窗口叫："来二爷。"来安听唤，立即上楼见莲生，呈上一封请帖。莲生开看，是葛仲英当晚请至吴雪香家吃酒的，随手撂下。来安仍退下去了。

莲生仍去榻床吸烟，忽又想起一件事来，叫阿珠要马褂来穿。阿珠便去衣架上取下。小红喝住道："倒这么忙着走！你想上哪去？"阿珠忙丢个眼色与小红道："让他吃酒去罢。"小红才不说了。适被莲生抬头看见，心想阿珠做什么鬼戏，难道张蕙贞的事被他们打听明白了不成。

莲生一面想，一面阿珠把马褂替莲生披上，口里道："那这就来叫，不要去叫什么别人了。"小红道："跟他说什么呀！他要叫什么人，让他去叫好了嚜！"莲生穿好马褂，挽着小红的手笑道："你送送我嚜。"小红使劲的一撒手，反靠在高椅上坐下了。莲生也挨在身旁，轻轻说了好些知己话。小红低着头剔理指甲，只是不理；好一会，方说道："你这心不晓得怎么长的！变得真厉害！"莲生道："为什么说我变心？"小红道："问你自己嚜！"莲生还紧着要问。小红叉起两手把莲生推开道："去罢！去罢！看着你倒叫人生气！"莲生乃佯笑而去。

注一：在妓院摆酒或请客打麻将，称为"做花头"，因此妓女"做"某一个客人，客人"做"某一个妓女。

注二：火油灯。

注三：席上客人在另一妓女家摆酒请在座诸人，称为"翻台"。

注四：不出去侑酒或让客人在她那里请客。

注五：妓院迁移。

注六：即第一回内的"馒头水饺"。

注七：外国传入的马车与人力车（时人称东洋车）不许进城里。

第五回
垫空当快手结新欢　包住宅调头瞒旧好

按当夜上灯时候，王莲生下楼上轿，抬至东合兴里吴雪香家，来安通报，娘姨打起帘子，迎到房里，只有朱蔼人和葛仲英并坐闲谈。王莲生进去，彼此拱手就座。莲生叫来安来吩咐道："你到对过姚家去看看楼上房间里东西可齐了。"

来安去后，葛仲英因问道："我今天看见你条子，我想，东合兴没什么张蕙贞嚜。后来相帮他们说，明天有个张蕙贞调到对过来，是不是啊？"朱蔼人道："张蕙贞名字也没见过，你到哪去找出来的呀？"莲生微笑道："谢谢你们。等会沈小红来，不要说起好不好？"朱蔼人葛仲英听了皆大笑。

一时，来安回来禀说："房间里都收拾好了。四盏灯跟一只榻床，说是刚送来没多少时候。榻床嚜摆好了，灯嚜也挂起来了。"莲生又吩咐道："你再到祥春里去告诉她们。"来安答应，退出客堂，交代两个轿班道："你们不要走开；要走嚜，等我回来了去。"说毕出门，行至东合兴里弄口，黑暗里闪过一个人影子，挽住来安手臂。来安看是朱蔼人的管家，名叫张寿，乃嗔道："干什么呀！吓我一大跳！"张寿问："到哪去？"来安搂着他说："跟你一块

墊空當快手
結新歡

去玩一会。"

于是两人勾肩搭背,同至祥春里张蕙贞家,向老娘姨说了,叫她传话上去。张蕙贞又开出楼窗来问来安道:"王老爷可来呀?"来安道:"老爷在吃酒,不见得来喽。"蕙贞道:"吃酒叫什么人?"来安道:"不晓得。"蕙贞道:"可是叫沈小红?"来安道:"也不晓得嚜。"蕙贞笑道:"你嚜算帮你们老爷!不叫沈小红叫谁呀。"

来安更不答话,同张寿出了祥春里,商量"到哪去玩?"张寿道:"就不过兰芳里喽。"来安说:"太远。"张寿道:"再不然潘三那儿去看看徐茂荣可在那儿。"来安道:"好。"

两人转至居安里,摸到潘三家门首,先在门缝里张一张,举手推时,却是拴着的。张寿敲了两下,不见答应,又连敲了几下,方有娘姨在内问道:"谁在那儿碰门哪?"来安接嘴道:"是我。"娘姨道:"小姐出去了,对不住。"来安道:"你开门噢。"等了好一会,里面静悄悄的,不见开门。张寿性起,拐起脚来,把门彭彭彭踢的怪响,嘴里便骂起来。娘姨才慌道:"来了!来了!"开门见了道:"张大爷来大爷来了!我道是什么人!"来安问:"徐大爷可在这儿?"娘姨道:"没来嚜。"

张寿见厢房内有些火光,三脚两步,直闯到房间里。来安也跟进去。只见一人从大床帐子里钻出来,拍手跺脚的大笑。看时,正是徐茂荣。张寿来安齐声道:"我们倒来惊动了你啰!这多对不住哇!"娘姨在后面也呵呵笑道:"我只道徐大爷走啦,倒在床上。"

徐茂荣点了榻床烟灯,叫张寿吸烟。张寿叫来安去吸,自己却撩开大床帐子,直爬上去。只听得床上扭作一团,又大声喊道:

67

"什嘛！闹得没结没完！"娘姨忙上前劝道："张大爷，不要噱！"张寿不肯放手。徐茂荣过去一把拉起张寿来道："你嚜一个劲的闹！去看这样子，可有点分寸哪！"张寿抹脸羞他道："你算帮你们相好了！可是你的相好啊？面孔！（注一）"

那野鸡潘三披着棉袄下床。张寿还笑嘻嘻睋着她做鬼脸。潘三沉下脸来，白瞪着眼，直直的看了张寿半日。张寿把头颈一缩道："啊唷！啊唷！我吓得呵——！"潘三没奈何，只挣出一句道："我要板面孔的！"张寿随口答道："不要说什么面孔了！你就板起屁股来，我们……"说到"我们"二字，却顿住嘴，重又上前去潘三耳朵边说了两句。潘三发急道："徐大爷，你听噱！你们好朋友，说些个什么话呀！"徐茂荣向张寿央告道："种种是我不好，叨光你替我包荒点，好哥哥！"张寿道："你叫饶了，也罢了；不然，我要问她一声看，大家是朋友，是不是徐大爷比张大爷长三寸哒？"潘三接嘴道："你张大爷有恩相好在那里，我们是巴结不上，只好徐大爷来照应我们点嚜。"张寿向来安道："你听噱，徐大爷给叫得多开心！徐大爷的魂灵也给她叫了去了！"来安道："我不要听！可有谁来叫我一声哪？"潘三笑道："来大爷嚜算是好朋友了，说说话也要帮句把的哦！"张寿道："你要是说起朋友来……"刚说得一句，被徐茂荣大喝一声，剪住了道："你再要说出什么来嚜，两个嘴巴子！"张寿道："就算我怕了你好了，好不好？"（注二）徐茂荣道："你倒来讨我的便宜了！"一面说，一面挽起袖子，赶去要打。张寿慌忙奔出天井。徐茂荣也赶出去。

张寿拔去门闩，直奔到弄东转弯处。不料黑暗中有人走来，劈头一撞。那人说："干什么？干什么？"声音很觉厮熟。徐茂荣上前问道："可是长哥啊？"那人答应了。徐茂荣遂拉了那人的手，转身回去，又招呼张寿道："进来罢，饶了你罢。"

张寿放轻脚步，随后进门，仍把门闩上，先向帘下去张看那人。原来是陈小云的管家，名叫长福。张寿进去问他："是不是散了席了？"长福道："哪就散了，局票刚刚发下去。"张寿想了想，叫："来哥，我们先走罢。"徐茂荣道："我们一块走了。"说着，即一哄而去。潘三送也送不及。

四人同离了居安里，往东至石路口。张寿不知就里，只望前走。徐茂荣一把拉住，叫他朝南。张寿向来安道："我们不去喽。"徐茂荣从背后一推，说道："你不去！你强强看！"张寿几乎打跌，只得一同过了郑家木桥。走到新街中，只见街旁一个娘姨抢过来叫声"长大爷。"拉了长福袖子，口里说着话，脚下仍走着路，引到一处，推开一扇半截门闼进去。里面只有个六七十岁的老婆子，靠壁而坐；桌子上放着一盏暗昏昏的油灯。娘姨赶着叫郭孝婆，问："烟盘在哪儿？"郭孝婆道："还是在床上嚜。"

娘姨忙取个纸吹，到后半间去，向壁间点着了马口铁回光镜玻璃罩壁灯，旋得高高的，请四人房里来坐；又去点起烟灯来。长福道："鸦片烟我们不要吃，你去叫王阿二来。"娘姨答应去了。那郭孝婆也颠头簸脑，摸索到房里，手里拿着根洋铜水烟筒，说："哪一位用烟？"长福一手接来，说声"不要客气。"郭孝婆仍到外半间自坐着去。张寿问道："这儿是什么地方呀？你们倒也会玩啫！"长福道："你说像什么地方？"张寿道："我看起来叫'三不像'：野鸡不像野鸡，台基不像台基（注三），花烟间不像花烟间。"长福道："还是花烟间。为了她有客人在这儿，借此地方坐一会。可懂了？"

说着,听得那门阑呀的一声响。长福忙望外看时,正是王阿二。进房即叫声长大爷,又问三位尊姓,随说:"对不住,刚刚不巧。你们要是不嫌龌龊嚜,就此地坐一会,吃筒烟,好不好?"

长福看看徐茂荣,候他意思。徐茂荣见那王阿二倒是花烟间内"出类拔萃"的人物,就此坐坐倒也不错,即点了点头。王阿二自去外间拿进一根烟枪与两盒子鸦片烟;又叫郭孝婆去喊娘姨来冲茶。张寿见那后半间只摆着一张大床,连桌子都摆不下,局促极了,便又叫:"来哥,我们先走罢。"徐茂荣看光景也不好再留。

于是张寿作别,自和来安一路同回,仍至东合兴里吴雪香家。那时台面已散,问:"朱老爷王老爷到哪去了?"都说:"不晓得。"张寿赶着寻去。来安也寻到西荟芳里沈小红家来,见轿子停在门口,忙走进客堂,问轿班道:"台面散了多少时候了?"轿班道:"不多一会。"来安方放下心。

适值娘姨阿珠提着水铫子上楼,来安上前央告道:"谢谢你,跟我们老爷说一声。"阿珠不答,却招手儿叫他上去。来安蹑手蹑脚,跟她到楼上,当中间坐下。阿珠自进房去。来安等了个不耐烦,侧耳听听,毫无声息,却又不敢下去;正要瞌睡下来,忽听得王莲生咳嗽声,接着脚步声。又一会儿,阿珠掀开帘子招手儿。来安随即进房,只见王莲生独坐在烟榻上打呵欠,一语不发。阿珠忙着绞手巾。莲生接来揩了一把,方吩咐来安打轿回去。来安应了下楼,喊轿班点灯笼,等莲生下来上了轿,一径跟着回到五马路公馆。来安才回说:"张蕙贞那儿去说过了。"莲生点头无语。来安伺候安寝。

十五日是好日子,莲生十点半钟已自起身,洗脸漱口,用过点心，便坐轿子去回拜葛仲英。来安跟了，至后马路永安里德大汇划庄，投进帖子，有二爷出来挡驾说"出去了。"

莲生乃命转轿到东合兴里；在轿中望见"张蕙贞寓"四个字，泥金黑漆，高揭门楣；及下轿进门，见天井里一班小堂名，搭着一座小小唱台，金碧丹青，五光十色。一个新用的外场看见，抢过来叫声"王老爷，"打了个千。一个新用的娘姨，立在楼梯上，请王老爷上楼。张蕙贞也迎出房来，打扮得浑身上下簇然一新。莲生看着比先时更自不同。蕙贞见莲生不转睛的看，倒不好意思的，忙忍住笑，拉了莲生袖子，推进房去。房间里齐齐整整，铺设停当。莲生满心欢喜，但觉几幅单条字画还是市买的，不甚雅相。

蕙贞把手帕子掩着嘴，取瓜子碟子敬与莲生。莲生笑道："客气了！"蕙贞也要笑出来，忙回身推开侧首一扇屏门，走了出去。

莲生看那屏门外原来是一角阳台，正靠着东合兴里，恰好当做大门的门楼。对过即是吴雪香家。莲生望见条子，叫："来安，去对门看看葛二少爷可在那儿；在那儿嚜说请过来。"

来安领命去请。葛仲英即时踅过这边，与王莲生厮见。张蕙贞上前敬瓜子。仲英问："可是贵相好？"打量一回，然后坐下。莲生说起适才奉候不遇的话，又谈了些别的，只见吴雪香的娘姨——名叫小妹姐——来请葛仲英去吃饭。王莲生听了，向仲英道："你也还没吃饭，一块吃啰。"仲英说好，叫小妹姐去搬过来。王莲生叫娘姨也去聚丰园叫两样。

须臾陆续送到，都摆在靠窗桌子上。张蕙贞上前筛了两杯酒，说："请用点。"小妹姐也张罗一会道："你们慢用，我替先生梳头去。梳好了头再来。"张蕙贞接说道："请你们先生来玩。"小妹姐答应自去。

　　葛仲英吃了两杯，觉得寂寞；适值楼下小堂名唱一套《访普》昆曲，仲英把三个指头在桌子上拍板眼。王莲生见他没兴，便说："我们来划两拳。"仲英即伸拳来划，划一杯吃一杯。

　　约摸划过七八杯，忽听得张蕙贞在客堂里靠着楼窗口叫道："雪香哥哥（注四），上来嚜。"王莲生往下一望，果然是吴雪香，即笑向葛仲英道："贵相好找了来了。"随后一路小脚高底声响，吴雪香已自上楼，也叫声"蕙贞哥哥。"张蕙贞请她房间里坐。

　　葛仲英方输了一拳，因叫吴雪香道："你过来，我跟你说句话。"雪香趄趄着脚儿，靠在桌子横头，问："说什么呀？说嚜。"仲英知道不肯过来，觑她不提防，伸过手去，拉住雪香的手腕，只一拖，雪香站不稳，一头跌在仲英怀里，着急道："算什么呀？"仲英笑道："没什么，请你吃杯酒。"雪香道："你放手嚜，我吃就是了。"仲英哪肯放，把一杯酒送到雪香嘴边道："要你吃了才放呢。"雪香没奈何，就在仲英手里一口呷干，赶紧挣起身来，跑了开去。

　　葛仲英仍和王莲生划拳。吴雪香走到大洋镜前照了又照，两手反撑过去摸摸头看，张蕙贞忙上前替她把头用力的揿两揿，拔下一枝水仙花来，整理了，重又插上，端详一回；因见雪香梳的头盘旋伏贴，乃问道："什么人替你梳的头？"雪香道："小妹姐嚜。她是梳不好的了。"蕙贞道："蛮好，倒有样子。"雪香道："你看，好高，多难看！"蕙贞道："稍微高了点，也不错。她是梳惯了，改不过来了，晓得罢？"雪香道："我看你的头可好。"蕙贞道："先起头我们老外婆替我梳的头倒不错；此刻叫娘姨梳了，你看好不好？"说着转过头来给雪香看。雪香道："太歪了。说嚜说歪头，

包住宅調頭瞞竊好

真正歪在一边可像什么头啊？"

两个说得投机，连葛仲英王莲生都听住了，拳也不划，酒也不吃，只听她两个说话。及听至吴雪香说歪头，即一齐的笑起来。张蕙贞便也笑道："你们拳怎么不划了呀？"王莲生道："我们听了你们说话，忘记掉了。"葛仲英道："不划了！我吃了十几杯了！"张蕙贞道："再用两杯嗄。"说了，取酒壶来给葛仲英筛酒。吴雪香插嘴道："蕙贞哥哥，不要筛了，他吃了酒要瞎胡闹的，请王老爷用两杯罢。"张蕙贞笑着，转问王莲生道："你要不要吃呢？"莲生道："我们再划五拳吃饭总不要紧嗄？"又笑向吴雪香道："你放心，我也不给他多吃就是了。"雪香不好拦阻，看着葛仲英与王莲生又划了五拳。张蕙贞筛上酒，随把酒壶授与娘姨收下去。王莲生也叫拿饭来，笑说："晚上再吃罢。"

于是吃饭揩面，收拾散坐。吴雪香立时催葛仲英回去，仲英道："歇一歇嗄。"雪香道："歇什么呀，我不来！"仲英道："你不来，先去好了。"雪香瞪着眼问道："你是不是不去？"仲英只是笑，不动身。雪香使性子，立起来一手指着仲英脸上道："你等会要是来可当心点！"又转身向王莲生说："王老爷，来啊。"又说："蕙贞哥哥，我们那儿去玩玩嗄。"张蕙贞答应，赶着去送，雪香已下楼了。

蕙贞回房，望葛仲英嗤的一笑。仲英自觉没趣，踌躇不安。倒是王莲生说道："你请过去罢。贵相好有点不痛快了。"仲英道："你瞎说，管她痛快不痛快。"莲生道："你不要这样嗄。她教你过去，总是跟你要好，你就依了她也蛮好嘞。"仲英听说，方才起身。莲生拱拱手道："等会请你早点。"仲英乃一笑告辞而去。

注一："不要面孔"咽掉上半句，如闻其声。

注二：惧内的人借此下台的口头禅，用在此处是把对方当作他的娈童。

注三：只供给房间，并代叫女人的场所。

注四：也许由于对年纪的敏感，妓女彼此不称呼"姐姐"，特别客气的时候代以半开玩笑性质的"哥哥"。

第六回

养囡鱼（注一）戏言征善教　　管老鸨奇事反常情

按葛仲英踅过对门吴雪香家，跨进房里，寂然无人，自向榻床躺下。随后娘姨小妹姐端着饭碗进房说："请坐会儿，先生在吃饭。"随手把早晨泡过的茶碗倒去，另换茶叶，喊外场冲开水。

一会儿，吴雪香姗姗其来；见了仲英，即大声道："你是坐在对过不来了呀，此刻来做什么？"一面说，一面从榻床上拉起仲英来，要推出门外去；又道："你还是给我到对过去哝！你去坐在那儿好了！谁要你来呀？"

仲英猜不出她什么意思，怔怔的立着问道："对过张蕙贞哝，又不是我相好，为什么你要吃起醋来了呢？"雪香听说也怔了道："你倒也说笑话喽！我跟张蕙贞吃什么醋呃？"仲英道："你不是吃醋嚜，教我到对过去干什么？"雪香道："我为了你坐在对过不来了嚜，我说你还是到对过去坐在那儿好了嚜。可是吃醋呀？"

仲英乃恍然大悟，付诸一笑，就在高椅上坐下，问雪香道："你意思要我成天成夜陪着你坐着，不许到别处去，是不是？"雪香道："你听了我的话，别处也去好了。你为什么不听我的话呢？"仲英道："你说的哪一句话我不听？"雪香道："那我教你过来你不来。"

仲英道："我为了刚刚吃好饭,要坐一会再来。谁说不来呀？"

雪香不依,坐在仲英膝盖上,挽着仲英的手,用力揣捏,口里咕噜道："我不来！你要跟我说明白的哦！"仲英发躁道："说什么呀？"雪香道："这下次你在哪儿,我教你来,你听见了就得跑来哦；你要到哪去,我说不要去嚜,一定不许你去了。你可听我的话？"

仲英和她扭不过,没奈何,才承应了。雪香喜欢,放手走开。仲英重又笑道："我家里老婆从来没说过什么,你倒要管起我来了。"雪香也笑道："你是我儿子嚜,是不是要管你哒？"仲英道："说出来的话可有点谱子？面孔都不要了！"雪香道："我儿子养到了这么大,又会吃花酒,又会打茶围,我也蛮有面子的,倒说我不要面孔！"仲英道："不跟你说了！"

恰好小妹姐吃毕饭,在房背后换衣裳。雪香叫道："小妹姐,你看我养的儿子好不好？"小妹姐道："在哪呀？"雪香把手指仲英,笑道："哪！"小妹姐也笑道："可不瞎说！你自己有多大,倒养出这么大个儿子来了！"雪香道："什么稀奇啊！我养起儿子来,比他要体面点呢！"小妹姐道："你就跟二少爷养个儿子出来,那就好了。"雪香道："我养的儿子要像了他们到堂子里来玩嚜,给我打死啰！"小妹姐不禁大笑道："二少爷可听见？幸亏有两个鼻孔,不然要气死的！"仲英道："她今天发疯了！"

雪香滚到仲英怀里,两手勾住头颈,只是嘻嘻的憨笑。仲英也就鬼混一阵。及外场提水铫子进房始散。

仲英站起身来要走的光景,雪香问："干什么？"仲英说："我要买东西去。"雪香道："不许去。"仲英道："我买了就回来。"雪香道："谁说呀？给我坐在这儿。"一把把仲英捺下坐了,悄问："你去买什么东西？"仲英道："我到亨达利去买点零碎。"雪香道："我们坐马车一块去好不好？"仲英道："那倒也行。"

雪香便叫喊把钢丝车。外场应了去喊。小妹姐因问雪香道："你吃了饭可要洗脸啊？"雪香取面手镜一照道："不要了。"只将手巾揩揩嘴唇，点上些胭脂，再去穿起衣裳来。

外场报说："马车来了。"仲英听了，便说道："我先去。"起身要走。雪香忙叫住道："慢点嚜！等我们一块去。"仲英道："我在马车上等你好了。"雪香两脚一跺，嗔道："我不来！"仲英只得回来，因向小妹姐道："你看她脾气，还是个小孩子，倒要想养儿子了！"雪香接嘴道："你嚜小孩子，瞎胡闹嘛！哪有什么说起我来啦！"说着又侧过头去点了两点，低声笑道："我是你亲生娘嚜，可晓得？"仲英笑喝道："快点嚜！不要说了！"

雪香方才打扮停妥，小妹姐带了银水烟筒，三人同行，即在东合兴里衖口坐上马车，令车夫先往大马路亨达利洋行去。当下驰出抛球场，不多路便到了。车夫等着下了车，拉马车去一边伺候。仲英与雪香小妹姐踅进洋行门口，一眼望去，但觉陆离光怪，目眩神惊，看了这样再看那样，大都不能指名，又不暇去细细根究，只大略一览而已。那洋行伙计们将出许多玩意儿，拨动机关，任人赏鉴。有各色假鸟，能鼓翼而鸣的；有各色假兽，能按节而舞的；还有四五个列坐的铜铸洋人，能吹喇叭，能弹琵琶，能撞击金石革木诸响器，合成一套大曲的。其余会行会动的舟车狗马，更不可以仆数。

仲英只取应用物件拣选齐备。雪香见一只时辰表，嵌在手镯之上，也中意了要买。仲英乃一股脑儿论定价值，先付庄票一纸，再写个字条，叫洋行内把所买物件送至后马路德大汇划庄，即去收清所欠价值。处分已毕，然后一块出门，离了洋行。雪香在马

養園無戲言徵善教

车上褪下时辰表手镯来给小妹姐看。仲英道："也不过是手工好看，到底没什么意思。"

比及到了静安寺，进了明园，那时已五点钟了，游人尽散，车马将稀。仲英仍在洋房楼下泡一壶茶。雪香扶了小妹姐，沿着回廊曲榭兜一个圆圈子，便要回去。仲英没甚兴致，也就依她。从黄浦滩转至四马路，两行自来火已点得通明。回家进门，外场禀说："对过邀客，请了两回了。"

仲英略坐一刻，即别了雪香，跫过对门。王莲生迎进张蕙贞房里。先有几位客人在座。除朱蔼人陈小云洪善卿汤啸庵以外，再有两位，系上海本城宦家子弟，一位号陶云甫，一位号陶玉甫，嫡亲弟兄，年纪不上三十岁，与葛仲英世交相好。彼此相让坐下。

一会儿罗子富也到了。陈小云问王莲生："还有什么人？"莲生道："还有我们局里两位同事，说先到了尚仁里卫霞仙那儿去了。"小云道："那么去催催哝。"莲生道："去催了。我们也不要去等他了。"当下向娘姨说，叫摆起台面来；又请汤啸庵开局票。各人叫的都是老相好，啸庵不消问得，一概写好。罗子富拿局票来看，把黄翠凤一张抽去。王莲生问："干什么？"子富道："你看她昨天老晚来，没坐一会倒又走了，谁高兴去叫她呀！"汤啸庵道："你不要怪她，说不定是转局。"子富道："转什么局！她嘿'三礼拜了六点钟'（注二）啰！"啸庵道："要她们'三礼拜六点钟'嘿才好玩耶。"

说着，催客的已回来说："尚仁里请客说，请先坐罢。"王莲生便叫起手巾。娘姨答应，随将局票带下去。啸庵仍添写黄翠凤一张夹在里面。王莲生请众人到当中房间里，乃是三张方桌，接连着排做双台。大家宽去马褂，随意就座，却空出中间两把高椅。张蕙贞筛酒敬瓜子。洪善卿举杯向蕙贞道："先生，恭喜你。"蕙贞羞的抿嘴笑道："什么呀！"善卿也逼紧喉咙学她说一声"什么呀！"说的大家都笑了。

小堂名呈上一本戏目请点戏。王莲生随意点了一出《断桥》，一出《寻梦》，下去吹唱起来。外场戴了个纬帽（注三）上过第一道鱼翅，黄翠凤的局倒早到了。汤啸庵向罗子富道："你看，她头一个先到，多巴结！"子富把嘴一努，啸庵回头看时，却见葛仲英背后吴雪香先自坐着。啸庵道："她是就像本堂局，走过来就是，比不得她们。"黄翠凤的娘姨赵家妈正取出水烟筒来装水烟，听啸庵说，略怔了一怔，乃道："我们听见叫局，总赶死赶活赶来；有时候转局，忙不过来嚜，可不要晚点哒？"黄翠凤沉下脸喝住赵家妈道："说什么呀！早嚜就早点，晚嚜就晚点，要你来说上这么多话！"汤啸庵分明听见，微笑不睬。罗子富却有点不耐烦起来。王莲生忙岔开说："我们来划拳。子富先摆五十杯。"子富道："就五十杯好了，什么稀奇！"汤啸庵道："二十杯哝哝罢。"王莲生道："他多叫了个局，至少三十杯。我先打。"即和罗子富划起拳来。

黄翠凤问吴雪香："唱了没？"雪香道："我们不唱了。你唱罢。"赵家妈授过琵琶，翠凤和准了弦，唱一只开篇，又唱京调《三击掌》的一段抢板。赵家妈替罗子富连代了五杯酒，吃得满面通红。子富还要她代，适值蒋月琴到来，伸手接去。赵家妈趁势装两筒水烟，说："我们先走了。可要存两杯？"罗子富更觉生气，取过三只鸡缸杯，筛得满满的，给赵家妈。赵家妈执杯在手，待吃不吃。黄翠凤使性子，叫赵家妈"拿来。"连那两杯都折在只大玻璃斗内，一口气吸得精干，说声"等会请过来"，头也不回，一直去了。

罗子富向汤啸庵道："你看如何？是不是不要去叫她好？"蒋月琴接口道："本来是你不好嚜；她们吃不下了嚜，你去教她们吃。"

汤啸庵道："小孩子闹脾气,没什么要紧。你不做了嚜就是啰。"罗子富大声道："我倒还要去叫她的局呢!娘姨,拿笔砚来。"蒋月琴将子富袖子一扯道:"叫什么局呀?你嚜……"只说半句,即又咽住。子富笑道:"你也吃起酱油来了!"月琴别过头去忍笑说道:"你去叫罢,我们也走了。"子富道:"你走了嚜,我也再来叫你啰。"月琴也忍不住一笑。

娘姨端着笔砚问:"可要笔砚呢?"王莲生道:"拿来,我替他叫。"罗子富见莲生低着头写,不知写些甚么。陈小云坐得近,看了看,笑而不言。陶云甫问罗子富道:"你甚么时候去做这黄翠凤的?"子富道:"我就做了半个月光景。先起头看她倒不错。"云甫道:"你有月琴先生在这儿嚜,去做什么翠凤嚡?翠凤脾气是不大好。"子富道:"倌人有了脾气,还好做甚么生意呀!"云甫道:"你不晓得,要是客人摸着了她脾气,她的一点点假情假义也出色的哦,就是刚做起耍闹脾气不好。"子富道:"翠凤是讨人嚜,老鸨倒放她闹脾气,不去管管她?"云甫道:"老鸨哪敢管她,她嚜要管管老鸨咧。老鸨随便甚么事先要去问她,她说怎么样是怎么样,还要三不时去拍拍她马屁才好。"子富道:"老鸨也太好人了!"云甫道:"老鸨可有什么好人哪!你可晓得,有个黄二姐,就是翠凤的老鸨,从娘姨出身,做到老鸨,有过七八个讨人,也算是租界上一挡脚色嚜;就碰着了翠凤嚜,她也碰弯了。"子富道:"翠凤什么本事呢?"云甫道:"说起来是厉害的哦!还是翠凤做清倌人时候,跟老鸨吵架,给老鸨打了一顿;打的时候,她咬紧了牙齿,一声不响;等到娘姨她们劝开了,榻床上一缸生鸦片烟,她拿起来吃了两把。老鸨晓得了,吓死了,连忙去请了先生来。她不肯吃药嚜,骗她也不吃,吓她也不吃。老鸨可有什么法子呢,跪了替她磕头。后来老鸨对

管老鴇奇事
反常情

她说:'从此以后一点都不敢得罪你就是了。'这才算吐了出来了事。"

陶云甫这一席话,说得罗子富志忐鹘突,只是出神。在席的也同声赞叹,连倌人娘姨等都听呆了。惟王莲生还在写票子,没有听见。及至写毕,交与娘姨,罗子富接过来看,原来是开的轿饭帐,随即丢开。王莲生道:"你们酒怎么不吃了?子富庄可完了没呀?"罗子富道:"我还有十杯没划。"莲生便教汤啸庵打庄。啸庵道:"玉甫也没打庄嚜。"

一语未了,只听得楼梯上一阵脚声,直闯进两个人来,嚷道:"谁的庄?我们来打!"大家知道是请的那两位局里朋友,都起身让坐。那两位都不坐。一个站在台面前,揎拳攘臂,"五魁""对手",望空乱喊;一个把林素芬的妹子林翠芬拦腰抱住,要去亲嘴,口里喃喃说道:"我的小宝宝,香香面孔!"林翠芬急得掩着脸弯下身去,爬在汤啸庵背后,急声喊道:"不要闹喱!"王莲生忙道:"不要去惹她们哭喱。"林素芬笑道:"她哭倒不哭的。"又说翠芬道:"香香面孔嚜碍什么事?你看,鬓脚也散了。"翠芬挣脱身,取豆蔻盒子来照照镜子。素芬替她整理一回。幸亏带局过来的两个倌人随后也到,方拉那两位各向空高椅上坐下。王莲生问:"卫霞仙那儿谁请客?"那两位道:"就是姚季莼嚜。"莲生道:"怪不得你们俩都吃醉喽。"两位又嚷道:"谁说醉呢?我们要划拳了。"

罗子富见如此醉态,亦不敢助兴,只把摆庄剩下的十拳胡乱同那两位划毕;又说:"酒嚜随意代代罢。"蒋月琴也代了几杯。

罗子富的庄打完时,林素芬翠芬姊妹已去,蒋月琴也就兴辞。罗子富乃乘机出席,悄悄的约同汤啸庵到里间房里去穿了马褂,径从大床背后出房下楼先走。管家高升看见,忙喊打轿。罗子富吩咐把轿子打到尚仁里去。汤啸庵听说，便知他听了陶云甫的一席话，要到黄翠凤家去，心下暗笑。

两人趱出门来，只见衖堂两边，车子轿子堆得满满的，只得侧身而行。恰好迎面一个大姐从车轿夹缝里钻来挤去。那大姐抬头见了，笑道："啊唷！罗老爷。"忙退出让过一旁。罗子富仔细一认，却是沈小红家的大姐阿金大，即问："可是在跟局？"阿金大随口答应自去。

汤啸庵跟着罗子富一径至黄翠凤家。外场通报，大姐小阿宝迎到楼上，笑说："罗老爷，你有好几天没请过来了嚜。"一面打起帘子，请进房间。随后黄翠凤的两个妹子黄珠凤黄金凤从对过房里过来厮见，赶着罗子富叫"姐夫"，都敬了瓜子。汤啸庵先问道："姐姐可是出局去了？"金凤点头应是。小阿宝正在加茶碗，忙接说道："去了有一会了；就快要回来了。"罗子富觉得没趣，丢个眼色与汤啸庵要走，遂一齐起身，趱下楼来。小阿宝慌的喊说："不要走嚟。"拔步赶来，已是不及。

注一："囡鱼"一般作"囡仵"（吴语"女儿"）。此处作者用"鱼"（吴语与"仵"同音），显然是为了对下联"鸨"字。其实回内吴雪香所说的是生儿子，并不是养女儿，回目但求对仗工稳。

注二：拆字格谚语。下午六点钟是酉时，三星期是廿一天，合成"醋"字。

注三：即红缨帽，官员的跟班亲兵等戴的。妓院男仆遇年节喜庆送入果盘或鱼翅时戴，以示隆重。

第七回

恶圈套罩住迷魂阵　美姻缘填成薄命坑

按黄翠凤的妹子金凤见留不住罗子富汤啸庵两位,即去爬在楼窗口,高声叫:"妈,罗老爷走了!"那老鸨黄二姐在小房间内听了,急跑出来,恰好在楼梯下撞着,一把抓住罗子富袖子,说:"不许走。"子富连道:"我没工夫待在这儿。"黄二姐大声道:"你要走嚜,等我们翠凤回来了再走。"又嗔着汤啸庵道:"你汤老爷倒也这么等不及。怎么不跟我们罗老爷坐一会,说说话呀。"于是不由分说,拉了罗子富上楼,叫小阿宝拉了汤啸庵,重到房间里来。黄二姐道:"宽宽马褂,多坐会儿。"说着,伸手替罗子富解钮扣。金凤见了,也请汤啸庵宽衣。小阿宝撮了茶叶,随向啸庵手中接过马褂。黄二姐将子富脱下的马褂也授与小阿宝,都去挂在衣架上。

黄二姐一回头,见珠凤站在一旁,嗔她不来应酬,瞪目直视。吓得珠凤倒退下去,慌取了一只水烟筒,装与子富吸。子富摇手道:"你去替汤老爷装罢。"黄二姐问子富道:"可是酒吃多了?榻床上去躺躺哦。"子富随意向烟榻躺下。小阿宝绞了手巾,移过一只茶碗,放在烟盘里,又请啸庵用茶。啸庵坐在靠壁高椅上,旁边珠凤给他装水烟。黄二姐叫金凤也取一只水烟筒来,遂在榻床前杌子上坐了，自吸一口，却侧转头悄悄的笑向子富道："你可是生气了？"子富道："生什么气呀？"黄二姐道："那为什么好几天没请过来？"子富道："我没工夫嚜。"黄二姐鼻子里哼的一声，半晌，笑道："话也不错，成天成夜在老相好那儿，哪有工夫到我们这儿来呢。"

　　子富含笑不答。黄二姐又吸了一口水烟，慢慢说道："我们翠凤脾气是不大好，也怪不得你罗老爷要生气。其实我们翠凤脾气嚜有点，也看是什么客人；她在罗老爷面上倒一点脾气都没发过哝。汤老爷嚜也有点晓得她了。她做了一户客人，要客人有长性，可以一直做下去，那她就跟客人要好了。她跟客人要好了，哪有甚么脾气呢？她就只碰着了没长性客人，那就要闹脾气了。她闹起脾气来，不要说什么不肯巴结，索性理也不来理你嚜。汤老爷，是不是？这时候你罗老爷嚜好像我们翠凤不巴结了生气；哪晓得我们翠凤心里跟罗老爷倒还是蛮要好，倒是你罗老爷不是一定要去做她，她嚜也不好来瞎巴结你了嚜。她也晓得蒋月琴跟罗老爷做了四五年了。她有时候跟我说起，说：'罗老爷倒有长性，蒋月琴那儿做四五年嚜，在我们这儿做起来可会推扳呢？'我说：'你晓得罗老爷有长性嚜，为什么不巴结点哝？'她也说得不错；她说：'罗老爷有了老相好，只怕我们巴结不上，倒落在蒋月琴她们眼里好笑。'她是这个意思。要说是她不肯巴结你罗老爷，倒冤枉了她了。我说罗老爷你此刻刚刚做起，你也还没晓得我们翠凤的脾气；你做一节下来，你就有数目了。我们翠凤嚜也晓得你罗老爷心里是要做她，她这就慢慢的也巴结起来了。"

　　子富听了，冷笑两声。黄二姐也笑道："你可是有点不相信我的话？你问声汤老爷看，汤老爷蛮明白哒。——汤老爷，你想哝。倘然她跟罗老爷不要好嚜，罗老爷哪叫得到十几个局呀？她心里在要好，嘴里总不肯说出来。连娘姨大姐她们都不晓得她心里的事，单有我嘿，稍微摸着了点。倘然我此刻放走了罗老爷，等会她回来就要埋怨我嘿。我老实跟罗老爷说了罢：她做大生意下来，也有五年光景了，统共就做了三户客人，一户嘿在上海，还有两户，一年上海不过来两趟，清爽是清爽得很嗏。我再要她自己看中了一户客人，替我多做点生意，这可是难死了喽。推扳点客人不要去说了；就算客人嘿蛮好，她说是没长性，只好拉倒，教我有什么法子呢？为此我看见她跟罗老爷蛮要好嘿，指望罗老爷一直做下去，我也好多做点生意。不然是老实说，像罗老爷的客人到我们这儿来也不少嘿，走出走进，让他们去，我可去应酬过？为什么单是你罗老爷嘿要我来陪陪你啊？"

子富仍是默然。汤啸庵也微微含笑。黄二姐又道："罗老爷做嘿做了半个月，待我们翠凤也总算不错，不过我们翠凤看了好像罗老爷有老相好在那儿，我们这儿是垫空的意思。我倒跟她说：'你也巴结点。有什么老相好新相好？罗老爷可会亏待了我们哪？'她说：'隔两天再看好了。'前天她出局回来，倒跟我说：'妈，你说罗老爷跟我好，罗老爷到蒋月琴那儿吃酒去了。'我说：'多吃台把酒是也不算什么。'哪晓得我们翠凤就多心了喽，说：'罗老爷还是跟老相好要好嘿，哪肯跟我要好啊？'"

子富听到这里，不等说完，接嘴道："那还不容易？就摆起来，吃一台好了嘿。"黄二姐正色道："罗老爷，你做我们翠凤倒也不在乎吃酒不吃酒。不要为了我一句话，吃了酒了，等会翠凤还是不过这样，倒说我骗你。你要做我们翠凤嘿，你一定要单做我们翠凤一个的；包你十二分巴结，没有一点点推扳。不要做我们翠凤再去做做蒋月琴，做得两头不讨好。你不相信我的话，你就试试看,看她什么样功架,可巴结不巴结。"子富笑道:"那也容易得很,蒋月琴那儿不去了嚡就是啰。"黄二姐低头含笑,又吸了一口水烟,方说道:"罗老爷,你倒也会说笑话的哦!四五年老相好,说不去就不去了!也亏你说得出来!倒说容易得很!可是来骗骗我们?"一面说一面放下水烟筒,往对过房间里做什么去了。

子富回思陶云甫之言不谬,心下着实钦慕,要与汤啸庵商量,却又不便,自己忖度一番,坐起来呷口茶。珠凤忙送过水烟筒,子富仍摇手不吸。只见小阿宝和金凤两个爬在梳妆台前,凑近灯光,攒头搭颈,又看又笑。子富问:"什么东西?"金凤见问,劈手从小阿宝手中抢了,笑嘻嘻拿来与子富看,却是半个胡桃壳,内塑着五色糖捏的一出春宫。子富呵呵一笑。金凤道:"你看噢。"拈着壳外线头,抽拽起来,壳中人物都会摇动。汤啸庵也踅过来看了看,问金凤道:"你懂不懂啊?"金凤道:"'葡萄架'嚡。有什么不懂!"小阿宝忙笑阻道:"你不要跟他说噢!他要讨你便宜呀!"

说笑间,黄二姐又至这边房里来,因问:"你们笑什么?"金凤又送去与黄二姐看。黄二姐道:"哪儿拿来的呀?还给她放好了。等会弄坏了嚡又要给她说了。"金凤乃付与小阿宝将去收藏了。

罗子富立起身,丢个眼色与黄二姐,同至中间客堂,不知在黑暗里说些甚么。咕唧了好一会,只听得黄二姐向楼窗口问:"罗老爷管家可在这儿?教他上来。"一面见子富进房即叫小阿宝拿笔砚来央汤啸庵写请客票,只就方才同席的胡乱请几位。黄二姐亲自去点起一盏保险台灯来,看着啸庵草草写毕,给小阿宝带下,令外场去请。

黄二姐向子富道:"你管家等在这儿,可有什么话说呀?"罗子富说:"叫他来。"高升在外听唤忙掀帘进门候示。子富去身边

惡圈套翠住迷魂陣

取出一串钥匙吩咐高升道："你回去到我床背后开第三只官箱，看里面有只拜盒拿来。"高升接了钥匙，领命而去。

黄二姐问："台面可要摆起来？"子富抬头看壁上的挂钟，已至一点二刻了，乃说："摆起来罢，天不早了。"汤啸庵笑道："忙什么！等翠凤出局回来了正好。"黄二姐慌道："催去了。他们是牌局，要嚜在替打牌，不然哪有时候这么长呀。"随喊："小阿宝，你去催催罢，教她快点就回来。"小阿宝答应，正要下楼。黄二姐忽又叫住道："你慢点，我跟你说噢。"说着，急赶出去，到楼梯边和小阿宝咬耳朵叮嘱几句，道："记着不要忘了。"

小阿宝去后，黄二姐方率领外场调桌椅，设杯箸，安排停当。请客的也回来回话。惟朱蔼人及陶氏昆仲说就来，其余有回去了的，有睡下了的，都道谢谢。罗子富只得罢了。

忽听得楼下有轿子抬进大门，黄二姐只道是翠凤，忙向楼窗口望下观看。原来是客轿，朱蔼人来了。罗子富迎见让坐。朱蔼人见黄翠凤又不在家，解不出吃酒的缘故，悄问汤啸庵方始明白。

三人闲谈着，直等至两点钟相近，才见小阿宝喘吁吁的一径跑到房间里，说："来了！来了！"黄二姐说："跑什么？"小阿宝道："我赶紧呀！先生急得呵——！"黄二姐道："怎么时候这样长呀？"小阿宝道："在替打牌。"黄二姐道："我说是替打牌嚜。可不猜着了？"接着一路咭咭咯咯的脚声上楼。黄二姐忙迎出去。先是赵家妈提着琵琶和水烟筒袋进来见了，叫声"罗老爷"，笑问："来了一会子？我们刚刚不巧，出牌局，不催了还有一会哩。"随后黄翠凤款步归房，敬过瓜子，却回头向罗子富嫣然展笑。子富从未见翠凤如此相待，得诸意外，喜也可知。

一时陶云甫也到。罗子富道："单有玉甫没来，我们先坐罢。"

汤啸庵遂写一张催客条子，连局票一起交代赵家妈道："先到东兴里李漱芳那儿，催客跟叫局一块，都在那儿。"赵家妈应说："晓得了。"

当下大家入席。黄翠凤上前筛一巡酒，靠罗子富背后坐了。珠凤金凤还过台面规矩，随意散坐。黄二姐捉空自去。翠凤叫小阿宝拿胡琴来，却把琵琶给金凤，也不唱开篇，只拣自己拿手的《荡湖船》全套和金凤合唱起来。座上众客只要听唱，那里还顾得吃酒。罗子富听得呆呆的，竟像发呆一般。赵家妈报说："陶二少爷来了。"子富也没有理会。及陶玉甫至台面前，方惊起厮见。

那时叫的局也陆续齐集了。陶玉甫是带局而来的，无须再叫。所怪者，陶玉甫带的局并不是李漱芳，却是一个十二三岁清倌人，眉目如画，憨态可掬，紧傍着玉甫肘下，有依依不舍之意。罗子富问："是什么人？"玉甫道："她叫李浣芳，算是漱芳小妹子。为了漱芳有点不舒服，刚刚少微出了点汗，睡在那儿，我教她不要起来了，让她来代了个局罢。"

说话时，黄翠凤唱毕，张罗道："你们用点菜哝。"随推罗子富道："你怎么不说说啊？"子富笑道："我先来打个通关。"乃伸拳从朱蔼人挨顺划起，内外无甚输赢。划至陶玉甫，偏是玉甫输的。李浣芳见玉甫划拳，先将两只手盖住酒杯，不许玉甫吃酒，都授与娘姨代了。玉甫接连输了五拳，要取一杯来自吃。李浣芳抢住，发急道："谢谢你！你就照应我们点好不好？"玉甫只得放手。

罗子富听李浣芳说得诧异，回过头去要问她为什么，只见黄二姐在帘子影里探头探脑，子富会意，即缩住口，一径出席，走过对过房间里。黄二姐带领管家高升跟进来。高升呈上拜匣。黄二姐旋亮了桌上洋灯。子富另将一串小钥匙开了拜匣，取出一对十两重的金钏臂来,授与黄二姐手内,仍把拜匣锁好,令黄二姐暂为安放,自收起大小两副钥匙,说道:"我去喊翠凤来看看花样可中意。"说着,回至这边归座,悄向黄翠凤道:"你妈在喊你。"翠凤装做不听见,俄延半晌,欸的站起身一直去了。

罗子富见台面冷清清的,便道:"你们可有谁摆个庄哪?"陶云甫道:"我们嚜再划两拳,你让玉甫先走罢。她们酒是不许他吃了,坐在这儿干什么?为他一个人,倒害了多少娘姨大姐跑来跑去,忙死了,还有人在那儿不放心。等会天不亮回去路上吓坏了,都是我们担的干系。让他走了倒清爽点。是不是?"说得哄堂大笑。

罗子富看时,果然有两个大姐三个娘姨围绕在玉甫背后,乃道:"这倒不好屈留你啰。"陶玉甫得不的一声,讪讪的挈李浣芳告辞先行。

罗子富送客回来,说道:"李漱芳跟他倒要好得不得了哦!"陶云甫道:"人家相好要好点,也多得很嚜,就没见过他们的要好,说不出画不出的。随便到哪儿,教娘姨跟牢了,一块去嚜还是一块回来。要是一天没见,要这些娘姨相帮四面八方去找了来,找不着吵死了。我有天到她那儿去,存心要看看他们;哪晓得他们俩对面坐着在对看着发呆,什么话也一句都不说。问他们是不是在发痴,他们自己也说不上来嚜。"汤啸庵道:"想来也是他们缘分。"云甫道:"什么缘分呀!我说是冤牵!你看玉甫近日来神气常有点呆呆的,给她们圈牢了,一步也走不开的了。有时候我教玉甫去看戏,漱芳道:'戏场里锣鼓吵得厉害,不要去了。'我教玉甫去坐马车。漱芳说:'马车跑起来颠得厉害,不要去了。'最好笑有一回拍小照去,说是眼睛光也给他们拍了去了;这就天天快天亮的时候,还没起来,就替他舐眼睛,说舐了半个月刚好。"

美姻緣填成薄命坑

大家听说，重又大笑。陶云甫回头把手指着自己叫的倌人覃丽娟，笑道："像我们做个相好，要好嚜不要好，倒不错；来了也不讨厌，去了也不想，随你的便，是不是舒服得多？"覃丽娟接说道："你说说他们，怎么说起我们来啦？你要像他们要好嚜，你也去做她好了！"云甫道："我说你好倒说错了？"丽娟道："你去调皮好了。我不过这样，要好不会好，要坏也不会坏。"云甫道："所以我说你好嚜。你自己去转了什么念头，倒说我调皮。"朱蔼人正色道："你说嚜说着玩的，我这些时看下来，越是跟相好要好，越是做不长。倒是不过这样嚜，一年一年也做下去了，看光景。"蔼人背后林素芬虽不来接嘴，却也在那里做鬼脸。罗子富一眼看见，忙岔开道："不要说了。蔼人摆个庄，我们来划拳了。"

第八回

蓄深心劫留红线盒　逞利口谢却七香车

按罗子富正要朱蔼人摆庄,忽听得黄二姐低声叫"罗老爷"。子富不及划拳,丢下便走。黄二姐在外间迎着道:"可要金凤来替你划两拳?"子富点点头。黄二姐遂进房到台面上去。子富自过对过房间里,只见黄翠凤独自一个坐在桌子旁边高椅上,面前放着那一对金钏臂。翠凤见子富近前,笑说:"来嗽,"揣住子富的手捺到榻床坐下,说道:"我妈上你的当,听了你的话,快活得呵——!我就晓得你是不过说说罢了。你有蒋月琴在那儿,哪肯来照应我们?我妈还拿了钏臂来给我看。我说:'钏臂嚡什么稀奇!蒋月琴那儿不晓得送了多少了!就是我也有两副在那儿,都放在那儿用不着,要了来干什么?'你还是拿回去罢。过两天你真的蒋月琴那儿不去了,想着要来照应我们,再送给我正好。"

子富听了,如一瓢冷水兜头浇下,随即分辩道:"我说过,蒋月琴那儿一定不去了;你不相信嚡,我明天就教朋友去替我开消局帐,好不好?"翠凤道:"你开消了,还是好去的嚡。你跟蒋月琴是老相好,做了四五年了,她也跟你蛮要好。你此刻嚡说不去了,你要去起来,我好不许你去?"子富道:"说了不去,还好再去呀?

说话不是放屁。"翠凤道:"随便你去说什么,我不相信哩。你自己去想嗯:你哩就说是不去,她们可要到你公馆里来请你呀?她要问你,可有什么得罪了你生气,你跟她说什么?可好意思说我们教你不要去噢?"子富道:"她请我,我不去,她有什么法子?"翠凤道:"你倒说得轻巧嗜;你不去,她们就罢了?她一定要拉你去,你有什么法子?"

子富自己筹度一回,乃问道:"那你说要我怎么样噢?"翠凤道:"我说,你跟我好嘍,要你到我们这儿来住两个月,你不许一个人出大门。你要到哪去,我跟你一块去。蒋月琴她们也不好到我们这儿来请你。你说好不好?"子富道:"我有好些公事的,哪能够不出大门!"翠凤道:"不然嘍,你去拿个凭据来给我,我拿了你凭据,也不怕你到蒋月琴那儿去了。"子富道:"这怎么好写什么凭据呢?"翠凤道:"写的凭据有什么用?你要拿几样要紧东西来放在这儿,那才好算凭据。"子富道:"要紧东西,不过是洋钱喽。"翠凤冷笑道:"你眼睛里看出来的我怎么这么坏!是不是我要想你的洋钱啊?你哩拿洋钱算好东西,我看倒没什么要紧。"子富道:"那么什么东西噢?"翠凤道:"你不要猜我要你什么东西,我也是为你算计,不过拿你东西来放在这儿,万一你要到蒋月琴那儿去嘍,想着有东西在我手里,你不敢去了,也好死了你一条心。你想是不是?"

子富忽然想起,道:"有了。刚才拿来的个拜盒倒是要紧东西。"翠凤道:"就是拜盒蛮好。你放在这儿可放心?我先跟你说一声:你到蒋月琴那儿去了一趟,我要拿出你拜盒里东西一把火烧光的噢!"子富吐舌摇头道:"啊唷!厉害的哦!"翠凤笑道:"你说我厉害,你也看错人了。我做哩做了个倌人,要拿洋钱来买我倒买

97

不动噃。不要说你一对钏臂了,就摆好了十对钏臂也不在我眼睛里。你的钏臂你还拿去,你要送给我,随便哪一天送好了,今天晚上倒不要给你来看轻了,好像是我看中了你钏臂。"一面说,一面向桌上取那一对钏臂亲自替子富套在手上。子富不好再相强,只得依她道:"那么还放在拜盒里,过两天再送给你也好。不过拜盒里有几张栈单庄票,有时候要用嚜怎么样?"翠凤道:"你要用嚜拿了去好了。就不是栈单庄票,万一有要用的时候,你也好来拿的嚜。到底还是你的东西,还怕我们吞没掉了?"子富复沉吟一回道:"我要问你:你为什么钏臂是不要噃?"翠凤笑道:"你哪猜得着我意思!你要晓得,做我的相好,你不要看重在钱上。我要用着钱的时候,就要了你一千八百,也不算什么多;我用不着,就一厘一毫也不来跟你要。你要送东西,送了我钏臂,我不过见个情;你就去拿了一块砖头来送给我,我倒也见你个情。你摸着了我脾气嚜好了。"

子富听到这里,不禁大惊失色,站起身来道:"你这人倒稀奇的哦!"遂向翠凤深深作揖下去,道:"我今天真正佩服了你了!"翠凤忙低声喝住,笑道:"你不怕难为情呀?让他们看见了,算什么?"说着,仍搀住子富的手,说:"我们对过去罢。"挈至房门口,即推子富先行,翠凤随后,同向台面上来。

那时出局已散。黄二姐正帮着金凤等张罗,望见子富,报说:"罗老爷来了。"朱蔼人道:"我们要吃稀饭了,你才来。"子富道:"再划两拳。"陶云甫道:"你嚜倒有趣去,我们跟蔼人吃了多少酒啫。"子富带笑而告失陪之罪,随叫拿稀饭来;席间如何吃得下,不过意思而已。

当时席散,各自兴辞。子富送至楼梯边,见汤啸庵在后,因

蕭深心叔留紅綠盒

想着说道:"我有点小事,托你去办办。明天碰头了再跟你说。"啸庵应诺。等到陶云甫朱蔼人轿子出门,然后汤啸庵步行而归。

罗子富回到房间里,外场已撤去台面,赵家妈把笤帚略扫几帚,和小阿宝收拾了茶碗出去。子富随意闲坐,看翠凤卸头面。

须臾,黄二姐复进房与子富闲谈。翠凤便令取出那只拜匣来,交与子富。子富乃褪下钏臂,放在拜匣里。黄二姐不解何故,两只眼油汪汪的,看看子富,看看翠凤。翠凤也不理她。子富照旧锁好。翠凤又令黄二姐将拜匣去放在后面官箱里。黄二姐才自明白,捧了拜匣要走,却回头问子富道:"你轿子可教他们打回去?"子富道:"你去喊高升来。"黄二姐乃去喊了高升上楼。子富吩咐些说话,叫高升随轿子回公馆去了。随后小阿宝来请翠凤对过房间里去。

翠凤将行,见房里只剩子富一个,即问:"珠凤呢?"小阿宝便向楼窗口高声喊道:"妈,你们人都到哪去了?"赵家妈在楼下连忙接口应道:"教她们睡去了。"翠凤看挂钟,已敲过四点,方不言语。赵家妈一径来见子富,问道:"罗老爷,安置罢?"子富点点头。于是赵家妈铺床吹灯,掩门退出。子富直等到翠凤归房安睡。(注一)一宿无话。

子富醒来,见红日满窗,天色尚早,小阿宝正拿抹布揩拭橱箱桌椅,也不知翠凤那里去了;听得当中房间声响,大约在窗下早妆;再要睡时,却睡不着。(注二)

一会儿,翠凤梳好头,进房开橱脱换衣裳。子富遂坐起来,着衣下床。翠凤道:"再睡会嚏。十点钟还不到哩。"子富道:"你起来了多少时候了?"翠凤笑道:"我睡不着了呀。七点多钟就起来了。你正睡得沉。"

赵家妈听见子富起身，伺候洗脸刷牙漱口，随问点心。子富说："不想吃。"翠凤道："过一会吃饭罢。"赵家妈道："中饭还有一会呢喕。"子富道："等一会正好。"翠凤道："教他们赶紧点。"赵家妈承命去说。子富复叫住，问："高升来了没有？"赵家妈道："来了有一会了，我去喊他来。"高升闻唤，见了子富，呈上字条一张，洋钱一卷，问："可要打轿子？"子富道："今天礼拜，没什么事，轿子不要了。"因转问翠凤："我们去坐马车好不好？"翠凤道："好的，我要坐两部车的哦。"子富也不则声，再看那张条子，乃是当晚洪善卿请至周双珠家吃酒的，即随手撩下。高升见没甚吩咐，亦遂退去。

子富忽然记起一件事来，向翠凤道："我记得去年夏天看见你跟个长条子客人晚上在明园（注三），我不晓得你名字叫什么，晓得了名字，去年就要来叫你局了。"翠凤脸上一呆，答道："我不然跟客人一块坐马车也没什么要紧，就为了正月里有个广东客人要去坐马车，我不高兴跟他坐，我说：'我要坐两部车的哦。'就说了一句，也没说什么。你晓得他怎么样？他说：'你不跟客人坐也罢了；只要我看见你跟客人一块坐马车嚜，我来问你一声看，那才叫不味呢。'"子富道："你跟他怎么说？"翠凤道："我啊？我说：'我一个月难得坐趟马车，今天为了是你第一趟教去，我答应了你，你倒发话了！我不去了！你请罢。'"子富道："他下不来台了嚜？"翠凤道："他嚜只好对我看看喽！"子富道："怪不得你妈也说你有点脾气哒。"翠凤道："广东客人野头野脑，老实说，不高兴做他！巴结他做什么！"

说话之间，不觉到了十二点钟。只见赵家妈端着大盘，小阿宝提着酒壶进房，放在靠窗大理石方桌上，安排两副杯箸，请子富用酒。翠凤亲自筛了一鸡缸杯,奉与子富,自己另取小银杯,对坐相陪。黄二姐也来见子富,帮着让菜,说道:"你吃我们自己做的菜看好不好。"子富道:"自己做,倒比厨子好。"子富复向黄二姐道:"你也来吃口饭罢。"黄二姐道:"不要,我下头去吃。我去喊金凤来陪陪你们。"子富道:"慢点去。"遂取那一卷洋钱交与黄二姐开消下脚(注四)等项。黄二姐接了道:"谢谢你。"子富问她:"谢什么?"黄二姐笑道:"我先替他们谢谢倒谢错了?"一路说笑,自去分派。

子富因没人在房里,装做三分酒意,走过翠凤这边兜兜搭搭。翠凤推开道:"快点!赵家妈来了!"子富回头,不见一人,索性爬到翠凤身上去不依道:"你倒骗我!赵家妈跟她丈夫也在有趣,哪有工夫来看我们!"翠凤恨得咬牙切齿。幸而金凤进来,子富略一松手,翠凤趁势狠命一推,几乎把子富打跌。金凤拍手笑道:"姐夫干什么给我磕个头?"子富转身,抱住金凤要亲嘴。金凤急声的喊说:"不要闹噢!"翠凤两脚一跺道:"你怎么闹个没完!"子富连忙放手说:"不闹了!不闹了!先生不要生气!"当向翠凤作了个半揖。引得翠凤也嗤的笑了。

金凤推子富坐下,道:"请用酒噢。"即取酒壶,要给子富筛酒,再也筛不出来;揭盖看时,笑道:"没有了!"乃喊小阿宝拿壶酒来。翠凤道:"不要给他吃了。吃醉了又跟我们瞎闹。"子富拱手央告道:"再吃三杯,不闹就是了。"及至小阿宝提了一壶酒来,子富伸手要接,却被翠凤先抢过去道:"不许你吃了!"子富只是苦苦央告。小阿宝在旁笑道:"没的吃了!快点哭噢!"子富真个哀哀的装出哭声。金凤道:"给他吃好了。我来筛。"从翠凤手里接过酒壶来,约七分满筛了一杯。子富合掌拜道:"谢谢你!替我筛满了好不好?"翠凤不禁笑道:"你怎么这样厚皮呀!"子富道:"我说吃三杯,再要吃嚜不是人,你可相信?"翠凤别转脸不理。小阿宝金凤都笑得打跌。

子富吃到第三杯,正值黄二姐端了饭盂上楼,叫小阿宝:"下头吃饭去,我来替你。"子富心知黄二姐已是吃过饭了,便说:"我们也吃饭了。"黄二姐道:"再用一杯嚜。"子富听了,直跳起来,指定翠凤嚷道:"你可听见妈教我吃?你可敢不给我吃?"翠凤着实瞅了一眼道:"越说你倒越高兴了!"竟将酒壶授与小阿宝带下楼去,便叫盛饭。黄二姐盛上三碗饭来。金凤自取一双象牙箸同坐陪吃。

一时,赵家妈小阿宝齐来伺候。吃毕收拾,大家散坐吃茶。珠凤也扭扭捏捏的走来要给子富装水烟。子富取来自吃。

将近三点钟时分,子富方叫小阿宝令外场去喊两部马车。赵家妈舀上面水,请翠凤洗脸。翠凤教金凤去打扮了一块去。金凤应诺,同小阿宝到对过房里,也去洗起脸来。翠凤只淡淡施了些脂粉,越觉得天然风致,顾盼非凡;妆毕,自往床背后去。赵家妈收过妆具,向橱内取一套衣裳,放在床上,随手带出银水烟筒,又自己忙着去脱换衣裳。

金凤先已停当,过来等候。子富见她穿着银红小袖袄;密绿散脚裤,外面罩一件宝蓝缎心,天青缎滚,满身洒绣的背心;并梳着两角丫髻,垂着两股流苏,宛然是《四郎探母》这一出戏内的耶律公主;因向她笑道:"你脚也不要去缠了,索性扮个满洲人,倒不错!"金凤道:"那好了!只好给人家做大姐了!"子富道:"给人家嚜,做奶奶,做太太,哪有什么做大姐哒?"金凤道:"跟你说说嚜就胡说八道了!"

翠凤听得，一面系袴带，出来洗手，一面笑问子富道："给你做姨太太好不好？"子富道："不要说是姨太太，就做大太太嚜也蛮好。"复笑问金凤道："你可情愿？"羞得金凤掩着脸，伏在桌上，问了几声不答应。子富弯下身子悄悄去问，偏要问出一句话来才罢。金凤连连摇手，说："不晓得！不晓得！"子富道："情愿了！"

翠凤把手削脸羞金凤。珠凤坐在靠壁高椅上冷眼看着，也格的一声要笑。子富指道："哪，还有一位大太太，快活得呵，自己在笑！"翠凤一见，嗔道："你看她可讨人厌！"珠凤慌的敛容端坐。翠凤越发大怒道："是不是说了你生气了？"走过去拉住她耳朵，往下一摔。珠凤从高椅上扑地一交，急爬起来，站过一旁，只披嘴咽气，却不敢哭。

幸值赵家妈来催，说："马车来了。"翠凤才丢开手，拿起床上衣裳来看了看，皱眉道："我不要穿它。"叫赵家妈开橱，自拣一件织金牡丹盆景竹根青杭宁绸棉袄穿了，再添上一条膏荷绉面品月（注五）缎脚松江花边夹袴，又鲜艳又雅净。子富呆着脸只管看。赵家妈收起那一套衣裳，问子富："可要穿马褂？"子富自觉不好意思，即取马褂披在身上，说道："我先走了。"一径踅下楼来，令高升随去。出至尚仁里口，见是两部皮篷车，自向前面一部坐了。随后赵家妈提银水烟筒前行，翠凤挈着金凤缓缓而来，去坐了后面那一部。高升也蹿上车后踏镫。四轮一发，电掣飙驰的去了。

注一：对过房间向作招待同时来的另一嫖客之用。小阿宝来请翠凤过去，显然是请去陪客，而且也是住夜的——当时已经快天亮了。散席前与子富谈判，就是在对过房间，那时候那间房空着，因此这另一客人刚来不久，想必就是叫翠凤出牌局的人，此刻蔴

運利口謝
郤乜香
車

将散场后来找她。作者在"例言"中解释他字里行间的夹缝文章："如写王阿二时，处处有一张小村在内；写沈小红时，处处有一小柳儿在内；写黄翠凤时，处处有一钱子刚在内。"第二十二回翠凤告诉子富，钱家常请客打牌，叫她的局，每每要代打到深夜两三点钟。第四十四回她又告诉子富她只有两个客人在上海。除子富外，唯一在上海的客人就是钱子刚了。此回凌晨来客就是钱子刚无疑。子富与她定情之夕，竟耐心等她从另一个男子的热被窝里来，在妓院虽是常事，但是由于长三堂子的家庭气氛，尤其经过她那番装腔作势俨然风尘奇女子的表白，还是使人吃一惊的对照；而轻描淡写，两笔带过，婉而讽。

注二：明知对过房间有客，她不会不一早溜过去再渥一会，叫他怎么睡得着。

注三：马车可以进入明园，所以他是看见她与客人同车。自第二十二回起，看得出她与钱子刚感情好，黄二姐甚至于疑心她倒贴。书中虽然没有描写钱子刚的状貌，显然他就是罗子富口中的"长条子客人"。

注四：给男女佣人的赏钱。

注五："品蓝"，一种鲜艳的不深不浅的蓝色，想必来自官员朝服胸前背上圆形图案——官居几品的标识——因而得名。"品月"当是同一来历的一种月白。

第九回

沈小红拳翻张蕙贞　黄翠凤舌战罗子富

按罗子富和黄翠凤两部马车驰至大马路斜角转弯，道遇一部轿车驶过，自东而西，恰好与子富坐的车并驾齐驱。子富望那玻璃窗内，原来是王莲生带着张蕙贞同车并坐。大家见了，只点头微笑。将近泥城桥塈，那轿车加紧一鞭，争先过桥。这马见有前车引领，也自跟着，纵辔飞跑。趁此下桥之势，滔滔滚滚，直奔静安寺来。一转瞬间，明园在望。当下鱼贯而入，停在穿堂阶下。

罗子富王莲生下车相见，会齐了张蕙贞黄翠凤黄金凤及赵家妈一同上楼。管家高升知没甚事，自在楼下伺候。王莲生说前轩爽朗，同罗子富各据一桌（注），相与凭栏远眺，瀹茗清谈。王莲生问如何昨夜又去黄翠凤家吃酒。罗子富约略说了几句。罗子富也问如何认识张蕙贞，从何处调头过来。王莲生也说了。罗子富道："你胆子倒大得很啘！给沈小红晓得了嚜——好！"王莲生嘿然无语，只哆着嘴笑。黄翠凤解说道："你嚜说得王老爷可有点边！见相好也怕了嚜，见了老婆怎么样呢？"子富道："你可看过《梳妆》《跪池》两出戏？"翠凤道："只怕你是自己跪惯了，说得出！"一句倒说得王莲生张蕙贞都好笑起来。罗子富也笑道："不跟你说什么话了！"

于是大家或坐或立，随意赏玩。园中芳草如绣，碧桃初开，听那黄鹂儿一声声好像叫出江南春意；又遇着天朗气清，惠风和畅的礼拜日，有踏青的，有拾翠的，有修禊的，有寻芳的，车辚辚，马萧萧，接连来了三四十部，各占着亭台轩馆的座儿。但见钗冠招展，履舄纵横；酒雾初消，茶烟乍起；比极乐世界"无遮会"还觉得热闹些。

忽然又来了一个俊俏伶俐后生，穿着挖云镶边背心，洒绣滚脚套裤，直至前轩站住，一眼注定张蕙贞，看了又孜孜的笑。看得蕙贞不耐烦，别转头去。王莲生见那后生大约是大观园戏班里武小生小柳儿，便不理会。那小柳儿站一会，也就去了。

黄翠凤搀了金凤自去爬着阑干看进来的马车；看不多时，忽招手叫罗子富道："你来看喏。"

子富往下看时，不是别人，恰是沈小红，随身旧衣裳，头也没有梳便来了，正在穿堂前下车。子富忙向王莲生点首儿，悄说："沈小红来了。"莲生忙也来看，问："在哪儿？"翠凤道："到楼上来了呀。"

莲生回身，想要迎出去。只见沈小红早上楼来，直瞪着两只眼睛，满头都是油汗，喘吁吁的上气不接下气，带着娘姨阿珠，大姐阿金大，径往前轩扑来；劈面撞见王莲生，也不说什么，只伸一个指头照准莲生太阳心里狠狠戳了一下。莲生吃这一戳，侧身闪过一旁。小红得空，迈步上前，一手抓住张蕙贞胸脯，一手抡起拳头便打。蕙贞不曾提防，避又避不开，挡又挡不住，也就抓住小红，一面还手，一面喊道："你们是什么人哪！哪有什么不问情由就打起人来了呀！"小红一声儿不言语，只是闷打。两个扭结做一处。黄翠凤金凤见来势泼悍，退入轩后房里去。赵家妈也不好来劝。罗子富但在旁喝教沈小红"放手！有话嚜好说的嘛！"

小红得手，如何肯放，从正中桌上直打到西边阑干尽头。阿珠阿金大还在暗里助小红打冷拳。楼下吃茶的听见楼上打架，都跑上来看。莲生看不过，只得过去勾了小红手臂，要往后扳却扳不动，即又横身插在中间，猛可里把小红一推，才推开了。小红吃这一推，倒退了几步，靠住背后板壁，没有吃跌。蕙贞脱身站在当地，手指着小红，且哭且骂。小红要奔上去，被莲生叉住小红两肋，抵紧在板壁上，没口子分说道："你要说什么话跟我说好了。不关她什么事。你去打她做什么？"

小红总没听见，把莲生口咬指掐。莲生忍着痛苦苦央告。不料斜刺里阿珠抢出来，两手格开莲生，嚷道："你在帮什么人哪！可要脸！"阿金大把莲生拦腰抱住，也嚷道："你倒帮别人来打我们先生了！连我们先生也不认得了！"两个故意和莲生厮缠住了。小红乘势挣出身子，呼的一阵风赶上蕙贞，又打将起来。莲生被她两个软禁了，无可排解。

蕙贞本不是小红对手，更兼小红拚着命，是结结实实下死手打的，早打得蕙贞桃花水泛，群玉山颓；素面朝天，金莲堕地。蕙贞还是不绝口的哭骂。看的人蜂拥而至，挤满了一带前轩，却不动手。

莲生见不是事，狠命一洒，撇了阿珠阿金大两个，分开看的人，要去楼下喊人来搭救。适遇明园管帐的站在帐房门口探望。莲生是认得的，急说道："快点叫两个堂倌来拉开了喂！要打出人命来了呀！"说了，又挤出前轩来。只见小红竟揿蕙贞仰叉在地，又腾身骑上腰胯，只顾夹七夹八瞎打。阿珠阿金大一边一个按住蕙贞两手，动弹不得。蕙贞两脚乱蹬，只喊救命。看的人也齐声发喊，说："打不得了！"

莲生一时火起，先把阿金大兜心一脚踢开去。阿金大就在地下打滚喊叫。阿珠忙站起来奔莲生，嚷道："你倒好意思！打起我们来了！你可算是人哪！"一头撞到莲生怀里，连说："你打哎！你打哎！"莲生立不定脚，往后一仰，倒栽葱跌下去，正跌在阿金大身上。阿珠连身撞去，收扎不来，也往前一扑，正伏在莲生身上。五个人满地乱打，索性打成一团糟。倒引得看的人拍手大笑起来。

幸而三四个堂倌带领外国巡捕上楼，喝一声"不许打。"阿珠阿金大见了，已自一骨碌爬起。莲生挽了堂倌的手起来。堂倌把小红拉过一边，然后搀扶着蕙贞坐在楼板上。

小红被堂倌拦截，不好施展，方才大放悲声，号啕痛哭，两只脚跺得楼板似擂鼓一般。阿珠阿金大都跟着海骂。莲生气得怔怔的，半晌说不出话。还是赵家妈去寻过那一只鞋给蕙贞穿上，与堂倌左提右挈，抬身立定，慢慢的送至轩后房里去歇歇。巡捕飏起手中短棒，吓散了看的人，复指指楼梯，叫小红下去。小红不敢倔强，同阿珠阿金大一路哭着骂着上车自回。

莲生顾不得小红，忙去轩后房里看蕙贞。只见管帐的与罗子富黄翠凤黄金凤簇拥在那里讲说，张蕙贞直挺挺躺在榻床上，赵家妈替她挽起头发。王莲生忙问如何。赵家妈道："还好，就肋里伤了点，不碍事。"管帐的道："不碍事嚜也险的了。为什么不带个娘姨出来？有个娘姨在这儿，就吃亏也好点。"

王莲生听说，又添了一桩心事；踌躇一回，只得央黄翠凤，要借她娘姨赵家妈送回去。翠凤道："王老爷，我说你要自己送去

沈小紅拳勵張蕙貞

第九回

的好。倒不是为什么别的,她吃了亏回去,他们娘姨大姐相帮这些人哪一个肯罢呀?要是喊了十几个人,赶到沈小红那儿去打还她一顿,闹出点穷祸来,还是你王老爷该晦气。你自己去嚜,先跟他们说说明白,是不是?"管帐的道:"说得不错,你自己送回去好。"

莲生终不愿意自己送去,又说不出为什么,只再三求告翠凤,翠凤不得已应了,乃嘱咐赵家妈道:"你去跟他们说:事情嚜,有王老爷在这儿,教他们不要管帐。"又说:"蕙贞哥哥,是不是?你自己也说一声好了。"张蕙贞点点头。

管家高升在房门口问:"可要喊马车?"赵家妈道:"都去喊了来了嘛。"高升立即去喊。赵家妈将银水烟筒交与黄翠凤,便去扶起张蕙贞来。蕙贞看看王莲生,要说又没的说。莲生忙道:"你气嚜不要气,还是快快活活回去,譬如给一只疯狗咬了一口,也没什么要紧;你要气出点病来,倒不犯着。我等会回来了就来,你放心。"蕙贞也点点头,搭着赵家妈肩膀,一步一步,硬撑下楼。

管帐的道:"头面带了去噢。"王莲生见桌上一大堆零碎首饰,知是打坏的,说道:"我替她收起来好了。"堂倌又送上银水烟筒,说:"磕在楼下台阶上,瘪了。"莲生一总拿手巾包起。黄翠凤催道:"我们也回去了嚜。"说着挈了金凤先行。王莲生乃向管帐的拱手道谢,并说:"所有碰坏家具,照例赔补。堂倌他们,另外再谢。"管帐的道:"小意思,说什么赔呀。"

罗子富也向管帐的作别,与王莲生同下楼来,问高升,知道张蕙贞赵家妈已同车而去,黄翠凤姊妹还等在车上。王莲生乘了罗子富的车,一径归至四马路尚仁里口歇下。罗子富请王莲生至黄翠凤家。上楼进房,子富亲自点起烟灯来,请莲生吸烟。翠凤方脱换衣服,见了道:"王老爷,半天没用烟了嚜,可发瘾啦?"随叫小阿宝"你绞了手巾,替王老爷来装筒烟。"莲生道:"我自己装好了。"翠凤道:"我们有发好在这儿,好不好?"随叫小阿宝去喊金凤来拿。金凤也脱换了衣裳,过来见莲生,先笑道:"啊唷!王老爷,要吓死人的哦!我吓得拖牢了姐姐,说:'我们回去吧!等会打起我们来嚜,怎么样呢?'王老爷,怕不怕?"莲生倒不禁一笑。罗子富黄翠凤也都笑了。

金凤向烟盘里拣取一个海棠花式牛角盒子,揭开盖,盒内满满盛着烟泡,奉与王莲生。莲生即烧烟泡来吸。吸了几口,听得楼下有赵家妈声音,王莲生又坐起来听。黄翠凤见莲生着急,忙喊:"赵家妈,来㖭。"赵家妈见了莲生,回说:"送了去了,一直送到楼上哪。他们说:'有王老爷替我们做主嚜,最好。教王老爷回来了就来。'他们还谢谢我,教我来谢谢先生,倒热络得要命。"

莲生听了,才放下了一半心。接着王莲生的管家来安来找。莲生唤至当面,问有甚事。来安道:"沈小红那儿娘姨刚才来说,沈小红要到公馆里来。"莲生听了,心中又大不自在。黄翠凤向莲生道:"我看沈小红比不得张蕙贞,你张蕙贞那儿,没什么要紧,就明天去也正好;倒是沈小红那儿,你就要去一趟的哦,倒还要去听她数说两句呢。"莲生着实沉吟,蹙额无语。翠凤笑道:"王老爷,你不要见了沈小红怕㖭,有话嚜响响亮亮跟她说。你怕了她倒不好说什么了。"

莲生俄延了半日,叫来安打轿子来再说,却将那首饰包交代来安收藏。来安接了回去。罗子富道:"沈小红倒看不出!凶死了!"翠凤道:"沈小红嚜,算什么凶啊!我做了沈小红,也不去打她们,自己嚜打得吃力死了,打坏了头面,还是要王老爷去替她赔,倒

113

害了王老爷,可不是无味?"子富道:"你做沈小红嚜,怎样呢?"翠凤笑道:"我啊,我倒不高兴先跟你说。要嚜你到蒋月琴那儿去一趟,试试看,好不好?"子富笑道:"就去了嚜,怕你什么呀?你不入调嚜,我去教蒋月琴来,也打你一顿。"翠凤把眼一瞟,笑道:"噢唷!倒说得体面的哦!你算说给谁听?是不是在王老爷面上摆架子?"

王莲生一口烟吸在嘴里,听翠凤说,几乎笑的呛出来。子富不好意思,搭讪说道:"你们这些人一点都不讲道理。你自己也去想想看:你做个倌人嚜,多少客人做了去,倒不许客人再去做一个倌人,那是什么道理嗷?也亏你们有脸说得出!"翠凤笑道:"为什么说不出呢?我们是做生意,叫没法子嚜。你替我一年三节生意包下来,我就做你一个人,蛮好。"子富道:"你要想敲我一个人了!"翠凤道:"做了你一个人,不敲你敲谁?你倒说得有道理!"

子富被翠凤顶住嘴,没得说了。停了一会,翠凤道:"你有道理嚜,你说嗷。怎么不作声啦?"子富笑道:"还有什么可说的?给你冲到爪哇国去喽。"翠凤也笑道:"你自己说得不好,倒说我冲人!"

谈笑之间,早又上灯以后。小阿宝送上请客票一张,呈与罗子富。子富看毕,授与王莲生。莲生慌的接来看,是洪善卿催请子富的,便不在意;再看下面,另行添写有"莲翁若在,同请光临"八个字。莲生攒眉道:"我不去喽。"子富道:"善卿难得吃台把酒,你还是去应酬一会,就不叫局也没什么。"黄翠凤道:"王老爷,你酒倒要去吃的哦;你不去吃酒,倒给沈小红她们好笑。我说你只当没什么事嚜,酒只管去吃,吃了酒嚜就台面上约好两个朋友散下来一块到小红那儿去,不是蛮好?"

黃翠鳳舌戰羅
子富

莲生一想不错,就依着翠凤说,忙又吸了两口烟。来安领轿子来了,也呈上一张洪善卿请客票。子富道:"一块去啰。"莲生点头说好。子富令喊高升。高升回说:"轿子等了一会了。"

于是王莲生罗子富各自坐轿,并赴公阳里周双珠家。到了楼上,洪善卿迎着,见两位一块来了,便叫娘姨阿金喊起手巾,随请两位进房。房里先到的有葛仲英陈小云汤啸庵三位;还有两位面生的,乃是张小村赵朴斋。大家问姓通名,拱手让坐。外场已绞了手巾上来。汤啸庵忙问王莲生:"叫什么人?"莲生道:"我不叫了。"周双珠插嘴道:"你㗱可有什么不叫局哒?"洪善卿道:"就叫了个清倌人罢。"汤啸庵道:"我来荐一个,包你出色。"遂把手一指,"你看喓。"

王莲生回头看时,周双珠肩下坐着一个清倌人,羞怯怯的,低下头去,再也不抬起来。罗子富先过去弯着腰一看道:"我只道是双宝,倒不是。"周双珠道:"她叫双玉。"王莲生道:"本堂局蛮好,就写好了。"

洪善卿等汤啸庵写毕局票,即请入席。大姐巧囡立在周双玉身旁,说道:"过去换衣裳了嘞。"双玉乃回身出房。

注:两个朋友各据一桌,似是奇异的习俗,当是因为同来的女伴不像应召侑酒时坐在客人背后,没有与席上其他男子脚碰脚的危险。在茶座上就要避嫌疑。

第一〇回
理新妆讨人严训导　还旧债清客钝机锋

按周双玉踅进对过自己房里，巧囡跟过来问双玉道："出局衣裳，妈有没给你？"双玉摇摇头。巧囡道："我去替你问声看。你拿鬓脚来刷刷唲。"说了，忙下楼去问老鸨周兰。

双玉自把保险台灯移置梳妆台上，且不去刷鬓脚，就在床沿坐下，悄悄的侧耳而听。原来周双玉房间底下乃是老鸨周兰自己卧室；那周双宝搬下去铺的房间却在周双珠的房间底下。

当时听得老鸨周兰叫巧囡掌起灯来，开橱启箱，翻腾一会，又咕咕唧唧说了许多话，然后出房；却又往双宝房背后去，不知做甚么，一些也听不见。双玉方才丢开，起身对镜；照见两边鬓脚稍微松了些，随取抿子轻轻刷了几刷，已自熨贴。只见巧囡怀里抱着衣裳，同周兰上楼来了。

双玉收过抿子，便要取衣裳来穿。周兰道："慢点唲。你的头不好嚤。怎么这么毛！"乃将手中揣着的豆蔻盒子放下，亲自动手替双玉弄头；捏了又捏，揿了又揿；浓浓的蘸透了一抿子刨花浸的水，顺着螺丝旋刷进去，又刷过周围刘海头；刷的那水从头颈里直流下去，连前面额角上也亮晶晶都是水渍。双玉伸手去拭。

理新妝計人嚴訓導

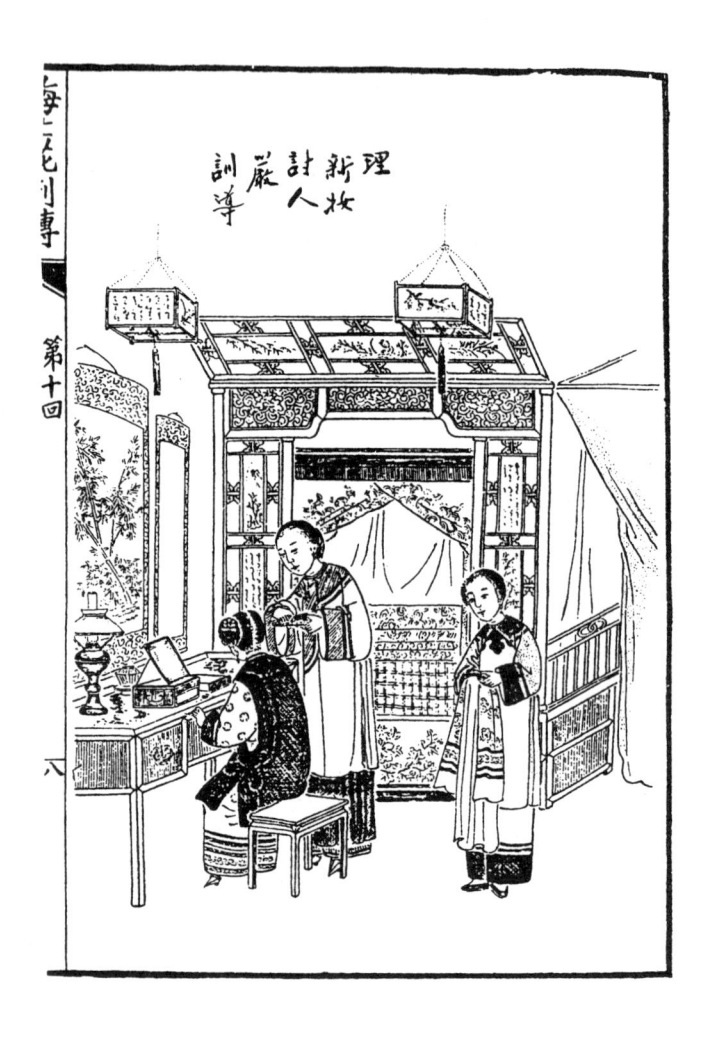

周兰忙阻止道："你不要动噢。"遂用手巾在头颈里略掩一掩，叫双玉转过脸来，仔细端详一回，说："好了。"

巧囡在旁提着衣裳领口伏侍双玉穿将起来，是一件织金撒兰盆景一色镶滚湖色宁绸棉袄。巧囡见了道："这么样件衣裳，我好像没看见过。"周兰道："你嚜哪看得见。说起来，还是大先生的呢。她们姊妹三个，都有点怪脾气；随便衣裳啊，头面啊，都要自己撑起来；别人的东西，就给她她也不要。双珠的头面嚜，也算不少，单说衣裳是哪及得上阿大跟阿二呀，比双珠要多好多噷。她们嫁出去时候，拣中意点嚜拿了去，剩下来也有几箱子，我收拾了起来，一直用不着。还有什么人来穿噷？就给双宝穿过，也不多几件。还有好多好多，连双宝也没看见过，不要说你了！"

双玉穿上棉袄，向大洋镜前走了几步，托起手臂，比比出手。(注一)周兰过去把衣襟绉纹拉直些，又唠叨说道："你要自己有志气，做生意嚜巴结点，晓得罢？我眼睛里望出来，没什么亲生不亲生，都是我女儿。你倘若学得到双珠姐姐嚜，大先生二先生多少衣裳头面，随便你中意哪一样，只管拿去好了。要像了双宝样子，就算是我亲生女儿，我也不高兴给她嚜！"

双玉只听着不言语。周兰问她："可听见？"双玉说："听见了。"周兰道："那你也答应声噷。怎么一声也不响？"

巧囡听台面上叫的局先已到了，急取豆蔻盒子，连声催促，方剪住周兰的话，搀了双玉往前便走，却忽然想起银水烟筒来。巧囡道："就三先生那儿拿只罢。"周兰道："不要；你到双宝那儿去拿来。双宝一只嚜让她用了，我再拿一只出来给双宝。"

巧囡赶着跑去。周兰又教导些台面规矩与双玉听，并说："你不晓得嚜，问姐姐好了。姐姐跟你说什么话，你听仔细了，不要忘记。

119

你要是不肯听人的话，我先跟你说一声，你自己吃苦，到底没什么好处。"周兰说一句，双玉应一声。

须臾，巧囡取银水烟筒回来，周兰自下楼去。巧囡忙挈双玉至这边台面上。只见先到的只有一个局，乃是陈小云的相好金巧珍，住在同安里口，只隔一条三马路，走过来就是，所以早些。当时金巧珍拉开嗓子唱京调，引得罗子富兴高彩烈，摆庄划拳。更有赵朴斋张小村刻意奉承，极力鼓舞。此外诸位也就随和着。独有王莲生没精打彩，坐也坐不住。周双珠知道是厌烦，问他："可到对过去坐一会？"

莲生正中胸怀，即时离席。巧囡领着踅过周双玉房间，点了烟灯，冲了茶碗，向莲生道："我去喊双玉来。"莲生阻挡不及，只好听她喊去。只见周双玉冉冉归房，脱换衣裳（注二），远远的端坐相陪，嘿然无语。莲生自然不去兜搭。一会儿，巧囡又跑来张罗，叮嘱双玉陪着，也就去了。

莲生吸了两口烟，听那边台面上划拳唱曲，热闹得不耐烦，倒是双玉还静静的坐在那里低头敛足弄手帕子。莲生心有所感，不觉暗暗赞叹了一番。

忽听得娘姨阿金走出当中间高声喊绞手巾。一时，履声，舄声，帘钩声，客辞主人声，主人送客声，杂沓并作，却不知去的是谁，只觉台面上冷静了许多。随后汤啸庵也踱过这边房里来，吃得绯红的脸，一手拿着柳条剔牙杖剔牙，随意向榻床下首歪着，看莲生烧烟。莲生问："子富走了？"啸庵道："他们还有个饭局也不知什么，跟仲英小云一块走了。"

莲生遂约啸庵同洪善卿到沈小红家去。啸庵会意应诺。及巧囡来请用饭，两人方过那边归席入座。汤啸庵向洪善卿耳边说了几句。善卿听了微笑。周双珠也点头笑道："你们说什么,我也懂了。"啸庵道："你说说看。"双珠把嘴望莲生一努。大家笑着,都吃过饭。张小村知道他们有事,和赵朴斋告辞先行。王莲生道："我们也走罢。"汤啸庵洪善卿说好。周双珠忙喊双玉过来,送至楼门而回。

三人缓步同行。来安叫轿夫抬空轿子跟随在后,出了公阳里,就对门进同安里,穿至西荟芳里口,适被娘姨阿珠的儿子暗中瞧见,跑去报信。阿珠迎出门首,笑嘻嘻说道："我说王老爷就快来了,倒刚刚来了。"

当下王莲生在前,与汤啸庵洪善卿进门,后面跟着阿珠,接踵上楼。早听得房间里小脚高底一阵怪响。王莲生方跨进当中房门,只见沈小红越发蓬头垢面,如鬼怪一般,飞也似赶出当中间,望莲生纵身直扑上去。莲生错愕倒退。大姐阿金大随后追到,两手合抱拢来,扳住小红胸脯,只喊说："先生,不要嗛!"慌的阿珠抢上去又住小红臂膊,也喊说:"先生,你慢点,看着点!"小红咬牙切齿,恨道："你们走开点嗛!我要死嚜关你们什么事啊?"阿珠连连劝道："你就死嚜,也不这样的嘛,此刻王老爷来了,也好等王老爷说起来,说不好你再去死好了嚜!"

小红一心和莲生拚命,那里肯依。汤啸庵洪善卿见如此撒泼,不好说甚,只是冷笑。莲生又羞又恼,又怕又急,四下里一逼,倒逼出些火性来,也冷笑说道："让她去死好了!"说了一句,回身便走。汤啸庵洪善卿只得跟着走了。

阿珠见光景不好,也顾不得小红,赶紧来拉莲生;被莲生一甩,洒脱袖子;竟下楼梯。忽听得当中间板壁,砰砰砰砰震天价响起来。阿金大在内急声喊道:"不好了!先生撞死了呀!"

就这一声喊里,唤起楼下三四个外场,只道有甚祸事,急急跑上楼来，适与莲生等挤住在楼梯上。阿珠把莲生死拖活拽，往里挣去。汤啸庵洪善卿料道走不脱，也撺掇莲生回至当中间。只见小红还把头狠命往板壁上磕；阿金大扳住胸脯，那里扳得开；阿珠着了忙，也狠命的拦腰一抱抱起来。汤啸庵洪善卿齐说道："小红，你算什么哝？有话说好了。像这样子，你小红也不犯着嘿！"

阿珠摸摸小红的头，没甚伤损，只有额角边被板壁上钉的钉头碰破些油皮，也不至流血。阿金大上前把手心摩挲着，道："你看可险呃！撞在太阳心里嘿，怎么样呢？"

莲生正站在一旁发呆。阿珠一眼瞅见，说道："王老爷，闯出穷祸来你也脱不了的哝，不要看着像不要紧！"外场见没事，都笑道："倒吓得我们要死！快点搀先生房间里去罢。"

阿珠仍抱起小红来。阿金大拉了莲生，汤啸庵洪善卿一同簇拥至房里。阿珠放小红向榻床躺下。阿金大端整茶碗叫外场冲了茶。外场嘱咐阿珠说："你们小心点好了。"都讪讪的笑着下楼去了。

王莲生汤啸庵洪善卿一溜儿坐在靠壁椅上。小红背灯向壁，掩面而哭。阿珠靠小红身旁坐着，慢慢与王莲生说道："王老爷，你自己不好，转错了念头。你起初要跟我们先生说明白了，你就去做了十个张蕙贞，我们先生也没什么嘿。为了你瞒了我们先生嘿倒不好了哝。我们先生晓得你去做了张蕙贞，说，王老爷这可不到我们这儿来了，给张蕙贞那儿拉了去了。"

洪善卿不待说完即拦说道："王老爷不过昨天晚上在张蕙贞那儿吃了一台酒，此刻还是到这儿来了嘛。"阿珠立起身来，走过洪善卿身旁，轻声说道："洪老爷，你有什么不知道的。我们先生倒不要怪她，她是发急了呀。王老爷起先做我们先生时候还有好几户老客人哒。后来跟王老爷要好了嘿，有个把客人可是要生气不

還舊債清客鈍機鋒

来了呢，我们嚜去请啰。王老爷就跟我们先生说：'他们不来，让他们不来好了，我一个人来替你撑场面。'——王老爷，你可是有这话说在这儿？——先生有了王老爷，倒蛮放心，请也不去请了。这就一户一户客人都不来了。到这时候是没有了，就剩了王老爷一个人了。洪老爷，你说王老爷去做了张蕙贞，我们先生可要发急？"汤啸庵接说道："这也不要去说了。张蕙贞那儿嚜坍了台了。王老爷还是到这儿来，你沈小红面子上也可以过得去了。大家不要说了，是不是？"

小红正哭得涕泪交颐，听啸庵说，便分说道："汤老爷，你问他一声看。他自己跟我说，教我生意不要做了，条子嚜揭掉了。我听了他的话，客人叫局也不去。他还跟我说，他说：'你还缺多少债嚜，我来替你还好了。'我听了快活死了，睁开了两只眼睛单望着他一个人，指望他给我还清了债嚜，我也有好日子过了。哪晓得他一直在骗我，骗到我今日之下，索性扔掉了，去包了个张蕙贞噢！"说到这里，两脚一跺，身子一掀，俯仰号啕，放声大哭，哭了又道："他就要去做张蕙贞也没什么。我自己想想，衣裳嚜穿完了，头面嚜当掉了，客人嚜一个也没有了，倒欠了一身债，弄得我上不上，下不下，这教我怎么样噢？"汤啸庵微笑道："这也没什么怎么样。王老爷还在这儿，衣裳头面嚜还是教王老爷办了来，债嚜教王老爷去还清了，不是都搞好了吗？"小红道："汤老爷，不瞒你说，王老爷在这儿做了两年半，买来的多少东西都是眼面前看得见的。张蕙贞那儿，不到十天，从头上到脚上，哪一样不替她办起来？还有这些朋友拍马屁，鬼讨好，连忙替她买好了家具送了去铺房间。你汤老爷哪晓得噢！"洪善卿插口说道："王老爷也叫瞎说！堂子里做个把倌人，只要局票清爽了嚜就是了。

倌人欠的债关客人什么事，要客人来替她还？老实说，倌人嚜不是靠一个客人，客人也不是做一个倌人；高兴多走走，不高兴就少走走，没什么许多枝枝节节嚜！"

小红正要回嘴，阿珠赶着插嘴说道："洪老爷说得不错，'倌人嚜不是靠一个客人'，我们先生也有好几户客人哒，为什么要你王老爷一个人来撑场面噢？你就一个人撑了场面，不来替我们先生还债，我们先生就欠了一万债，可好跟你王老爷说，要你王老爷来还哪？你王老爷自己跟我们先生说，要替我们先生还债。只要王老爷真的还清了，我们先生可有什么枝枝节节？你就去做了张蕙贞，'客人也不是做一个倌人'，我们先生可好说你什么？此刻你王老爷还是没替我们先生还过一点点债，倒先去做了张蕙贞了。你王老爷想想看，可是我们先生在枝枝节节呢，还是你王老爷自己在枝枝节节？"说罢，睨了王莲生半日。

莲生仰着脸只不作声。洪善卿笑道："他们什么枝枝节节也不关我们事，我们要走了。"遂与汤啸庵立起身来。莲生意思要一同去。小红只做不看见，倒是阿金大捺住莲生道："咦！王老爷，你可好走哇？"阿珠喝阿金大放手，却向莲生道："王老爷，你要走，走好了，我们是不好来屈留你，就跟你说一声就是了：昨天晚上我跟阿金大两个人陪我们先生坐在床上坐了一夜，没睡，今天晚上我们要睡去了。我们这些娘姨到底不担什么干系，就闯了点穷祸也不关我们事。我们先说了嚜，王老爷也怪不上我们。"

几句说得莲生左右为难，不得主意。汤啸庵向莲生道："我们先走，你坐会儿罢。"莲生乃附耳嘱他去张蕙贞家给个信。啸庵应诺，始与洪善卿偕行。小红却也抬身送了两步，说道："倒难为了你们。明天我们也摆个双台谢谢你们好了。"说着倒自己笑了。莲生也忍不住要笑。

小红转身伸一个指头向莲生脸上连点几点，道："你嚜……"只说得两字，便缩住了，却哼的一声，像是叹气，半晌又道："你一个人来嚜，可怕我们欺负了你呀？你算教两个朋友来做帮手，帮着你说话，可不气死人！"

莲生自觉羞惭，佯作不睬。阿珠冷笑两声道："王老爷倒蛮好，都是朋友们替他出的主意，王老爷嚜去听了他的话。就是张蕙贞那儿，不是朋友一块去，哪认得的啊？"小红道："张蕙贞那儿倒不是朋友，他自己去打的野鸡。"阿珠道："这时候是不是野鸡了，也算长三了。叫了一班小堂名，好显焕噢！王老爷，做了几天，用掉了多少，可有千把？"莲生道："你们不要瞎说！"阿珠道："倒不是瞎说喔！"随将烟盘收拾干净，道："王老爷吃烟罢，不要去转什么念头了。"莲生乃去榻床躺下吸烟，阿珠阿金大陆续下去。

注一：要看袖子长短，需要用另一只手托住手臂，不然抬不起来，可见镶滚繁复的广袖之沉重。

注二：显然当着人尽可以换衣服，因为里面还穿着袄袴——不是内衣。也决不会躲到床背后马桶旁脱换；衣服太大太重，也太珍贵。

第一一回

乱撞钟比舍受虚惊　齐举案联襟承厚待

按沈小红坐在榻床下首，一言不发。莲生自在上首吸烟。房里没有第三个人。足有一点钟光景，小红又呜呜咽咽的哭起来。莲生搔耳爬腮，无可解劝，也就凭她哭去。无如小红这一哭，直哭得伤心惨目，没个收场。莲生没奈何，只得挨上去央告道："你们的意思我也蛮明白了。我嚛就依了你，拜托你不要哭了，好不好？你再要哭，我肠子都要给你哭出来了！"小红哽噎着嗔道："不要来跟我瞎说！你一直骗下去，骗到了这时候，你倒还要来骗我！你一定要拿我性命骗了去才罢！"莲生道："我这时候随便说什么话你总不相信，说是我骗你。这也不去说它了，我明天就去打一张庄票来替你还债，你说好不好？"小红道："你的主意不错；你替我还清了债嚛，此地不来了，是不是？那么好去做张蕙贞了，是不是？你倒聪明得很！你不情愿替我还嚛，我也不要你还了。"说着，仍别转头去，吞声暗哭。莲生急道："谁说去做张蕙贞哪？"小红道："你不去了？"莲生道："不去了。"被小红劈面啐了一口，大声道："你再骗好了，你看看，我明天死到张蕙贞那儿去！"

莲生一时摸不着头脑，呆脸思索，没得回话。适值阿珠提水铫子上来冲茶，莲生叫住，细细告诉她，问她："小红是什么意思？"阿珠笑道："王老爷其实蛮明白的，我们哪晓得啊？"莲生道："你倒说得好，我为了不明白了问你嘿。"阿珠笑道："王老爷，你是聪明人，有什么不明白的呀？你想，我们先生一直跟你蛮要好，你为什么不替我们先生还债呢？今天闹了一场，你倒要替我们先生还债了，可像是你说的气话？你为了生气了说替我们先生还债，你想我们先生可要你还哪？"莲生跳起来跺脚道："只要她不生气嘿就是了，倒说我生气！"阿珠笑道："我们先生倒也没什么好生气的，就光为了王老爷嘿。你想我们先生可有第二户客人？你王老爷再不来了，教我们先生怎么样呢？只要我们先生面上交代得过，你就再去做个张蕙贞也没什么要紧。我们先生欠下的多少债，早嘿也要你王老爷还，晚嘿也要你王老爷还，随你王老爷的便好了。你王老爷跟我们先生要好不要好也不在乎此。王老爷，对不对？"莲生道："你也说得不明白嘿。我不替她还债嘿，自然说我不好；我就替她还了债，她还是说我不好。她到底要我怎么样才算我要好了喥？"阿珠笑道："王老爷也说笑话了！可要我来教你？"说着，提水铫子一路俳笑下楼去了。

　　莲生一想没奈何，只得打叠起千百样柔情软语去伏侍小红。小红见莲生真的肯去还债，也落得收场，遂趁此渐渐的止住哭声。莲生一块石头方才落地。小红一面拿手帕子拭泪，一面还咕噜道："你只怪我动气，你也替我想想看，比方你做了我可要动气？"莲生忙陪笑道："应该动气！应该动气！我做了你是一直要动到天亮的哦！"说得小红也要笑出来，却勉强忍住道："厚脸皮！有谁来理你喲！"

　　一语未了，忽听得半空中喤喤喤喤一阵钟声。小红先听见，即说:"可是'撞乱钟'?"莲生听了,忙推开一扇玻璃窗望下喊道:"'撞乱钟'了!"阿珠在楼下接应,也喊说:"'撞乱钟'了!你们快点去看看噢!"随后有几个外场赶紧飞跑出门。

莲生等撞过"乱钟",屈指一数,恰是四下,乃去后面露台上看时,月色中天,静悄悄的,并不见有火光。回到房里,适有一个外场先跑回来报说:"在东棋盘街上。"莲生忙踹在桌子旁高椅上,开直了玻璃窗向东南望去,在墙缺里现出一条火光来。莲生着急,喊:"来安!"外场回说:"来二爷同轿班都跑去看了。"莲生急得心里突突的跳。小红道:"东棋盘街嚜关你什么事呀?"莲生道:"我对门就是东棋盘街嚜。"小红道:"还隔着一条五马路呢。"

正说时,来安也跑回来,在天井里叫"老爷",报说道:"东棋盘街东首,不远噢。巡捕在看着,走不过去了。"

莲生一听,拔步便走。小红道:"你走了?"莲生道:"我去了就来。"莲生只唤来安跟了,一直跑出四马路,望前面火光急急的赶。刚至南昼锦里口,只见陈小云独自一个站在廊下看火。莲生拉他同去。小云道:"慢点走好了。你有保险在那儿,怕什吗?"

莲生脚下方放松些。只见转弯角上有个外国巡捕带领多人整理皮带,通长衔接做一条,横放在地上,开了自来水管,将皮带一端套上龙头,并没有一些水声,却不知不觉皮带早涨胖起来,绷得紧紧的。于是顺着皮带而行。将近五马路,被巡捕挡住。莲生打两句外国话,才放过去。那火看去还离着好远,但耳朵边已拉拉杂杂爆得怪响,倒像放几千万炮仗一般,头上火星乱打下来。

莲生小云把袖子遮了头,和来安一口气跑至公馆门首,只见莲生的侄儿及厨子打杂的都在廊下争先诉说道:"保险局里来看过了,说不要紧,放心好了。"陈小云道:"要紧嚜不要紧,你拿保险

129

亂撞鐘比舍受虛驚

单自己带在身边;洋钱嚜放铁箱子里;还有什么帐目契券照票这些个嚜,理齐了一叠,交代一个人好了。东西不要去动。"莲生道:"我保险单寄放在朋友那儿嚜。"小云道:"寄放在朋友那儿嚜最好了。"

莲生遂邀小云到楼上房里,央小云帮着收拾。忽又听得豁剌剌一声响,知道是坍下屋面,慌去楼窗口看。那火舌头越发焰起来,高了丈余,趁着风势,正呼呼的发啸。莲生又慌的转身收拾,顾了这样,却忘了那样,只得胡乱收拾完毕,再问小云道:"你替我想想看,可忘记什么?"小云道:"也没什么了。你不要急喠。包你不要紧。"

莲生也不答话,仍去站在楼窗口。忽又见火光里冒出一团团黑烟夹着火星滚上去,直冲至半天里。门首许多人齐声说:"好了,好了!"小云也来看了,说道:"药水龙来了。打下去了。"果然那火舌头低了些,渐渐看不见了,连黑烟也淡将下去。莲生始放心归坐。小云笑道:"你保了险嚜还有什么不放心喠?保险行里没来,你自己倒先发急了,不就像没保险嚜!"莲生也笑道:"我也晓得不要紧,看着可不要发急嘛!"

不多时,只听得一路车轮辗动,气管中呜呜作放气声,乃是水龙打灭了火回去的。接着莲生的侄儿同来安等说着话,也都回进门来。莲生喊来安冲茶。小云道:"我要回去睡去了。"莲生道:"还是跟你一块去。"小云问:"到哪儿?"莲生说是"沈小红那儿。"小云不去再问。下楼出门,正遇着轿班抬回空轿子来,停在门口。小云便道:"你坐轿子去。我先走了。"莲生也就依了,乃送小云先行。

小云见东首火场上还是烟腾腾地,只变作蛋白色,信步走去望望,无如地下被水龙浇得湿漉漉的,与那砖头瓦片,七高八低,只好在棋盘街口站住,觉有一股热气随风吹来,带着些灰尘气,着实难闻。小云忙回步而西,却见来安跟王莲生轿子已去有一箭多远,马路上寂然无声。这夜既望之月,原是的砾圆的。逼得电气灯分外精神,如置身水晶宫中。

小云自己徜徉一回,不料黑暗处,好像一个无常鬼直挺挺站立。正要发喊,那鬼倒走到亮里来,方看清是红头巡捕(注一)。小云不禁好笑。当下径归南昼锦里祥发吕宋票店楼上,管家长福伏侍睡下。明日起身稍晚了些,又觉得懒懒的。饭后,想要吸口鸦片烟,只是往那里去吸?朱蔼人处虽近,闻得这两日陪了杭州黎篆鸿玩,未必在家,不如就金巧珍家,也甚便利。想毕,趸下楼来。胡竹山授与一张请客条子,说是即刻送来的。小云看是庄荔甫请至聚秀堂陆秀宝房吃酒。记得荔甫做的倌人叫陆秀林,如何倒在陆秀宝房里吃酒起来,料道是代请的了。

小云撩下出门,也不坐包车,只从夹墙窄衖进去,穿至同安里口金巧珍家,只见金巧珍正在楼上当中间梳头。大姐银大请小云房间里去,取水烟筒要来装水烟。小云令银大点烟灯。银大道:"可是要吃鸦片烟?我替你装。"小云道:"只要一点点,小筒子好了。"

及至银大烧成一口鸦片烟给小云吸了,那金巧珍也梳好头,进房换衣,却问小云道:"你今天没什么事嚜,我跟你去坐马车,好不好?"小云笑道:"你还要想坐马车!张蕙贞给沈小红打得这样,就为了坐马车嚜。"巧珍道:"她也自己铲头,给沈小红白打了一顿,像我,要有人来打我,我倒有饭吃了!"小云道:"你今天怎么这么高兴,想着去坐马车啦?"巧珍道:"不是高兴坐马车;为了我姐姐昨天晚上吓得要死,跑到我们这儿来哭,天亮了才回去,我要去看看她回去可好。"小云道:"你姐姐在绘春堂,离得多远哒,怕什么呀?"巧珍道:"你倒说风凉话!不怕嚜,为什么人家都搬出来了呀?"小云道:"你去看姐姐嚜,教我坐在马车上等你?"巧珍道:"你就一块去看看我姐姐也行。"小云道:"我去嚜算什么呢?"巧珍道:"你去喊档干湿好了。"小云想也好,便道:"那就去啰。"巧珍即令娘姨阿海去叫外场喊马车。

须臾,马车已至同安里门口,陈小云金巧珍带娘姨阿海坐了,叫车夫先从黄浦滩兜转到东棋盘街。车夫应诺。这一个圈子没有多少路,转眼间已至临河丽水台茶馆前停下。阿海领小云先行,巧珍缓步在后。进衖第一家便是绘春堂。

小云跟定阿海一直上楼。至房门前,阿海打起帘子,请小云进去。只见金巧珍的姐姐爱珍靠窗而坐,面前铺着本针线簿子,在那里绣一只鞋面;一见小云,带笑说道:"陈老爷,难得到我们这儿来嚜。"阿海跟进去,接口道:"我们先生来看看你呀。"爱珍道:"那进来噢。"阿海道:"正在来了。"

爱珍忙出房去迎。阿海请小云坐下,也去了。却有一群油头粉面倌人,杂沓前来,只道小云是移茶客人,周围打成栲栳圈儿,打情骂趣,假笑佯嗔,要小云攀相好。小云也觉其意,只不好说。适值金爱珍的娘姨来整备茶碗,小云乃叫她去喊干湿。那娘姨先怔了一怔,方笑说:"陈老爷,不要客气了。"小云道:"那是本家(注二)规矩嚜。你去喊好了。"那些倌人始知没想头而散。

一时,爱珍巧珍并肩携手和阿海同到房间里。巧珍一眼看见桌子上针线簿子,便去翻弄,翻出那鞋面来仔细玩索。爱珍敬过干湿,即要给小云烧烟。小云道:"你不要客气,我不吃烟。"爱珍又亲自开了妆台抽屉,取出一盖碗玫瑰酱,拔根银簪插在碗里,请小云吃。小云觉很不过意。巧珍也道:"姐姐,不要去理他,让他一个人坐那儿好了。我们来说说话噢。"

133

爱珍只得叫娘姨来陪小云，自向窗下收拾起鞋面并针线簿子，笑道："做得不好。"巧珍道："你倒还是做得蛮好；我有三年不做，不会做了。去年描好一双鞋样要做，停了半个月，还是拿去教人做了。教人做的鞋子总没自己做的好。"

爱珍上前撩起巧珍裤脚，巧珍伸出脚来给爱珍看。爱珍道："你脚上穿着倒蛮有样子。"巧珍道："就脚上一双也不好嚜，走起来只望前头戳着，不留心要跌死的。"爱珍道："你自己没工夫去做嚜，只要教人做好了，自己拿来上，就好了。"巧珍道："我还是要想自己做，到底称心点。"

姊妹两个又说些别的闲话，不知说到什么事，忽然附耳低声，异常机密，还怕小云听见，商量要到隔壁空房间去。巧珍嘱小云道："你等一会。"爱珍问小云："可吃什么点心？"小云忙拦说："我们才吃了饭没一会，不要客气。"爱珍道："稍微点点心。"巧珍皱眉插嘴道："姐姐你怎么这样？我跟你有什么客气的？他要吃什么点心，我来说好了——他也不要吃嚜。"爱珍不好再问，只丢个眼色与娘姨，却同巧珍去空房间说话。

不多时，那娘姨搬上四色点心，摆下三副牙筷，先请小云上坐。小云只得努力应命。再去隔壁请巧珍时，巧珍还埋怨她姐姐，不肯来吃；被爱珍半拖半拽，让了过来。巧珍见有四色，又说道："姐姐，我不来了！你算什么呀？"爱珍笑而不答，捺巧珍向高椅上与小云对面坐了，便取牙筷来要敬。巧珍道："你再要像客人来敬我，我不吃了！"爱珍道："那你吃点噢！"当即转敬小云。小云道："我自己吃了一会了，你不要敬了。"巧珍道："你怎么一点都不客气了哪？倒亏你不要面孔！"小云笑道："你姐姐就像我姐姐，不是没什么客气的？"爱珍也笑道："陈老爷倒真会说的哦。"巧珍向

蜜蜂案
畔襟
承
旨待

爱珍道："你自己也吃点嗷。可要我来敬你啊？"小云听说，连忙取牙筷夹个烧卖送到爱珍面前。慌的爱珍起身说道："陈老爷，不要嗷。"巧珍别转头一笑，又道："你不吃，我也要来敬你了。"爱珍将烧卖送还盆内，自去夹些蛋糕奉陪。巧珍也只吃了一角蛋糕放下。小云倒四色都领略些。巧珍道："有时候教你吃点心，你不要吃；今天倒吃了好些！"小云笑道："为了姐姐去买点心来请我们，我们少吃了好像对不住，是不是？"爱珍笑道："陈老爷，你倒说得我难为情死了。粗点心可算什么敬意呀！"

娘姨绞过手巾，阿海也来回说："马车上催了几趟了。我恨死了！"巧珍道："我们也是好走了，点心也吃过了。"小云笑道："你算跟姐姐客气，吃了点心谢也不谢，倒就要想走了！也是个不要面孔！"巧珍笑道："你不走？想不想吃晚饭？"爱珍笑道："便饭是我们也还吃得起，就是请不到陈老爷嗷。"当时小云巧珍道谢告辞而行。（注三）

注一：裹大红头巾的印度巡捕。

注二：鸨母，或自主的妓女的家属，帮她管事的。

注三：绘春堂显然与聚秀堂和诸金花贬入的得仙堂（第三十七回）同是幺二堂子。通篇写金爱珍的小家子气，使她的长三妹妹觉得不好意思。

第一二回
背冤家拜烦和事老　　装鬼戏催转踏谣娘（注）

按金巧珍和金爱珍一路说话,缓缓同行。陈小云走的快,先自上车。阿海也在车旁等候。金爱珍直送出棋盘街,眼看阿海搀巧珍上车坐定,扬鞭开轮,始回。

小云见天色将晚,不及再游静安寺,说与巧珍,令车夫仍打黄浦滩兜个圈子回去罢。于是出五马路,进大马路,复转过四马路,然后至三马路同安里口,卸车归家。

小云在巧珍房里略坐一刻,正要回店,适值车夫拉了包车来接,呈上两张请帖:一张是庄荔甫催请的,下面加上两句道:"善卿兄亦在座,千万勿却是荷";一张是王莲生请至沈小红家酒叙。

小云想沈小红处断无不请善卿之理,不如先去应酬莲生这一局,好与善卿商定行止;遂叫车夫拉车到西荟芳里,自己却步行至沈小红家。只见房间里除王莲生主人之外仅有两客,系莲生局里同事,即前夜张蕙贞台面带局来的醉汉:一位姓杨,号柳堂;一位姓吕,号杰臣,这两位与陈小云虽非至交,却也熟识。彼此拱手就坐。随后管家来安请客回来,禀道:"各位老爷都说是就来。就是朱老爷在陪着杭州黎篆鸿黎大人,说谢谢了。"

王莲生没甚吩咐。来安放下横披客目,退出下去。莲生便叫阿珠喊外场摆台面。陈小云取客目来一看,共有十余位,问道:"可是双台?"王莲生点点头。沈小红笑道:"不然我们哪晓得什么双台呀;这才学了个乖,倒摆起双台来了。也算体面体面。"

陈小云不禁笑了,再从头至尾看那客目中姓名,诧异得很,竟与前夜张蕙贞家请的客一个不减,一个不添;因问王莲生是何意。莲生但笑不言。杨柳堂吕杰臣齐道:"想来是小红先生意思,你说对不对?"陈小云恍然始悟。沈小红笑道:"你们瞎说!在我们这儿请朋友,只好拣几个知己点嚜请了来撑撑场面;比不得别人家有面子。就像朱老爷嚜,是不是看不起我们不来啰!"

说笑间,葛仲英罗子富汤啸庵先后到了,连陶云甫陶玉甫昆仲接踵咸集。陈小云道:"善卿怎么还不来?只怕先到别处去应酬了嚜。"王莲生道:"不是;我碰着过善卿,有一点小事,教他去跑一趟,就快来了。"

说声未绝,楼下外场喊:"洪老爷上来。"王莲生迎出房去咕唧了好一会,方进房。沈小红一见洪善卿,慌忙起身,满面堆笑,说道:"洪老爷,你不要生气嚜。我说话没什么轻重,先说了再说;有时候得罪了客人,客人生了气,我自己倒没觉得。昨天晚上我说,洪老爷为什么没坐一会就走了呢?王老爷说我得罪了。我说:'啊哟!我不晓得嚜!我为什么去得罪洪老爷嚜?'今天一早,我就要教阿珠到周双珠那儿去看你。也是王老爷说:'等会去请洪老爷来好了。'洪老爷,你看王老爷面上对我们要包荒点的嚜。"洪善卿呵呵笑道:"我生什么气呀?你也没什么得罪我嚜。你不要去这样那样瞎陪小心。我不过是朋友,就得罪了点,到底不要紧;只要你不得罪王老爷嚜就是了。你要得罪了王老爷,我就替你说句把好听的话,也没用嘛。"小红笑道:"我倒不是要洪老爷替我说好话,也不是怕洪老爷说我什么坏话。为了洪老爷是王老爷朋友嚜,我得罪了洪老爷,连对我们王老爷也有点难为情,好像对不住朋友了嚜。洪老爷,是不是?"王莲生插口剪住道:"不要说了,请坐罢。"

大家一笑,齐出至当中间,入席让坐。陈小云乃问洪善卿道:"庄荔甫请你陆秀宝那儿吃酒,你去不去?"善卿愕然道:"我不晓得嚜。"小云道:"荔甫来请我,说你也在座。我想荔甫做陆秀林嚜,陆秀宝那儿可是替什么人代请啊?"善卿道:"我外甥赵朴斋嚜,陆秀宝那儿吃过一台酒;今天晚上不晓得可是他连吃一台。"

一时,台面上叫的局络绎而来,果然周双珠带一张聚秀堂陆秀宝处请帖与洪善卿看,竟是赵朴斋出名。善卿问陈小云:"去不去?"小云道:"我不去了,你呢?"善卿道:"我倒尴尬。也只好不去。"说罢丢开。

罗子富见出局来了好几个,就要摆起庄来。王莲生向杨柳堂吕杰臣道:"你们喜欢闹酒,我们也有个子富在这儿,去闹好了。"沈小红道:"我们今天倒忘了,没去喊小堂名;喊一班小堂名来也要热闹点喏。"汤啸庵笑道:"今年可是二月里就交了黄梅了?为什么好些人嘴里都这么酸?"洪善卿笑道:"到了黄梅天倒好了;青梅子是比黄梅子酸好多噢!"说得客人倌人哄堂大笑。

王莲生要搭讪开去,即请杨柳堂吕杰臣伸拳打罗子富的庄。当下开筵坐花,飞觞醉月,丝哀竹急,弁侧钗横,才把那油词醋意混过不提。

比及酒阑灯灺,众客兴辞,王莲生陆续送毕,单留下洪善卿一个请至房间里。善卿问有何事。莲生取出一包首饰来,托善卿明日往景星银楼把这旧的贴换新的,就送去交张蕙贞收。善卿应诺,开包点数,揣在怀里。原来莲生故意要沈小红来看,小红偏做不看见,坐一会儿,索性楼下去了。不知这一去正中莲生的心坎。

莲生见房间里没人,取出一篇细帐交与善卿,悄悄嘱道:"另外还有几样东西,你就照帐上去办。办了来一块送去。不要给小红晓得。"又嘱道:"你今天晚上先到她那儿去一趟,问她一声看,还要什么东西,就添在帐上好了。不要忘记哦。费神!费神!"

善卿都应诺了,藏好那篇帐。恰好小红也回至楼上。莲生含笑问道:"你下头去做什么?"小红倒怔了一怔道:"我不做什么嘤。你问我做什么?是不是我们下头有什么人在那儿?"莲生笑道:"我不过问问罢了,你怎么这么多心!"小红正色道:"我为了坐在这儿,万一你有什么话不好跟洪老爷讲;我走开点嘤,让你们去说嘤。对不对呀?"莲生拱手笑道:"承情!承情!"小红也一笑而罢。

洪善卿料知没别的话,告辞要行。莲生送至楼梯,再三叮嘱而别。善卿即往东合兴里张蕙贞处,径至楼上。张蕙贞迎进房间里。善卿坐下,把王莲生所托贴换另办一节彻底告诉蕙贞,然后问她:"可还要什么东西?"蕙贞道:"东西我倒不要什么了,不过帐上一对嵌名字戒指要八钱重的哦。"善卿令娘姨拿笔砚来,改注明白,仍自收起。蕙贞又说道:"王老爷是再要好也没有,就不晓得沈小红跟我前世有什么仇,冤家对头。我坍了台嘤,你沈小红可有什么好处?"说着,就掩面而泣。善卿叹道:"气嘤怪不得你气,想穿了也没什么要紧。你就吃了点眼前亏,我们朋友们说起,倒都说你好。你做下去,生意正要好的哦。倒是沈小红外头名气自己做坏了,就不过王老爷嘤还是跟她蛮好。除了王老爷,可有谁

肯寬家拜煩和
事老

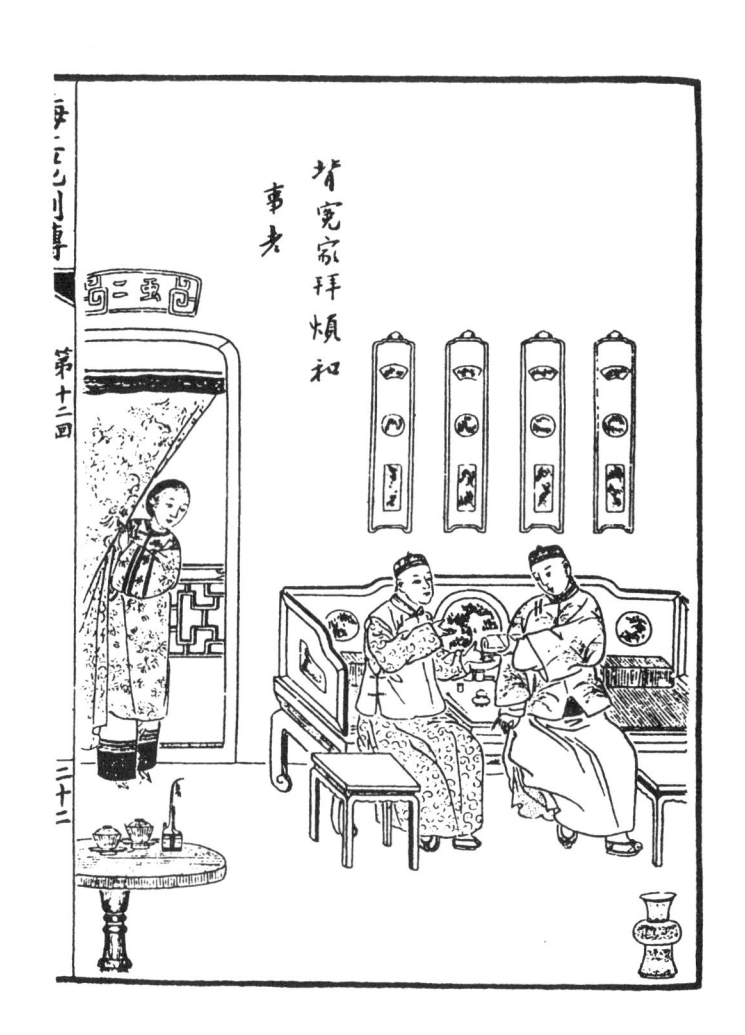

说她好！"蕙贞道："王老爷说嚜说糊涂，心里也蛮明白的哦。你沈小红自己想想看，可对得住王老爷？我是也不去说她。只要王老爷一直跟沈小红要好下去，那才算是你沈小红本事大了！"

善卿点头说："不错。"随立起身来道："我走了。你倒要保重点，不要气出什么病来。"蕙贞款步相送，笑着答道："我自己想，不犯着气死在你沈小红手里。老老面皮倒没什么气，蛮快活在这里。"善卿道："那好。"一面说，一面走。出四马路看时，灯光渐稀，车声渐静，约摸有一点多钟，不如投宿周双珠家为便；重又转身向北，至公阳里，不料各家玻璃灯尽已吹灭，弄内黑魆魆的，摸至门口，唯门缝里微微射出些火光。

善卿推进门去，直到周双珠房里，只见双珠倚窗而坐，正摆弄一副牙牌在那里"斩五关"。双玉站在桌旁观局。善卿自向高椅坐了。双珠像没有理会，猝然问道："台面散了有一会了嚜；你在哪儿呀？"善卿道："就张蕙贞那儿去了一趟。"因说起王莲生与张蕙贞情形，笑述一遍，将首饰包放在桌上。双珠道："我只当你回去了。阿金她们等了会儿也都走了。"善卿道："她们走了嚜，我来伺候你。"双珠道："你可吃稀饭？"善卿道："不吃。"

双珠的五关终斩它不通，随手丢下，走过这边打开首饰包看了，便开橱替善卿暂行皮置。双玉就坐在双珠坐的椅上，掳拢牙牌，也接着去打五关。忽又听得楼下推门声响，一个小孩子声音，问："我妈呢？"客堂里外场答道："你妈回去了嚜。"双珠听了，急靠楼窗口叫："阿大，你上来喽。"那孩子飞跑上楼。

善卿认得是阿德保的儿子，名唤阿大，年方十三岁，两只骨碌碌眼睛，满房间转个不住。双珠告诉他道："你妈嚜，我教她乔公馆里看个客人去，要有一会才回来呢。你等会好了。"阿大答应，却站在桌旁看双玉斩五关。双玉虽不言语，却登时沉下脸来，将牙牌搅得历乱，取盒子装好，自往对过自己房里去了。

善卿道："双玉来了几天，可跟你们说过几句话？"双珠笑道："就是啰。我妈也说了几趟了。问一声嚜说一句，一天到晚坐在那儿，一点点声音也没有。"善卿道："人可聪明呢？"双珠道："人是倒蛮聪明；她看见我打五关，看了两趟，她也会打了。这就看她做起生意来，不晓得可会做。"善卿道："我看她不声不响，倒蛮有意思，做起生意来比双宝总好点。"双珠道："双宝是不要去说她了！自己没本事嚜倒要说别人，应该你说的时候倒不作声了。"

这里善卿双珠正说些闲话，那阿大趔趄着脚儿，乘个眼错，溜出外间，跑下楼去。双珠一回头，早不见了。双珠因发怒，一片声喊"阿大"。阿大复应声而至。双珠沉下脸喝道："忙什么呀！等你妈来了一块走！"阿大不敢违拗，但羞得遮遮掩掩，没处藏躲。幸而阿金也就回来。双珠叫道："你们儿子等了有一会了，快点回去罢。"

阿金上楼，向双珠耳朵边不知问什么话。双珠只做手势告诉阿金。阿金方辞善卿，领阿大同回。善卿笑道："你们装神弄鬼的，只好骗骗小孩子！要阿德保来上你们当，不见得噢！"双珠道："到底骗骗也骗了过去；不然，回去要吵死了！"善卿道："乔公馆去看什么客人？客人嚜在朱公馆里。只怕她到朱公馆去看了他一趟！"双珠嗤的笑道："你也算做点好事罢！不要去说她了！"善卿付之一笑。良宵易度，好梦难传，表过不叙。

到十八日，洪善卿吃过中饭就要去了结王莲生的公案。周双珠将橱中首饰包仍交善卿。于是善卿别了双珠，跫出公阳里，经由四马路，迎面遇见汤啸庵，拱手为礼。啸庵问善卿："到哪去？"

装鬼戲催轉諧
摇孃

善卿略说大概，还问啸庵："什么事？"啸庵道："也跟你差不多；我是替子富开消蒋月琴那儿局帐去。"洪善卿笑道："我们俩就像做他们的和事老，倒也好笑得极了！"啸庵大笑，分路而去。

善卿自往景星银楼，掌柜的招呼进内，先把那包首饰秤准分两，再拣取应用各件，色色俱全；惟有一对戒指，一只要"双喜双寿"花样，这也有现成的，一只要方孔中嵌上"蕙贞张氏"四字，须是定打，约期来取；只得先取现成一只和拣定的各件装上纸盒，包扎停当。善卿仍用手巾兜缚缩结，等掌柜的核算。扣除贴换之外还该若干，开明发票，请善卿过目。

善卿不及细看，与王莲生那篇帐一并收藏；当即提了手巾包儿，退出景星银楼门首；心想天色尚早，且去那里勾留小坐再送至张蕙贞处不迟。

正打算那里去好，只见赵朴斋独自一个从北首跑下来，两只眼只顾往下看，两只脚只顾往前奔，擦过善卿身旁，竟自不觉。善卿猛叫一声"朴斋！"朴斋见是舅舅，慌忙上前厮唤，并肩站在白墙根前说话。

善卿问："张小村呢？"朴斋道："小村跟吴松桥两个人不晓得做什么，天天在一块。"善卿道："陆秀宝那儿，你为什么接连去吃酒？"朴斋嗫嚅半晌，答道："是给庄荔甫他们说起来，好像难为情，倒应酬他，连吃了一台。"善卿冷笑道："单是吃台把酒，也没什么要紧；你是去上了他们当了！是不是？"朴斋顿住嘴说不出，只模糊搪塞道："那也没什么上当。"善卿笑道："你瞒我做什么哝？我也不来说你。到底你自己要有点主意才好。"

朴斋连声诺诺，不敢再说。善卿问："这时候一个人到哪去？"朴斋又没得回答。善卿又笑道："就是去打茶围嚜有什么不好说的啊?我跟你一块去好了。"原来善卿独恐朴斋被陆秀宝迷住,要去看看情形如何。

朴斋只好跟善卿同往南行。善卿慢慢说道:"上海租界上来一趟,玩玩,用掉两块洋钱也没什么;不过你不是玩的时候。你要有了生意,自己赚了来,用掉点倒罢了;你这时候生意也没有,就家里带出来几块洋钱,用在堂子里也到不了哪里。万一你钱嘿用光了,还是没有什么生意,你回去可好交代?连我也对不住你们令堂了嘿!"

朴斋悚然敬听,不则一声。善卿道:"我看起来,上海这地方要找点生意也难得很的哦。你住在客栈里,开消也省不了,一天天哝下去,到底不是个办法。你玩嘿也算玩了几天了,不如回去罢。我替你留心着,要有什么生意,我写封信来喊你好了。你说是不是?"

朴斋那里敢说半个不字,一味应承,也说:"是回去好。"甥舅两个口里说,脚下已趸到西棋盘街聚秀堂前。善卿且把这话撩过一边,同朴斋进门上楼。

注:唐时散乐名。一作踏摇娘。《教坊记》:北齐有苏姓嗜酒者,醉辄殴其妻,妻诉于邻里。时人演剧,歌者衣女衣上场,每一叠众齐声和之曰:"踏谣和来,踏谣娘苦娘来。""踏谣"以其且步且歌;"苦"以其称冤。旋作殴斗状以为笑乐。

第一三回

挨城门（注一）**陆秀宝开宝　抬轿子周少和碰和**（注二）

　　按洪善卿赵朴斋到了陆秀宝房间里。陆秀宝梳妆已罢，初换衣裳，一见朴斋，问道："你一早起来去做什么？"（注三）朴斋使个眼色，叫她莫说；被秀宝啐了一口道："就有这许多鬼头鬼脑的！人家比你要乖觉点呢！"说得朴斋反不好意思的。秀宝转与善卿搭讪两句，见善卿将一大包放在桌上，便抢去扳开，抽出上面最小的纸盒来看。可巧是那一只"双喜双寿"戒指。秀宝径取戴上，跑过朴斋这边，嚷道："你说没有，你看噢。可是'双喜双寿'？"口里紧着问，把手上这戒指直搁到朴斋鼻子上去。朴斋笑辩道："他们是景星招牌；你要龙瑞，龙瑞说没有嘞。"秀宝道："哪有什么没有呀？庄倒不是龙瑞里去拿来的？就是你起先吃酒那天嘞，说有十几只呢。隔了一天说没有了，你骗谁呀？"朴斋道："你要嘞，你教庄去拿好了。"秀宝道："你拿洋钱来。"朴斋道："我有洋钱嘞，昨天我就拿了来了，为什么要庄去拿？"秀宝沉下脸道："你倒调皮嗜！"一屁股坐在朴斋大腿上，尽力的摇晃，问朴斋："可还要调皮呀？"朴斋柔声告饶。秀宝道："你去拿了来就饶你。"朴斋只是笑，也不说拿，也不说不拿。秀宝别过头来勾住朴斋颈项，撅着嘴咕噜道:"我不来!你去拿来嗄!"秀宝连说了几遍,朴斋总不开口。秀宝渐怒,大声道:"你可敢不去拿!"朴斋也有三分烦躁起来。秀宝那里肯依,扭的身子像扭股儿糖一般,恨不得把朴斋立刻挤出银水来才好。

正当无可奈何之时,忽听得大姐在外喊道:"二小姐,快点,施大少爷来了。"秀宝顿然失色,飞跑出房,竟丢下朴斋和善卿在房间里,并没有一人相陪。善卿因问朴斋道:"秀宝要什么戒指?可是你去买给她?"朴斋道:"就是庄荔甫去敷衍了一句话。起先她们说要一对戒指,我不答应。荔甫去骗她们,说:'戒指嗄现成没有,隔两天再去打好了。'她所以这时候就要去打戒指。"善卿道:"那也是你自己不好,不要去怪什么荔甫。荔甫是秀林老客人,自然帮她们嗄。你说荔甫去骗她们,荔甫是就在骗你。你以后嗄不要再去上荔甫的当了。可晓得?"

朴斋唯唯而已,没一句回话。适见杨家妈进来取茶碗出去。善卿叫她:"喊秀宝拿戒指来,我们要走了。"杨家妈摸不着头脑,胡乱应下去喊秀宝。秀宝进房见善卿面色不善,忙道:"我还替你装好了。"善卿道:"我来装好了。"一手接过戒指去。秀宝不敢招惹,只拉朴斋过一边,密密说了好些话。及善卿装好首饰包,说声:"我们走罢。"转身便走。朴斋慌的紧紧跟随出来。秀宝也不曾留,却约下朴斋道:"你等会要来的嗄。"直叮嘱至楼梯边而别。

善卿出至街上,却问朴斋道:"你可替她去买戒指?"朴斋道:"过两天再看啰。"善卿冷笑道:"过两天再看的话,那是还是要替她去买的了。你的意思可是为了秀宝那儿用掉了两块钱舍不得,想多用点在她身上嗄指望她跟你要好?我跟你老实说了罢:要秀宝跟你要好不会的了。你趁早死了一条心。你就拿了戒指去,秀宝

挨城門
陸秀寶
鬧寶

嚜只当你是铲头,可会要好啊?"

朴斋一路领会忖度。至宝善街口,将要分手,善卿复站住说道:"你就是上海地方两个朋友也刻刻要留心。像庄荔甫本来算不得什么朋友;就是张小村吴松桥算是自己小同乡,好像靠得住了,到了上海倒也难说。先要你自己有主意。他们随便说什么话,你少听点也好点。"朴斋也不敢下一语。善卿还唠叨几句,自往张蕙贞处送首饰去了。

赵朴斋别过善卿,茫然不知所之;心想善卿如此相劝,倒不好开口向他借贷;若要在上海玩,须得想个法子敷衍过去;当此无聊之际,不如去寻吴松桥谈谈,或者碰着什么机会也未可知;遂叫部东洋车坐了,径往黄浦滩拉来。远远望见白墙上"义大洋行"四个大字,朴斋叫车夫就墙下停车,开发了车钱。只见洋行门首正在上货,挑夫络绎不绝。有一个穿棉袍马褂戴着眼镜的,像是管帐先生,站在门旁向黄浦呆望;旁边一个挑夫拄着扁担与他说话。

朴斋上前拱手,问:"吴松桥可在这儿?"那先生也不回答,只嗤的一笑,仰着脸竟置不理。朴斋不好意思,正要走开。倒是那挑夫用手指道:"你要找人嚜去问帐房里;此地栈房,哪有什么人哪。"

朴斋照他指的方向去看,果然一片矮墙,门口挂一块黑漆金字小招牌;一进了门,乃是一座极高大四方的外国房子。朴斋想这所在不好瞎闯的,徘徊瞻望,不敢声唤。恰好几个挑夫拖着扁担往里飞跑,直跑进旁边一扇小门。朴斋跟至门前。那门也有一块小招牌,写着"义大洋行帐房"六个字,下面又画了一只手,伸一个指头望门里指着。

朴斋大着胆进去,跫到帐房里,只见两行都是高柜台,约有二三十人在那里忙碌碌的不得空隙。朴斋拣个年轻学生,说明来意。那学生把朴斋打量一回,随手把壁间绳头抽了两抽,即有个打杂的应声而至。学生叫:"去喊小吴来,说有人找。"

打杂的去后,朴斋掩在一旁,等了个不耐烦,方才见吴松桥穿着本色洋绒短衫裤,把身子扎缚得紧紧的,十分唧溜,赶忙奔至帐房里;一见朴斋,怔了一怔,随说:"我们楼上去坐会儿罢。"乃领朴斋穿过帐房,转两个弯,从一层楼梯上去。松桥叫脚步放轻些。蹭到楼上,推开一扇屏门,只见窄窄一个外国房间,倒像是截断衖堂一般,满地下横七竖八堆着许多铜铁玻璃器具,只靠窗有一只半桌,一只皮机子。

朴斋问:"有没碰着过小村?"松桥忙摇摇手叫他不要说话;又悄悄嘱道:"你坐一会,等我完了事,一块北头去。"朴斋点头坐下。松桥掩上门匆匆去了。这门外常有外国人出进往来,履声橐橐,吓得朴斋在内屏息危坐,捏着一把汗。

一会儿,松桥推进门来,手中拿两个空的洋瓶撂在地下,嘱朴斋:"再等会儿,就快完了。"仍匆匆掩门而去。

足有一个时辰,松桥才来了,已另换一身棉袍马褂,时新行头,连镶鞋小帽(注四)并崭然一新,口中连说:"对不住。"一手让朴斋先行,一手拽门上锁,同下楼来。仍经由帐房转出旁边小门,迤逦至黄浦滩。松桥说道:"我约小村到兆贵里,我们坐车子去罢。"随喊两部东洋车坐了。车夫讨好,一路飞跑,顷刻已到石路兆贵里街口停下。

松桥把数好的两注车钱分给车夫,当领朴斋进街,至孙素兰家。只见娘姨金姐在楼梯上迎着,请到亭子间里坐,告诉吴松桥道:"周跟张来过了,说到华众会去一趟。"

松桥叫拿笔砚来，央赵朴斋写请客票，说尚仁里杨媛媛家，请李鹤汀老爷。朴斋仿照格式，端楷缮写。才要写第二张，忽听得楼下外场喊："吴大少爷朋友来。"吴松桥瞿然起道："不要写了，来了。"

赵朴斋丢下笔，早见一个方面大耳长挑身材的人忙忙的走进房来，一看正是张小村，拱手为礼。问起姓名，方知那胡子姓周，号少和，据说在铁厂勾当。赵朴斋说声"久仰"。大家就坐。吴松桥把请客票交与金姐："快点去请。"

那孙素兰在房间里听见这里热闹，只道客到齐了，免不得过来应酬；一眼看见朴斋，问道："昨天晚上，幺二上吃酒，可是他？"吴松桥道："吃了两台了。起先吃一台，你也在台面上嚜。"孙素兰点点头，略坐一坐，还回那边正房间陪客去了。

这边谈谈讲讲，等到掌灯以后，先有李鹤汀的管家匡二来说："大少爷跟四老爷在吃大菜，说，可有什么人先替打一会。"吴松桥问赵朴斋："你可会打牌？"朴斋说："不会。"周少和道："就等他一会也没什么。"金姐问道："先吃晚饭可好？"张小村道："他在吃大菜嚜，我们也好吃晚饭了。"吴松桥乃令开饭。

不多时，金姐请各位去当中间用酒。只见当中间内已摆好一桌齐整饭菜。四人让坐。却为李鹤汀留出上首一位。孙素兰正换了出局衣裳出房，要来筛酒。吴松桥急阻止道："你请罢，不要弄脏了衣裳。"素兰也就罢了，随口说道："你们慢用，对不住，我出局去。"既说便行。吴松桥举杯让客。周少和道："吃了酒等会不好打牌，倒是吃饭罢。"松桥乃让赵朴斋道："你不打牌，多吃两杯。"朴斋道："我就吃两杯，你不要客气。"张小村道："我来陪你吃一杯好了。"

于是两人干杯对照。及至赵朴斋吃得有些兴头,却值李鹤汀来了。大家起身,请他上坐。李鹤汀道:"我吃过了。你们四个人有没打过牌?"吴松桥指赵朴斋道:"他不会打,在这等你。"

周少和连声催饭。大家忙忙吃毕,揩把面,仍往亭子间里来,却见靠窗那红木方桌已移在中央,四支膛烛点得雪亮,桌上一副乌木嵌牙麻雀牌和四份筹码皆端正齐备。吴松桥请李鹤汀上场,同周少和张小村拈阄坐位。金姐把各人茶碗及高装糖果放在左右茶几上。李鹤汀叫拿局票来叫局。周少和便替他写,叫的是尚仁里杨媛媛。少和问:"可有谁叫?"张小村说:"我们不叫了。"吴松桥道:"朴斋叫一个罢。"赵朴斋道:"我不打牌嚜,叫什么局嗾?"张小村道:"可要我跟你合点伙?"李鹤汀道:"合伙蛮好。"张小村道:"你写好了。西棋盘街聚秀堂陆秀宝。"周少和一并写了,交与金姐。吴松桥道:"让他少合点罢。要是输得大了好像难为情。"张小村道:"合二分好了。"赵朴斋道:"二分要多少?"周少和道:"有限得很。输到十块洋钱碰顶了。"朴斋不好再说,却坐在张小村背后看他打了一圈庄,丝毫不懂,自去榻床躺下吸烟。

一时,杨媛媛先来。陆秀宝随后并到。秀宝问赵朴斋道:"坐在哪儿呀?"吴松桥道:"你就榻床上去坐会儿。他要跟你打'对对和'。"

陆秀宝即坐在榻床前杌子上。杨家妈取出袋里水烟筒来装水烟。赵朴斋盘膝坐起,接了自吸。秀宝问道:"你可打牌?"朴斋道:"我没钱,不打了。"陆秀宝眼睛一瞟,冷笑道:"你这话是白说的嚜!谁来听你哒!"朴斋若无其事笑嘻嘻的道:"不听就不听好了!"秀宝沉下脸来道:"你可替我拿戒指?"朴斋道:"你看我可有工夫?"秀宝道:"你不打牌,这半天在做什么?"朴斋道:"我嚜也有我事情,你哪晓得!"秀宝又撅着嘴咕噜道:"我不来!你可去拿。"

朴斋只嘻着嘴笑,不则一声。秀宝伸一个指头指定朴斋脸上道:"只要你等会不拿来嚜,我拿银簪来戳烂你只嘴,看你可受得了!"朴斋笑道:"你放心,我等会不来好了,不要说得吓死人。"秀宝一听,急的问道:"谁说教你不要来呀?倒要说说看!"一面问个着落,一面咬紧牙关把朴斋腿膀狠命的捽一把。朴斋忍不住叫声"啊呀"。那台面上打牌的听了,异口同声呵呵一笑。秀宝赶紧放手。周少和叫金姐说道:"你们桌子下头倒养一只公鸡在那儿!我明天也要借一借的哦!"大家听说,重笑一回,连杨媛媛也不禁笑了。

陆秀宝恨得没法,只轻轻的骂:"短命!"赵朴斋侧着头,觑了觑,见秀宝水汪汪含着两眶眼泪,呆脸端坐,再不说话。朴斋想要安慰她,却没有什么可说的。忽见帘子缝里有人招手叫"杨家妈。"杨家妈随去问明,即复给朴斋装水烟。朴斋摇手不吸。杨家妈道:"我们要转局去,先走了。"

秀宝却和杨家妈唧唧说了半晌。杨家妈转向朴斋道:"赵大少爷,你只当秀宝要你戒指,可晓得她们妈要说她的欤。"秀宝接嘴道:"你想噉,你昨天嚜自己跟我妈说好了,去打好了,我可好跟我妈说,你不肯去打了呀?你就不去打也没什么,你等会来跟我妈去当面说一声。听见了没有?"朴斋怕人笑话,催促道:"你走罢,等会再说。"秀宝也不好多话,扶着杨家妈肩膀去了。

鹤汀说道:"幺二上倌人自有许多幺二上功架。她们惯了,自己做出来也不觉得了。"杨媛媛嗔道:"关你什么事?要你去说她们!"鹤汀微笑而罢。

赵朴斋又惭又恼,且去看看张小村筹码,倒赢了些,也自欢喜。

摧輪子周少和
和碰

正值四圈满庄,更调坐次,再打四圈。李鹤汀要吸口烟,叫杨媛媛替打。杨媛媛接上去,也只打一圈,叫道:"也不好,你自己来打罢。"鹤汀道:"你打下去好了。"杨媛媛道:"蛮好牌,和不出噪。"赵朴斋从旁窥探,见李鹤汀一堂筹码剩得有限。杨媛媛连打一圈,恰好输完,定不肯再打了。李鹤汀只得自己上场,向赢家周少和借了半堂筹码。杨媛媛也就辞去。

须臾打毕,惟李鹤汀输家,输有一百余元。张小村也是赢的。赵朴斋应分得六元。周少和预约明日原班次场,问赵朴斋:"可高兴一块来?"张小村拦道:"他不会打,不要约了。"周少和便不再言。

吴松桥请李鹤汀吸烟。鹤汀道:"不吃了,我要走了。"金姐忙道:"等先生回来了嗄。"鹤汀道:"你们先生倒真忙!"金姐道:"今天转了五六个局啰。李大少爷,真正怠慢你们噪!"吴松桥笑说:"不要客气了!"

于是大家散场,一同出兆贵里,方才分道各别。赵朴斋和张小村同回宝善街悦来客栈。

注一:城门夜闭,有人等在城门外,俟开门放入有特权者时跟进。

注二:即打麻将。"碰"即碰、吃;"和"即胡,吴语二字同音。

注三:昨夜朴斋第二次请客,显然就是替秀宝开苞——书中作"开宝"——但是她藉故呕气,大概整夜跟他"扭手扭脚的"(《红楼梦》中贾琏语),欺他没有经验,他根本无法行事,因此一大早赌气走了。

注四:瓜皮帽。

第一四回
单拆单单嫖明受侮　合上合合赌暗通谋

按张小村赵朴斋同行至宝善街悦来客栈门首。朴斋道:"我去一趟就来。你等一会。"小村笑而诺之,独自回栈。栈使开房点灯冲茶。小村自去铺设烟盘过瘾。吸不到两口烟,赵朴斋竟回来了。小村诧异得很,问其如何。朴斋叹口气道:"不要说起!"便将陆秀宝要打戒指一切情节仔细告诉小村,并说:"我这时候去,就在棋盘街上望了一望,望到她房间里在摆酒,划拳,唱曲子,热闹得很。想必就是姓施的客人。"小村笑道:"我看起来还有缘故。你想,今天才一天,就有客人,是不是客人等在那儿?没那么凑巧。你去上了她们当了,姓施的客人嘎总也是上当。你想对不对?"(注一)

朴斋恍然大悟,从头想起,越想越像,悔恨不迭。小村道:"这也不必去说它了。以后你不要去了嘎就是了。我也正要跟你说:我有一头生意在这儿,就是十六铺(注二)朝南大生米行里。我明天就要搬了去。我走了,你一个人住在栈房里,终究不是道理。最好嘎你还是回去,托朋友找起生意来再说。不然就搬到你们舅舅店里去,也省了点房饭钱。你说是不是?"

朴斋寻思半晌,复叹口气道:"你生意倒有了,我用掉了多少洋钱,一点都没做什么。"小村道:"你要在上海找事,倒是难噢。就等到一年半载,也说不定找得到找不到。你先要自己有主意,不要过两天用完了洋钱,过不下去了,给你们舅舅说,是不是没什么意思?"

朴斋寻思这话却也不差,乃问道:"你们打牌,一场输赢要多少?"小村道:"要是牌不好,输起来,就两三百洋钱也没什么稀奇噢!"朴斋道:"你输了可给他们?"小村道:"输了怎么好不给呢!"朴斋道:"哪来这些洋钱去给他?"小村道:"你不晓得,在上海这地方,只要名气做大了就好。你看了场面上几个人好像阔天阔地,其实跟我们也差不多,不过名气大了点。要是没有名气,还好做什么生意呀?就算你家里有好多家当在那儿也没用嚜。你看吴松桥,可是个光身子?他稍微有点名气嚜,两三千洋钱手里拿出拿进,没什么要紧。我是比不得他;那要有什么用项,汇划庄上去,四五百洋钱,也拿了就是。你哪晓得啊!"朴斋道:"庄上去拿了嚜,还是要还的嚜。"小村道:"那是也要自己算计啰。生意里借点,周转一下,碰着有法子,有什么进帐,补凑补凑嚜,还掉了。"朴斋听他说来有理,仍是寻思不语,须臾各睡。

次早十九日,朴斋醒来,见小村打叠起行李,叫栈使喊小车。朴斋忙起身相送;送至大门外,再三嘱托:"有什么生意,替我吹嘘吹嘘。"小村满口应承。

朴斋看小村押着独轮车去远,方回栈内。吃过中饭,正要去闲游散闷,只见聚秀堂的外场手持陆秀宝名片来请。朴斋赌气,把昨天晚上一个局钱给他带回。外场那里敢接。朴斋随手撩下,望外便走。外场只得收起,赶上朴斋,说些好话。朴斋只做不听见,自去四马路花雨楼顶上泡一碗茶,吃过四五开,也觉没甚意思,心想陆秀宝如此,不如仍旧和王阿二混混,未始不妙;当下出花雨楼,朝南过打狗桥,径往法界新街尽头,认明王阿二门口,直上楼去,房间里不见一人。

正在踌躇,想要退下,不料一回身,王阿二捏手捏脚,跟在后面,已到楼门口了。喜的朴斋故意弯腰一瞧道:"咦!你可是要来吓我?"王阿二站定,拍掌大笑道:"我在隔壁郭孝婆那儿,看见你低着头只管走,我就晓得你到我们这儿来,跟在你背后;看你到了房间里,东张张,西张张,我噁在那儿好笑,要笑出来了呀!"朴斋也笑道:"我想不到你就在我背后。倒一吓。"王阿二道:"你可是不看见?眼睛好大!(注三)"

说话时,那老娘姨送上烟茶二事,见了朴斋笑道:"赵先生,恭喜你了嘿。"朴斋愕然道:"我有什么喜呀?"王阿二接嘴道:"你算瞒我们是不是?再也想不到我们倒都晓得了!"朴斋道:"你晓得什么哝?"王阿二不答,却转脸向老娘姨道:"你听听!可不叫人生气!倒好像是我们要吃醋,瞒着我们!"老娘姨呵呵笑道:"赵先生,你尽管说好了。我们这儿不比堂子里,你就去开了十个宝也不关我们什么事。还怕我们二小姐跟她们去吃醋?我们倒有好多好多醋呢,也不知吃哪家的好!"

朴斋听说,方解其意,笑道:"你们说陆秀宝!我只当你们说我有了什么生意了,恭喜我!"王阿二道:"你有生意没生意,我们哪晓得?"朴斋道:"那么陆秀宝那儿开宝,你倒晓得了。那是张先生来跟你们说的啰。"老娘姨道:"张先生就跟你来了一趟,以后没来过。"王阿二道:"张先生是不来了,我跟你说了罢。我们这儿雇了包打听在这儿,可有什么不晓得的!"朴斋道:"那么昨天晚上是谁住在陆秀宝那儿,你可晓得?"王阿二努起嘴来道:"哪!是只狗嘛!"被朴斋一口啐道:"我要是住在那儿嚜,也不来问你啰!"王阿二冷笑道:"不要跟我瞎说了,开宝客人,住了一晚上就不去了,你骗谁呀!"

朴斋叹口气,也冷笑道:"你们包打听可是个聋子?教他去喊个剃头司务拿耳朵来挖挖清爽再去做包打听好了!"王阿二听说,知道是真情了,忙即问道:"可是你昨天晚上不在陆秀宝那儿?"朴斋遂将陆秀宝如何倡议,如何受欺,如何变卦,如何绝交,前后大概略述一遍。

那老娘姨插口说道:"赵先生,你也算有主意的哦。倒给你看穿了。你可晓得,倌人开宝是他们堂子里说说罢了,哪有真的呀!差不多要三四趟五六趟的哦!你嚜白花了洋钱,再去上她们当,哪犯得着呀?"王阿二道:"早晓得你要去上她们当嚜,我倒不如也说是清倌人,只怕比陆秀宝要像点哪。"朴斋嘻嘻的笑道:"你前门是不像了;我来替你开扇后门走走,便当点,好不好?"王阿二也不禁笑道:"你这人啊,给你两个嘴巴子吃吃才好!"老娘姨随后说道:"赵先生,你也自己不好。你要听了张先生的话,就在我们这儿走走,不到别处去嚜,倒也不去上她们的当了。像我们这儿可有当来给你上?"朴斋道:"别处是我也没有;陆秀宝那儿不去了,就不过此地来走走。前几天我心里要想来,为了张先生,要是碰见了,好像有点难为情。这以后是张先生搬走了,也不要紧了。"

王阿二忙即问道:"是不是张先生找到了生意了?"朴斋遂又将张小村现住十六铺朝南大生米行里的话备述一遍。那老娘姨又插口说道:"赵先生,你也太胆小了!不要说什么张先生我们这儿不来；就算他来了，碰见你在这儿，也没什么要紧嚜。有时候我们这儿客人合好了三四个朋友一块来，都是朋友，都是客人，他们也算热闹点，好玩；你看见了要难为情死了！"王阿二道："你嚜真正是个铲头！张先生就是要打你你也打得过他嚜，怕他什么呀？要说是难为情，我们生意只好不要做了。"

朴斋自觉惭愧，向榻床躺下，把王阿二装好的一口烟拿过枪来，凑上灯去要吸，吸的不得法，焰腾腾烧起来了。王阿二在旁看着好笑，忽听得隔壁郭孝婆高声叫："二小姐。"王阿二慌的令老娘姨去看"可有什么人在那儿。"老娘姨赶紧下楼。朴斋倒不在意。王阿二却抬头侧耳细细的去听。只听得老娘姨即在自己门前和人说话，说了半晌，不中用，复叫道："二小姐，你下来嗷。"恨得王阿二咬咬牙，悄地咒骂两句，只得丢了朴斋，往下飞奔。

朴斋那口烟还是没有吸到底，也就坐起来听是什么事。只听得王阿二走至半楼梯先笑叫道："长大爷，我当是什么人！"接着咕咕唧唧更不知说些甚话，听不清楚。只听得老娘姨随后发急叫道："徐大爷，我跟你说嗷！"

这一句还没有说完，不料楼梯上一阵脚声，早闯进两个长大汉子：一个尚是冷笑面孔；一个竟揎拳攘臂，雄赳赳的据坐榻床，搭起烟枪，把烟盘乱搠，只嚷道："拿烟来！"王阿二忙上前陪笑道："娘姨在拿了。徐大爷，不要生气。"

朴斋见来意不善，虽是气不伏，却是惹不得，便打闹里一溜烟走了。王阿二连送也不敢送。可巧老娘姨拿烟回来，在街相遇，一把拉住嘱咐道："白天人多，你晚上一点钟再来。我们等着。"朴斋点头会意。

那时太阳渐渐下山。朴斋并不到栈，胡乱在饭馆里吃了一顿饭，

草折草々嫖
朗受氣

又去书场里听了一回书,挨过十二点钟,仍往王阿二家,果然畅情快意,一度春宵。明日午前回归栈房。栈使迎诉道:"昨夜有个娘姨来找了你好几趟了。"

朴斋知道是聚秀堂的杨家妈,立意不睬,惟恐今日再来纠缠,索性躲避为妙,一至饭后,连忙出门,惘惘然不知所往;初从石路向北出大马路,既而进抛球场,兜了一个圈子,心下打算,毕竟到那里去消遣消遣;忽想起吴松桥等打牌一局,且去孙素兰家问问何妨;因转弯过四马路,径往兆贵里孙素兰家,只向客堂里问:"吴大少爷可在这儿?"外场回说:"没来。"

朴斋转身要走,适为娘姨金姐所见。因是前日一块打牌的,乃明白告道:"可是问吴大少爷?他们在尚仁里杨媛媛那儿打牌,你去找好了。"

朴斋听了出来,遂由兆贵里对过同庆里进去,便自直通尚仁里,当并寻着了杨媛媛的条子,欣然抠衣踵门,望见左边厢房里一桌麻将,迎面坐的正是张小村。朴斋隔窗招呼,跫进房里。张小村及吴松桥免不得寒暄两句。李鹤汀只说声"请坐"。周少和竟不理。

赵朴斋站在吴松桥背后,静看一回,自觉没趣,讪讪告辞而去。李鹤汀乃问吴松桥道:"他可做什么生意?"松桥道:"他也是出来玩玩,没什么生意。"张小村道:"他要找点生意做,你可有什么路道?"吴松桥嗤的笑道:"他要做生意!你看哪一样生意他会做啊?"大家一笑丢开。

比及打完八圈,核算筹码,李鹤汀仍输百元之数。杨媛媛道:"你倒会输哒。我没听见你赢过嚜。"吴松桥道:"打牌就输得再厉害也不要紧,只要牌九庄上四五条统吃下来,好了嚜。"周少和道:"吃

上合合賭暗通謀

花酒没什么意思,倒不如尤如意那儿去翻翻本看。"李鹤汀微笑道:"尤如意那儿,明天去好了。"张小村问道:"谁请你吃酒?"李鹤汀道:"就是黎篆鸿,不然谁高兴去吃花酒。他也不请什么人,就光是我跟四家叔两个人。要是不捧他的场,那是跳得三丈高,有得看了!"吴松桥道:"老头子兴致倒好。"李鹤汀正色道:"我说倒也是他本事。你想嚜,他家里嚜多少姨太太,外头嚜堂子里倌人,还有人家人,一塌刮子算起来,差不多几百喏!"周少和道:"到底可有多少现银子?"李鹤汀道:"谁去替他算呀。连他自己也有点模糊了。要做起生意来,那是叫发昏带中邪!几千万做着看,可有点谱子!"

大家听了,摇头吐舌,赞叹一番,也就陆续散去。李鹤汀随意躺在榻床上,伸了个懒腰,打了个哈欠,杨媛媛问:"可要吃筒鸦片烟?"鹤汀说:"不吃。昨天闹了一夜,今天没睡醒,懒得很。"媛媛道:"昨天去输了多少?"鹤汀道:"昨天还算好,连赔了两条就停了;就这样也输千把。"媛媛道:"我劝你少赌赌罢。多花了钱,还要糟蹋身体。你要想翻本,我想他们这些人赢嚜倒拿了进去了,输了不见得再拿出来给你。"鹤汀笑道:"那是你瞎说;先拿洋钱去买筹码,有筹码嚜总有洋钱在那儿。哪有什么拿不出的?就怕翻本翻不过来。庄上风头转了点,他们倒不押了,赢不动它,没法子!"媛媛道:"就是这话了。我说你明天到尤如意那儿去,算好了多少输赢,索性再赌一场,翻得过来嚜翻了,翻不过来就看开点算了罢。"鹤汀道:"这话就说得对了。倘若翻不过来,我一定要戒赌了。"媛媛道:"你能够戒了不赌,那是再好也没有。就是要赌嚜,你自己也留心点。像这样几万输下去,你嚜倒也没什么要紧,别人听见了不要着急呀?你们四老爷要问起我们来,为什么不劝劝嚜,我们倒吃他数落几句,也只好不作声嚜。"鹤汀道:"那是没这个事的,四老爷不说我倒来说你?"媛媛道:"这时候说闲言闲语的人多,倒也说不定噢。其实我们这儿是你自己高兴赌了两场。闲人说起来,倒好像我们抽了多少头钱了。我们堂子里不是开什么赌场,也不要抽什么头钱嚜。"鹤汀道:"谁来说你呀?你自己在多心。"媛媛道:"这好,你到尤如意那儿去赌好了,那有什么闲言闲语也不关我们事。"

说话时,鹤汀已自目饧吻涩,微笑不言。媛媛也就剪住了。当下鹤汀朦胧上来,竟自睡去。媛媛知他欠眠,并不声唤,亲自取一条绒毯替他悄地盖上。

鹤汀直睡至上灯以后,娘姨盛姐搬夜饭进房,鹤汀听得碗响即又惊醒。杨媛媛问鹤汀道:"你可要先吃口饭再去吃酒?"鹤汀一想,说道:"吃是倒吃不下,点点心也没什么。"盛姐道:"没什么菜嚜。我去教他们添两样。"鹤汀摇手道:"不要去添。你替我盛一小口干饭好了。"媛媛道:"他喜欢糟蛋,你去开个糟蛋罢。"盛姐答应,立刻齐备。

鹤汀和媛媛同桌吃毕,恰值管家匡二从客栈里来见鹤汀,禀说:"四老爷吃酒去了,教大少爷也早点去。"媛媛道:"等他们请客票来了再去正好嚜。"鹤汀道:"早点去吃了,早点回去睡觉了。"媛媛道:"你身子有点不舒服嚜,还是到我们这儿来,比栈房里也舒服点哪。"鹤汀道:"两天没回去,四老爷好像有点不放心,回去的好。"媛媛也无别语。李鹤汀乃叫匡二跟着,从杨媛媛家出门赴席。

注一:安排好次日由另一人开苞,否则朴斋方面无法夜夜搿塞过去。

注二：上海近郊市镇。

注三：视觉迟钝的人有时视而不见，俗称"眼睛大"，像网眼太大，漏掉东西。

第一五回
屠明珠出局公和里　李实夫开灯花雨楼

按黎篆鸿毕竟在那里吃酒？原来便是罗子富的老相好蒋月琴家。李鹤汀先已知道，带着匡二径往东公和里来。匡二抢上前去通报。大姐阿虎接着，打起帘子请进房里。李鹤汀看时，只有四老爷和一个帮闲门客——姓于，号老德的——在座。四老爷乃是李鹤汀的嫡堂叔父，名叫李实夫。三人厮见，独有主人黎篆鸿未到。李鹤汀正要动问，于老德先诉说道："篆鸿在总办公馆里应酬。月琴也叫了去了。他说教我们三个人先吃起来。"

当下叫阿虎喊下去，摆台面，起手巾。适值蒋月琴出局回来，手中拿着四张局票，说道："黎大人马上来了，教你们多叫两个局，他四个局嚜也替他去叫。"于老德乃去开局票；知道黎篆鸿高兴，竟自首倡，也叫了四个局。李鹤汀只得也叫四个。李实夫不肯助兴，只叫两个。发下局票，然后入席。

不多时，黎篆鸿到了，又拉了朱蔼人同来，相让就坐。黎篆鸿叫取局票来，请朱蔼人叫局。朱蔼人叫了林素芬林翠芬姊妹两个。黎篆鸿说太少，定要叫足四个方罢；又问于老德："你们三个人叫了多少局啊？"于老德从实说了。

黎篆鸿向李实夫一看道:"你怎么也叫两个局哒?难为你了嘿!要六块洋钱的噢!荒荒唐唐!"李实夫不好意思,也讪讪的笑道:"我没处去叫了嘿。"黎篆鸿道:"你也算是老玩家嘿,这时候叫个局就没有了。说出话来可不没志气!"李实夫道:"从前相好,年纪太大了,叫了来做什么?"黎篆鸿道:"你可晓得?不会玩嘿玩小的,会玩倒要玩老的;越是老,越是有玩头。"李鹤汀听说,即道:"我倒想着一个在这儿了!"

黎篆鸿遂叫送过笔砚去请李鹤汀替李实夫写局票。李实夫留心去看,见李鹤汀写的是屠明珠,踌躇道:"她大概不见得出局了噢。"李鹤汀道:"我们去叫,她可好意思不来!"黎篆鸿拿局票来看,见李实夫仍只叫得三个局,乃皱眉道:"我看你要多少洋钱来放在箱子里做什么!是不是在我面上来做人家了?"又怂恿李鹤汀道:"你再叫一个,也坍坍他台,看他还有脸!"李实夫只是讪讪的笑。李鹤汀道:"叫什么人噢?"想了一想,勉强添上个孙素兰。黎篆鸿自己复想起两个局来,也叫于老德添上,一并发下。

这一席原是双台,把两只方桌拼着摆的。宾主只有五位,席间宽绰得很;因此黎篆鸿叫倌人都靠台面与客人并坐。及至后来坐不下了,方排列在背后。总共廿二个倌人,连廿二个娘姨大姐,密密层层,挤了一屋子,于老德挨次数去,惟屠明珠未到。蒋月琴问:"可要去催?"李实夫忙说:"不要催;她就不来也没什么。"

李鹤汀回头见孙素兰坐在身旁,因说道:"借光你绷绷场面。"孙素兰微笑道:"不要客气,你也是照应我嘿。"杨媛媛和孙素兰也问答两句。李鹤汀更自喜欢。林素芬与妹子林翠芬和起琵琶商量合唱。朱蔼人揣度黎篆鸿意思那里有工夫听曲子,暗暗摇手止住。

黎篆鸿自己叫的局倒不理会,却看看这个,说说那个。及至

屠明珠出局
公和里

屠明珠姗姗而来，黎篆鸿是认得的，又搭讪着问长问短，一时和屠明珠说起前十年长篇大套的老话来。李实夫凑趣说道："让她转局过来好不好？"黎篆鸿道："转什么局？你叫来的嚜一样好说说话的嚜。"李实夫道："那么坐这儿来说说话，也近便点。"

黎篆鸿再要拦阻，屠明珠早立起来，挪过坐位，紧紧靠在黎篆鸿肩下坐了。屠明珠的娘姨鲍二姐见机，随给黎篆鸿装水烟。黎篆鸿吸过一口，倒觉得不好意思的，便故意道："你不要来瞎巴结装水烟，等会四老太爷生了气，吃起醋来，我这老头子打不过他嚜！"屠明珠格的一声笑道："黎大人放心，四老太爷要打你嚜，我来帮你好了。"黎篆鸿也笑道："你倒看中了我三块洋钱了，是不是？"屠明珠道："是不是你舍不得三块洋钱，连水烟都不要吃了？——鲍二姐，拿来，不要给他吃！不要难为了他三块洋钱，害他一夜睡不着。"

那鲍二姐正装好一筒水烟给黎篆鸿吸，竟被屠明珠伸手接去，却忍不住掩口而笑。黎篆鸿道："你们在欺负我这老头子，不怕罪过啊？要天雷打的噢！"屠明珠那筒烟正吸在嘴里，几乎呛出来，连忙喷了，笑道："你们看黎大人噢！要哭出来了！哪，就给你吃了筒罢！"随把水烟筒凑到黎篆鸿嘴边。黎篆鸿伸颈张目一气吸尽，喝声采道："啊唷！好鲜！"鲍二姐也失笑道："黎大人倒有玩头的噢！"于老德向屠明珠道："你也上了黎大人当了。水烟嚜吃了，三块洋钱不着杠噢！"黎篆鸿拍手叹道："给你们说穿了，倒不好意思再吃一筒了嚜！"说得阖席笑声不绝。

蒋月琴掩在一旁，插不上嘴；见朱蔼人抽身出席，向榻床躺下吸鸦片烟，蒋月琴趁空，因过去低声问朱蔼人道："可看见罗老爷？"朱蔼人道："我有三四天没看见了。"蒋月琴道："罗老爷我们这儿开消掉不来了呀。你们可晓得？"蔼人问："为什么？"蒋月琴道："这也是上海滩上一桩笑话。为了黄翠凤不许他来，他不敢来了。我从小在堂子里做生意，倒没听见过像罗老爷的客人。"朱蔼人道："可真有这事？"蒋月琴道："他教汤老爷来开消，汤老爷跟我们说的嚜。"朱蔼人道："你们有没去请他？"蒋月琴道："我们是随便他好了，来也罢，不来也罢。我们这儿说不做嚜也做了四五年的啰，他许多脾气我们也摸着点的了。他跟黄翠凤在要好时候，我们去请他也请不到，倒好像是跟他打岔。我们索性不去请。朱老爷，你看看，看他做黄翠凤可做得到四五年。到那时候，他还是要到我们这儿来了，也用不着我们去请他了。"

朱蔼人听言察理，倒觉得蒋月琴很有意思，再要问她底细，只听得台面上连声请朱老爷。朱蔼人只得归席。原来黎篆鸿叫屠明珠打个通关，李实夫李鹤汀于老德三人都已打过，挨着朱蔼人划拳。

朱蔼人划过之后，屠明珠的通关已毕。当下会划拳的倌人争先出手，请教划拳，这里也要划，那里也要划；一时袖舞钏鸣，灯摇花颤，听不清是"五魁""八马"，看不出是"对手""平拳"。闹得黎篆鸿烦躁起来，因叫干稀饭："我们要吃饭了。"倌人听说吃饭，方才罢休，渐渐各散，惟屠明珠迥不犹人，直等到吃过饭始去。

李鹤汀要早些睡，一至席终，和李实夫告辞先走，匡二跟了，径回石路长安客栈。到了房里，李实夫自向床上点灯吸烟。李鹤汀令匡二铺床。实夫诧异问道："杨媛媛那儿怎么不去啦？"鹤汀说："不去了。"实夫道："你不要为了我在这儿，倒玩得不舒服；

172

你去好了嚜。"鹤汀道："我昨天一夜没睡，今天要早点睡了。"实夫嘿然半晌，慢慢说道："租界上赌是赌不得的哦。你要赌嚜，回去到乡下去赌。"鹤汀道："赌是也没赌过，就在堂子里打了几场牌。"实夫道："打牌是不好算赌；只要不赌，不要去闯出什么穷祸来。"鹤汀不便接说下去，径自宽衣安睡。

实夫叫匡二把烟斗里烟灰出了。匡二一面低头挖灰，一面笑问："四老爷叫来的个老倌人，名字叫什么？"实夫说："叫屠明珠。你看好不好？"匡二笑而不言。实夫道："怎么不作声哪？不好嚜，也说好了嚜。"匡二道："我看没什么好。就不过黎大人嚜，倒抚牢了当她宝贝。四老爷，这下回不要去叫她了。落得让给黎大人了罢。"

实夫听说，不禁一笑。匡二也笑道："四老爷，你看她可好哇？前头一路头发都掉光了，嘴里牙齿也剩不多几个，连面孔都咽进去了。她跟黎大人在说话，笑起来多难看！一只嘴张开了，面孔上皮都牵在一起，好像镶了一道荷叶边。我倒替她有点难为情。也亏她做得出多少神头鬼脸的！拿只镜子来教她自己去照照看，可像啊？"实夫大笑道："今天屠明珠真倒了霉了！你不晓得，她名气倒大得很嗱！手里也有两万洋钱，推扳点客人还在拍她马屁呢。"匡二道："要是我做了客人，就算是屠明珠倒贴嚜，老实说，不高兴。倒是黎大人吃酒的地方，可是叫蒋月琴，倒还老实点。粉也没搽，穿了一件月白竹布衫，头上一点都没插什么，年纪比起屠明珠也差不多了哦。好是没什么好，不过清清爽爽，倒像是个娘姨。"实夫道："也算你眼光不推扳。你说她像个娘姨，她是衣裳头面多得哦实在多不过，所以穿嚜也不穿，戴嚜也不戴。你看她帽子上一粒包头珠有多么大！要五百洋钱的哦！"匡二道："倒不懂她们哪来这么些洋钱？"实夫道："都是客人去送给她们的嚜。就像今天晚上，一会儿工夫嚜，也百把洋钱了。黎大人是不要紧，我们嚜叫冤枉死了，两个人花二十几块。这下回他要请我们去吃花酒，我不去，让大少爷一个人去好了。"匡二道："四老爷嚜还要说笑话了。到上海一趟，玩玩，应该用掉两个钱。要是没有那叫没法子，像四老爷，就每年多下来的用用也用不完嚜。"实夫道："不是我做人家；要玩嚜，哪里不好玩？做什么长三书寓呢？可是长三书寓名气好听点？真真是铲头客人！"说得匡二格声笑了。

不料鹤汀没有睡熟，也在被窝里发笑。实夫听得鹤汀笑，乃道："我说的话你们哪听得进？怪不得你要笑起来了。就像你的杨媛媛，也是挡角色嚜，租界上倒是有点名气的哦。"鹤汀一心要睡，不去接嘴。匡二出毕烟灰，送上烟斗，退出外间。实夫吸足烟瘾，收起烟盘，也就睡了。

这李实夫虽说吸烟，却限定每日八点钟起身。倒是李鹤汀早晚无定。那日廿一日，实夫独自一个在房间里吃过午饭，见鹤汀睡得津津有味，并不叫唤，但吩咐匡二："留心伺候，我到花雨楼去。"说罢出门，望四马路而来。相近尚仁里门口，忽听得有人叫声"实翁"。

实夫抬头看时，是朱蔼人从尚仁里出来。彼此厮见。朱蔼人道："正要来奉邀。今天晚上请黎篆翁吃局，就借屠明珠那儿摆摆台面。她房间也宽敞点。还是我们五个人。借重光陪，千乞勿却！"实夫道："我谢谢了哩。等会教舍侄来奉陪。"朱蔼人沉吟道："不然也不敢有屈，好像人太少。可不可以赏光？"

实夫不好峻辞，含糊应诺。朱蔼人拱手别去。实夫才往花雨

李寒夫鬧燈花兩樓

楼。进门登楼，径至第三层顶上看时，恰是上市时候，外边茶桌，里边烟榻，撑得一大统间都满满的。有个堂倌认得实夫，知道他要开灯，当即招呼进去，说："空着。"

实夫见当中正面榻上烟客在那里会帐洗脸。实夫向下手坐下，等那烟客出去，堂倌收拾干净，然后调过上手来。

一转眼间，吃茶的，吸烟的，越发多了，乱烘烘像潮涌一般，那里还有空座儿，并夹着些小买卖，吃的，耍的，杂用的，手里抬着，肩上搭着，胸前揣着，在人丛中钻出钻进，兜圈子。实夫皆不在意，但留心要看野鸡。这花雨楼原是打野鸡绝大围场，逐队成群，不计其数，说笑话，寻开心，做出许多丑态。

实夫看不入眼，吸了两口烟，盘膝坐起，堂倌送上热手巾，揩过手面，取水烟筒来吸着。只见一只野鸡，约有十六七岁，脸上扑的粉有一搭没一搭；脖子里乌沉沉一层油腻，不知在某年某月积下来的；身穿一件膏荷苏线棉袄，大襟上油透一块，倒变做茶青色了；手中拎的湖色熟罗手帕子，还算新鲜，怕人不看见，一路尽着甩了进来。

实夫看了，不觉一笑。那野鸡只道实夫有情于她，一直踅到面前站住，不转睛的看定实夫，只等搭腔上来，便当乘间躺下；谁知恭候多时，毫无意思，没奈何回身要走。却值堂倌跷起一只腿，靠在屏门口照顾烟客，那野鸡遂和堂倌说闲话。不知堂倌说了些甚么，挑拨得那野鸡又是笑，又是骂，又将手帕子往堂倌脸上甩来。堂倌慌忙仰后倒退，猛可里和一个贩洋广京货的顺势一撞，只听得豁琅一声响。众人攒拢去看，早把一盘子零星拉杂的东西撒得满地乱滚。那野鸡见不是事，已一溜烟走了。

恰好有两个大姐勾肩搭背趔趄而来，嘴里只顾嘻嘻哈哈说笑，不提防脚下踹着一面皮镜子；这个急了，提起脚来狠命一挣挣过去；那个站不稳，也是一脚，把个寒暑表踹得粉碎。谅这等小买卖如何吃亏得起，自然要两个大姐赔偿。两个大姐偏不服道："你为什么丢在地上哪？"两下里争执一说，几几乎嚷闹起来。堂倌没法，乃喝道："去罢！去罢！不要说了！"两个大姐方咕哝走开。堂倌向身边掏出一角小洋钱给与那小买卖的。小买卖的不敢再说，检点自去。气的堂倌没口子胡咒乱骂。实夫笑而慰藉之，乃止。

接着有个老婆子，扶墙摸壁，迤逦近前，挤紧眼睛，只瞧烟客；瞧到实夫，见是单挡，竟瞧住了。实夫不解其故。只见老婆子嗫嚅半晌道："可要去玩玩？"实夫方知是拉皮条的，笑置不理。堂倌提着水铫子，要来冲茶，憎那老婆子挡在面前，白瞪着眼，咳的一声，吓得老婆子低首无言而去。

实夫复吸了两口烟，把象牙烟盒卷得精光。约摸那时有五点钟光景，里外吃客清了好些，连那许多野鸡都不知飞落何处，于是实夫叫堂倌收枪，摸块洋钱照例写票，另加小洋一角。堂倌自去交帐，喊下手打面水来。

实夫洗了两把，耸身卓立，整理衣襟，只等取票子来便走。忽然又见一只野鸡款款飞来，兀的竟把实夫魂灵勾住！

第一六回
种果毒大户拓便宜　打花和小娘陪消遣

按李实夫见那野鸡只穿一件月白竹布衫，外罩元色绉心缎镶马甲，后面跟着个老娘姨，缓缓踅至屏门前，朝里望望，即便站住。实夫近前看时，亮晶晶的一张脸，水汪汪的两只眼，着实有些动情。正要搭讪上去，适值堂倌交帐回来，老娘姨迎着问道："陈来了没有？"堂倌道："没来嚜。好几天没来了。"老娘姨没甚话说，讪讪的挈了野鸡往前轩去靠着阑干看四马路往来马车。

实夫问堂倌道："可晓得她名字叫什么？"堂倌道："她叫诸十全，就在我们隔壁。"实夫道："倒像是人家人。"堂倌道："你嚜总喜欢人家人。可去坐会玩玩？"实夫微笑摇头。堂倌道："那也没什么要紧。中意嚜走走，不中意白花掉块洋钱好了！"实夫只笑不答。堂倌揣度实夫意思是了，赶将手中揩擦的烟灯丢下，走出屏门外招手儿叫老娘姨过来，与她附耳说了许多话。老娘姨便笑嘻嘻进来向实夫问了尊姓，随说："一块去啰。"

实夫听说，便不自在。堂倌先已觉着，说道："你们先去等在衖堂口好了。一块去嚜算什么呀！"娘姨忙接口道："那么李老爷就来喥。我们在大兴里等你。"

实夫乃点点头。娘姨回身要走,堂倌又叫住叮嘱道:"这可文静点。他们是长三书寓里惯了的。不要做出什么话靶戏来!"娘姨笑道:"晓得啰!可用得着你来说!"说着,急至前轩挈了诸十全下楼先走。

实夫收了烟票,随后出了花雨楼,从四马路朝西,一直至大兴里,远远望见老娘姨真的站在衖口等候。比及实夫近前,娘姨方转身进衖,实夫跟着;至衖内转弯处,推开两扇石库门让实夫进去。实夫看时,是一幢极高爽的楼房。那诸十全正靠在楼窗口打探,见实夫进门倒慌的退去。

实夫上楼进房,诸十全羞羞怯怯的敬了瓜子,默然归坐。等到娘姨送上茶碗,点上烟灯,诸十全方横在榻床上替实夫装烟。实夫即去下手躺下。娘姨搭讪两句,也就退去。实夫一面看诸十全烧烟,一面想些闲话来说。说起那老娘姨,诸十全赶着叫"妈"。原来即是她娘,有名有姓唤做诸三姐。

一会儿,诸三姐又上来点洋灯,把玻璃窗关好,随说:"李老爷就在这儿用晚饭罢。"实夫一想,若回栈房,朱蔼人必来邀请,不如躲避为妙,乃点了两只小碗,摸块洋钱叫去聚丰园去叫。诸三姐随口客气一句,接了洋钱,自去叫菜。

须臾,搬上楼来,却又添了四只荤碟。诸三姐将二副杯筷对面安放,笑说:"十全,来陪陪李老爷噢。"诸十全听说,方过来筛了一杯酒,向对面坐下。实夫拿酒壶来也要给她筛。诸十全推说"不会吃。"诸三姐道:"你也吃一杯好了。李老爷不要紧的。"

正要擎杯举筷,忽听得楼下声响,有人推门进来。诸三姐慌的下去招呼那人到厨下说话;随后又喊诸十全下去。实夫只道有甚客人,悄悄至楼门口去窃听;约摸那人是花雨楼堂倌声音,便

種果毒大
戶煙便宜

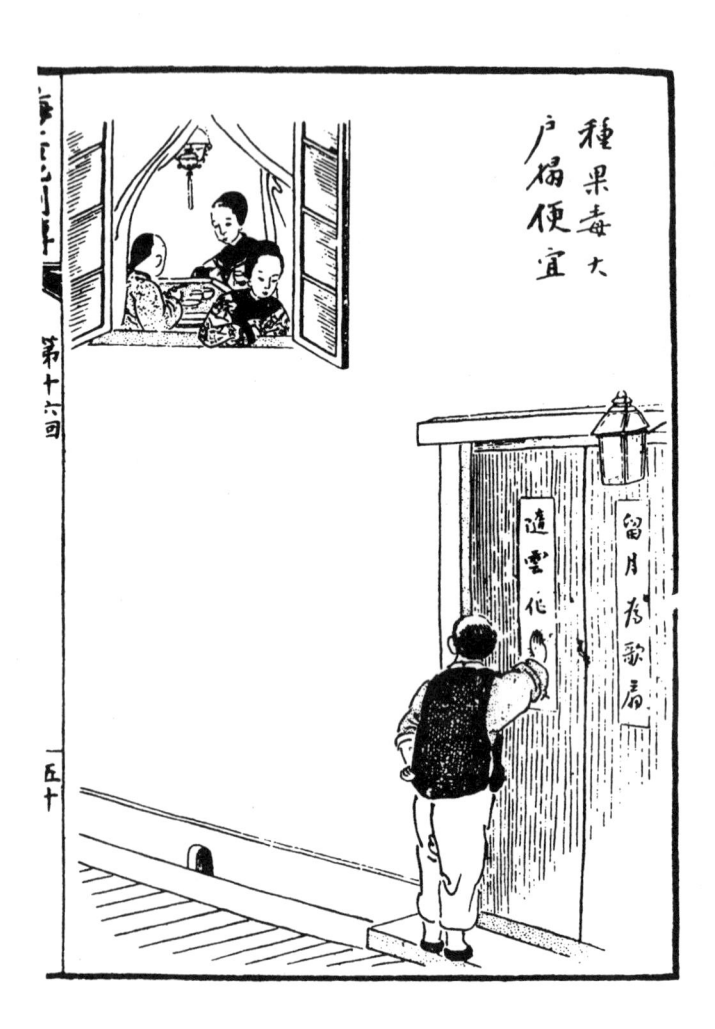

不理会，仍自归坐饮酒。接连干了五六杯，方见诸三姐与诸十全上楼。花雨楼堂倌也跟着来见实夫。实夫让他吃杯酒。堂倌道："我吃过了，你请用罢。"诸三姐叫他坐也不坐，站了一会，说声"明天会"，自去了。

诸十全又殷殷勤勤劝了几杯酒。实夫觉有醺意，遂叫盛饭。诸十全陪着吃毕。诸三姐绞上手巾，自收拾了往厨下去。诸十全仍与实夫装烟。实夫与她说话，十句中不过答应三四句，却也很有意思。及至实夫过足了瘾，身边摸出表来一看已是十点多钟，遂把两块洋钱丢在烟盘里，立起身来。诸十全忙问："做什么？"实夫道："我要走了。"诸十全道："不要走噢！"

实夫已自走出房门。慌的诸十全赶上去，一手拉住实夫衣襟，口中却喊："妈，快点来噢！"诸三姐听唤，也慌的跑上楼梯拉住实夫道："我们这儿清清爽爽，什么不好你要走啊？"实夫道："我明天再来。"诸三姐道："你明天来嚜，今天晚上就不要走了嚜。"实夫道："不，我明天一定来好了。"诸三姐道："那么再坐会噢，忙什么呢？"实夫道："天不早了，明天会罢。"说着下楼。诸三姐恐怕决撒，不好强留，连声道："李老爷，明天要来的噢！"诸十全只说得一声"明天来。"

实夫随口答应，摸黑出了大兴里，径回石路长安客栈。恰好匡二同时回栈，一见实夫即道："四老爷到哪去啦？啊唷！今天晚上是热闹得哦——！朱老爷叫了一班髦儿戏（注一），黎大人也去叫一班，教我们大少爷也叫一班。上海滩上统共三班髦儿戏，都叫了来了，有百十个人喏！推扳点房子都要压坍了。四老爷为什么不来呀？"实夫微笑不答，却问："大少爷噢？"匡二道："大少爷是等不及要到尤如意那儿去，酒也没吃，散下来就去了。"

实夫早就猜着几分，却也不说，自吸了烟，安睡无话。明日饭后仍至花雨楼顶上。那时天色尚早，烟客还清。堂倌闲着无事，便给实夫烧烟，因说起诸十全来。堂倌道："她们一直不出来，就到了今年了刚刚做的生意。人是还有什么好说的呢，就不过应酬推扳点。你喜欢人家人噘倒也不错。"实夫点点头。方吸过两口烟，烟客亦络绎而来，堂倌自去照顾。

实夫坐起来吸水烟，只见昨日那挤紧眼睛的老婆子又摸索来了。摸到实夫对面榻上，正有三人吸烟。那老婆子即迷花笑眼说道："咦，长大爷，二小姐在牵记你呀，说你为什么不来，教我来看看。你倒刚巧在这儿。"实夫看那三人都穿着青蓝布长衫，元色绸马甲，大约是仆隶一流人物。那老婆子只管唠叨，三人也不大理会。老婆子即道："长大爷，等会要来的噢！各位一块请过来。"说了自摸索而去。

老婆子去后，诸三姐也来了，却没有挈诸十全；见了实夫，即说："李老爷，我们那儿去噢。"实夫有些不耐烦，急向她道："我等会来。你先去。"诸三姐会意，慌忙走开，还兜了一个圈子乃去。

实夫直至五点多钟方吸完烟，出了花雨楼，仍往大兴里诸十全家去便饭。这回却熟络了许多，与诸十全谈谈讲讲，甚是投机。至于颠鸾倒凤，美满恩情，大都不用细说。

比及次日清晨，李实夫于睡梦中隐约听得饮泣之声；张眼看时，只见诸十全面向里床睡着，自在那里呜呜咽咽的哭。实夫猛吃一惊，忙问："做什么？"连问几声，诸十全只不答应。实夫乃披衣坐起，乱想胡思，不解何故，仍伏下身去，脸偎脸问道："可是我得罪了你了生气？可是嫌我老不情愿？"诸十全都摇摇手。实夫皱眉道："那为什么？你说说看噢。"又连问了几声，诸十全方答一句道："不关你事。"实夫道:"就不关我事嚜,你也说说看。"诸十全仍不肯说。实夫无可如何,且自穿衣下床。楼下诸三姐听得,舀上脸水,点了烟灯。

实夫一面洗脸,却叫住诸三姐,盘问诸十全缘何啼哭。诸三姐先叹一口气,乃道:"怪是也不怪她。你李老爷哪晓得!我自从养了她养到了十八岁,一直不舍得教她做生意。去年嫁了个丈夫,是个虹口(注二)银楼里小老板,家里还算过得去,夫妻也蛮好,可是总算好的啰?哪晓得今年正月里,碰到一桩事情出来,这时候还是要她做生意!李老爷,你想她可要怨,怎么不气?"实夫道:"什么事情?"诸三姐道:"不要说起。就说也是白说,倒去坍她丈夫的台,可是不要说的好?"

说时,实夫已洗毕脸。诸三姐接了脸水下楼。实夫被她说得忐忑鹘突,却向榻床躺下吸烟,细细猜度。

一会儿,诸三姐又来问点心。实夫因复问道:"到底为什么事情?你说出来,万一我能够帮帮她也说不定,你说说看喂。"诸三姐道:"李老爷,你倘若肯帮帮她倒也譬如做好事;不过我们不好意思跟你说,——跟你说了倒好像是我们来敲你李老爷的竹杠。"实夫焦躁道:"你不要这样嚜,有话爽爽气气说出来好了。"

诸三姐又叹了一口气,方从头诉道:"说起来,总是她自己运气不好。为了正月里她到舅舅家去吃喜酒,她丈夫嚜要面子,给她带了一副头面回来,夜里放在枕头边,到明天起来时候说是没有了呀。这可害了多少人四面八方去瞎找一阵,哪找得到哇?舅舅他们嚜吓得要死,说找不到是只好吃生鸦片了。她丈夫家里还有爹娘在,回去拿什么来交代嚜!真正没法子想了,这才说,不如让她出来做做生意看;万一碰到个好客人,看她命苦,肯替她瞒过了这桩事情，要救到七八条性命的哦。我也没主意了，只好让她去做生意。李老爷，你想她丈夫家里也算过得去，夫妻也蛮好，不然怎么犯着吃到这碗把势饭喤？"

那诸十全睡在床上，听诸三姐说，更加哀哀的哭出声来。实夫搔耳爬腮，无法可劝。诸三姐又道："李老爷，这时候做生意也难：就是长三书寓，一节做下来差不多也不过三四百洋钱生意。一个新出来人家人，自然比不得她们，要撑起一副头面来，你说可容易？她有时候跟我说说话，说到了做生意就哭。她说生意做不好，倒不如死了算了，哪有什么好日子等得到？"实夫道："年纪轻轻，说什么死呀。事情嚜慢慢的商量，总有法子好想。你去劝劝她，教她不要哭喤。"

诸三姐听说，乃爬上床去向诸十全耳朵边轻轻说了些甚么。诸十全哭声渐住，穿衣起身。诸三姐方下床来，却笑道："她出来头一户客人就碰到你李老爷，她命里总还不该应就死。就像一个救星来救了她！李老爷，对不对？"

实夫俯首沉吟，一语不发。诸三姐忽想起道："啊呀！说说话倒忘记了！李老爷吃什么点心？我去买。"实夫道："买两个团子好了。"诸三姐慌的就去。

实夫看诸十全两颊涨得绯红，光滑如镜，眼圈儿乌沉沉浮肿起来，一时动了怜惜之心，不转睛的只管呆看。诸十全却羞的低头下床。趿双拖鞋，急往后半间去。随后诸三姐送团子与实夫吃了。诸十全也归房洗脸梳头。实夫复吸两口烟，起身拿马褂来穿，向袋里掏出五块洋钱放在烟盘里。诸三姐问道："你可是要走了？"实夫说："走了。"诸三姐道："你可是走了不来了？"实夫道："谁说不来？"诸三姐道："那忙什么呢？"即取烟盘里五块洋钱仍塞在马褂袋里。

实夫怔了一怔,问道:"你要我办副头面?"诸三姐笑道:"不是呀!我们有了洋钱,要是用掉了,凑不齐了;放在李老爷那儿一样的嘿。隔两天一块给我们,对不对?"实夫始点点头说"好。"诸十全叮嘱道:"你等会要来的喂。"

实夫也答应了,穿好马褂,下楼出门,回至石路长安栈中。不料李鹤汀先已回来,见了实夫,不禁一笑。实夫倒不好意思的。匡二也笑嘻嘻呈上一张请帖。实夫看是姚季莼当晚请至尚仁里卫霞仙家吃酒的。鹤汀问:"可去?"实夫道:"你去罢,我不去了。"

须臾,栈使搬中饭来,叔侄二人吃毕。李实夫自往花雨楼去吸烟。李鹤汀却往尚仁里杨媛媛家来;到了房里,只见娘姨盛姐正在靠窗桌上梳头,杨媛媛睡在床上尚未起身。鹤汀过去揭开帐子,正要伸手去摸,杨媛媛已自惊醒,翻转身来,揣住鹤汀的手。鹤汀即向床沿坐下。杨媛媛问道:"昨天晚上赌到什么时候?"鹤汀道:"今天九点钟刚散。我是一直没睡过。"媛媛道:"可赢呢?"鹤汀说:"输的。"媛媛道:"你倒好!一直没听见你赢过!还要跟他们去赌!"鹤汀道:"不要说了。你快点起来,我们去坐马车。"

杨媛媛乃披衣坐起。先把捆身子钮好,却憎鹤汀道:"你走开点喂!"鹤汀笑道:"我坐在这儿嘿,关你什么事?"媛媛也笑道:"我不要!"

适值外场提水铫子进来,鹤汀方走开,自去点了烟灯吸烟。盛姐梳头已毕,忙着加茶碗,绞手巾。比及杨媛媛梳头吃饭,诸事舒齐,那天色忽阴阴的像要下雨。杨媛媛道:"马车不要去坐了,你睡会罢。"鹤汀摇摇头。盛姐道:"我们来挖花,大少爷可高兴?"鹤汀道:"好的。还有谁?"杨媛媛道:"楼上赵桂林也蛮喜欢挖花。"

打花和小孃陪消遣

盛姐连忙去请，赵桂林即时与盛姐同下楼来。杨媛媛笑向鹤汀道："听见了挖花，就赶命似的跑了来，怪不得你去输掉了两三万还起劲死了！"赵桂林把杨媛媛拍了一下，笑道："你说起来倒就像真的！"

　　鹤汀看那赵桂林约有廿五六岁，满面烟容，又黄又瘦。赵桂林也随口与鹤汀搭讪两句。盛姐已将桌子掇开，取出竹牌牙筹。李鹤汀杨媛媛赵桂林盛姐四人搬位就坐，掳起牌来。

　　鹤汀见赵桂林右手两指黑得像煤炭一般，知道她烟瘾不小，心想如此倌人还有何等客人去做她；那知打到四圈，赵桂林适有客人来。接着卫霞仙家也有票来请鹤汀。大家便说："不要打了。"一数筹码，鹤汀倒是赢的。杨媛媛笑道："你去输了两三万，来赢我们两三块洋钱，可不气人！"鹤汀也自好笑。赵桂林自上楼去。盛姐收拾干净。

　　鹤汀见外场点上洋灯，方往卫霞仙家赴宴；跐到门首，恰好朱蔼人从那边过来相遇，便一同登楼进房。姚季莼迎见让坐。卫霞仙敬过瓜子。李鹤汀向姚季莼说："四家叔嚜谢谢了。"朱蔼人也道："陶家弟兄说上坟去，也不来了。"姚季莼道："人太少了嚜。"当下又去写了两张请客票交与大姐阿巧。阿巧带下楼去给帐房看。帐房念道："公阳里周双珠家请洪老爷。"正要念那一张，不料朱蔼人的管家张寿坐在一边听得，忽抢出来道："洪老爷我去请好了。"劈手接了票，径自去了。

注一：女子京戏班。

注二：上海日本租界。

第一七回
别有心肠私讥老母　　将何面目重责贤甥

按张寿接了请客票，径往公阳里周双珠家；趱进大门，只见阿德保正跷起脚坐在客堂里，嘴里衔一支旱烟筒。张寿只得上前，将票放在桌上，说："请洪老爷。"阿德保也不去看票，只说道："不在这儿，放在这儿好了。"张寿只得退出。阿德保又冷笑两声，响亮的说道："这时候也新行出来，堂子里相帮用不着了！"

张寿只做不听见，低头急走。刚至公阳里街口，劈面遇着洪善卿。张寿忙站过一旁，禀明姚老爷请。洪善卿点头答应。张寿乃自去了。

洪善卿仍先到周双珠家；在客堂里要票来看过，然后上楼。只见老鸨周兰正在房里与周双珠对坐说话。善卿进去，周兰叫声"洪老爷"，即起身向双珠道："还是你去说她两声，她还听点。"说着自往楼下去了。

善卿问双珠："你妈在说什么？"双珠道："说双玉有点不舒服。"善卿道："那教你去说她两声，说什么呀？"双珠道："就为了双宝多嘴。双宝也是不好，要争口气又不争气，还死要面子。碰到这双玉哝，一点都推扳不起。两个人搞到一起，弄不好了。"善卿道："双宝怎么死要面子？"双珠道："双宝在说：'双玉没有银水烟筒嚜，我房里拿去给她。就是她出局衣裳，我也穿过的了！'刚刚给双玉听见了，衣裳也不要穿了，银水烟筒也不要了，今天一天睡在床上不起来，说是不舒服。妈这就拿双宝来闹了一场，还要我去劝劝双玉，教她起来。"善卿道："你去劝她嚜说什么噢？"双珠道："我也不高兴去劝她。我看了双玉倒叫人生气。——你不过多了几个局，一会子工夫好了不起了，拿双宝来要打要骂，倒好像是她买的讨人！"善卿道："双玉也是厉害点。你幸亏不是讨人，不然她也要看不起你了！"双珠道："她跟我倒十二分要好。我说她什么，她总答应我，倒比妈说的灵。"

正说着，只听得楼下阿德保喊道："双玉先生出局。"楼上巧囡在对过房里接口应道："来的。"善卿便向双珠道："用不着你去劝她了；她要出局去，也只好起来。"双珠道："我说她不起来嚜，让她去，顶多她不做生意好了。这时候做清倌人，顺了她性子，过两天都是她的世界了嚜！"

道言未了，忽听得楼下周兰连说带骂，直骂到周双宝房间里，便劈劈拍拍一阵声响，接着周双宝哀哀的哭起来，知道是周兰把双宝打了一顿。双珠道："我妈也不公道；要打嚜，双玉也应该打一顿。双玉稍微生意好了点，就稀奇死了；生意不好嚜，怎么这样苦啊！"

善卿正要说时，适见巧囡从对过房里走来。双珠即问道："闹过一场了嚜，为什么又再打起来啦？"巧囡低声道："双玉出局不肯去呀。三先生去说说噢。让她去了嚜好了。"

双珠冷笑两声，仍坐着不动身。善卿忽立起来道："我去劝她，她一定去。"即时踅过周双玉房间里，只见双玉睡在大床上，床前

189

点一盏长颈灯台,暗昏昏的。善卿笑嘻嘻搭讪道:"可是你有点不舒服?"双玉免不得叫声洪老爷。

善卿便过去向床沿坐下,问道:"我听见你要出局去嚜?"双玉道:"为了不舒服,不去了。"善卿道:"你不舒服是不要去的好;不过你不去,你妈也没法子,只好教双宝去代局。教双宝去代局,不如还是你自己去。我说的对不对?"

双玉一听双宝代局,心里自是发急,想了想道:"洪老爷说得不错,我去好了。"说着已坐起来。善卿也自喜欢,忙喊巧囡过来点灯收拾。

善卿仍至双珠房里,把双玉肯去的话诉与双珠。双珠也道:"说得好。"正值阿金搬晚饭来,摆在当中间方桌上。善卿道:"你也吃饭罢;预备好了嚜,也好出局去了。"双珠道:"你可要吃口饭再去吃酒?"善卿道:"我先去了,不要吃。"双珠道:"你就来叫好了。我吃了饭洗脸,快得很。"

善卿答应了,自去尚仁里卫霞仙家赴宴。双珠随至当中间坐下,却叫阿金去问双玉,说:"吃得下嚜,一块来吃了罢。"

双玉听见双宝挨打,十分气恼本已消去九分,又见姐姐特令娘姨来请吃饭,便趁势讨好,一口应承,欢欢喜喜出来与双珠对坐。阿金巧囡打横,四人同桌吃饭。

吃饭中间,双珠乃从容向双玉说道:"双宝一只嘴,没什么数,不管什么都是先说了再说,我见了她也恨死了在这里。你是不比双宝,生意嚜好,妈也喜欢你,你就眼开眼闭点,双宝有什么话听不进去,你来告诉我好了,不要去跟妈说。"

双玉听了,一声儿不言语。双珠又微笑道:"你是不是当我帮双宝了?我倒不是帮双宝。我想,我们这时候在堂子里,大家不

別有心腸
私殺老母

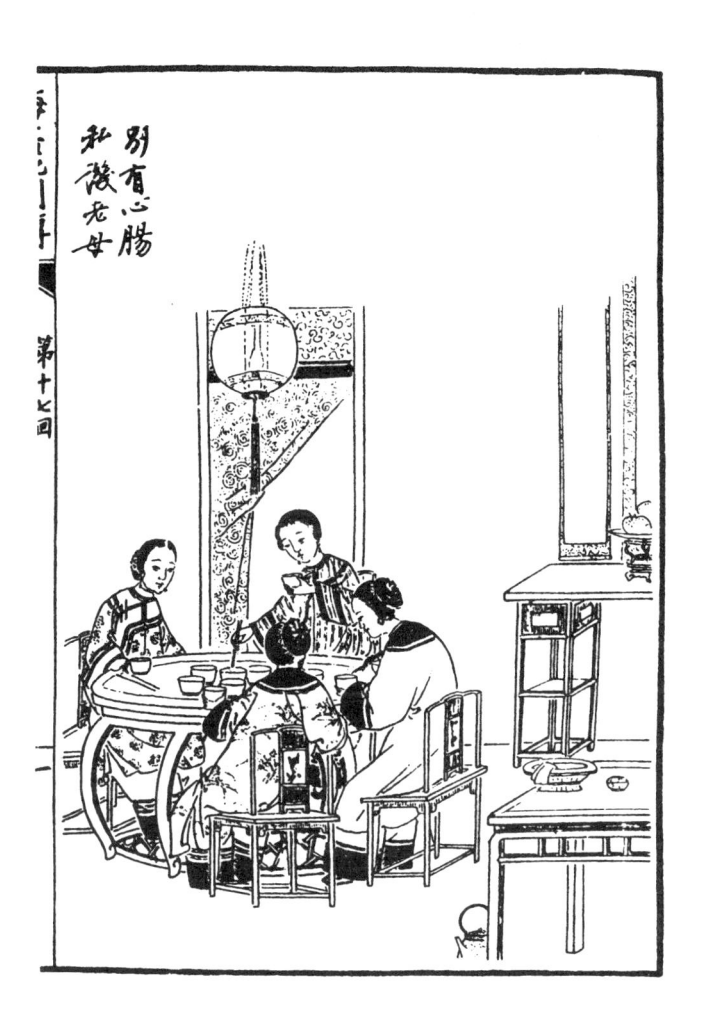

第十七回

过做个倌人,再过两年,都要嫁人去了。在做倌人时候,就算你有本事,会争气,也有限得很。这样一想,可是推扳点好了?"双玉也笑答道:"那是姐姐也多心了。我人嚜笨,话的好歹都听不出还行!姐姐为我好跟我说,我倒怪姐姐。哪有这样的呀?"双珠道:"只要你心里明白,就蛮好。"

说着,都吃毕饭。巧囡忙催双玉收拾出局。双珠也自洗起脸来。约至九点多钟,方接到洪善卿叫局票子。另有一张票叫双玉,客人姓朱,也叫到卫霞仙家,料道是同台面了,双珠却不等双玉,下楼先行。正在门前上轿,恰遇双玉回来,便说与她转轿同去。到了卫霞仙家台面上,洪善卿手指着一个年轻后生,向双玉说:"是朱五少爷叫你。"双玉过去坐下。

双珠见席上七客,主人姚季莼之外,乃是李鹤汀王莲生朱蔼人陈小云等,都是熟识;只有这个后生面生,暗问洪善卿,始知是朱蔼人的小兄弟,号叫淑人,年方十六,没有娶亲。双珠看他眉清目秀,一表人材,有些与朱蔼人相像,只是羞怯怯的坐那里,踢蹐不安,巧囡去装水烟也不吸,巧囡便去给王莲生装水烟。

当时姚季莼要和朱蔼人划拳。朱蔼人坐在朱淑人上首。朱淑人趁划拳时偷眼去看周双玉,不料双玉也在偷看,四只眼睛刚刚凑一个准。双玉倒微微一笑,淑人却羞得回过头去。

朱蔼人划过五拳,姚季莼又要和朱淑人划。淑人推说"不会。"姚季莼道:"划拳嚜有什么不会呀?"朱蔼人也说:"划划好了。"朱淑人只得伸手;起初三拳倒是赢的,末后输了两拳。朱淑人正取一杯在手,周双玉在背后把袖子一扯,道:"我来吃罢。"朱淑人不提防,猛吃一惊,略松了手,那一只银鸡缸杯便的溜溜落下来,坠在桌下,泼了周双玉淋淋漓漓一身的酒。朱淑人着了急,慌取手巾要来揩拭。周双玉掩口笑道:"不要紧的。"巧囡忙去拾起杯子,幸是银杯,尚未砸破。在席众人齐声一笑。

　　朱淑人登时涨得满面通红,酒也不吃,低头缩手,掩在一边,没处藏躲。巧囡问:"我们可是吃两杯?"朱淑人竟没有理会。周双玉向巧囡手里取一杯来代了,巧囡又代吃一杯,过去。比及台面上出局初齐,周双玉又要转局去,只得撇了周双珠告辞先行。周双珠知道姚季莼最喜闹酒,直等至洪善卿摆过庄,方回。

　　周双珠去后,姚季莼还是兴高采烈,不肯歇手。洪善卿已略有酒意,又听得窗外雨声淙淙,因此不敢过醉,赶个眼错,逃席而去,一径向北出尚仁里,坐把东洋车,转至公阳里,仍往周双珠家;到了房里,只见周双珠正将一副牙牌独自坐着打五关。

　　善卿脱下马褂,抖去水渍,交与阿金,挂在衣架上。善卿随意坐下,望见对过房里仍是暗昏昏地,知道周双玉出局未归。双珠却向阿金道:"你收拾好了回去罢。"阿金答应,忙预备好烟茶二事,就去铺床吹灯。善卿笑道:"天还早呢,双玉出局也没回来,忙什么呀?"双珠道:"阿德保催过了;为了下雨,我晓得你要来,教她等了会儿,再不去是要吵架了。"善卿不禁笑了。

　　阿金去后,双玉方回。随后又有一群打茶围客人拥至双玉房里说说笑笑,热闹得很。

　　这边双珠打完五关,不好就睡,便来和善卿对面歪在榻床上,一面取签子烧鸦片烟,一面说闲话道:"王老爷倒还是去叫了张蕙贞,沈小红可晓得啊?"善卿道:"有什么不晓得!沈小红有了洋钱嘞,自然不吃什么醋啰。"双珠道:"沈小红这人跟我们双玉倒差不多。"善卿道:"双玉跟什么人吃醋?"双珠道:"不是说吃醋;她们自己算是有本事,会争气,倒像是一生一世做倌人,不嫁人的了。"

193

正说时，双玉忽走过这边房里来，手中拿一支银水烟筒给双珠看，问："式样可好？"双珠看是景星店号，知道是客人给她新买的了，乃问："要多少洋钱？"双玉道："说是二十六块洋钱哪。可贵呀？"双珠道："是差不多这样，倒不错。"双玉听说，更自欢喜，仍拿了过那边房里去陪客人。双珠因又说道："你看她这标劲（注）！"善卿道："她会做生意嚜，最好了。不然单靠你一个人去做生意，不是总辛苦点？"双珠道："那是自然；我也但望她生意好才好。"

说着，那对过房里打茶围客人一哄而散，四下里便静悄悄的。双珠卸下头面，方要安睡，却听得楼下双宝在房里和人咕唧说话，隐隐夹着些饮泣之声。善卿道："可是双宝在哭？"双珠鼻子里哼了一声，道："有这样哭嚜，不要去多嘴啰！"善卿问："跟谁说话？"双珠说是"客人。"善卿道："双宝也有客人在这儿？"双珠道："这个客人倒不错，跟双宝也蛮要好，就是双宝总有点道三不着两。"善卿问客人姓甚。双珠说是："姓倪。大东门广亨南货店里的小板。"

善卿便不再问，掩门共睡。无如楼下双宝和那客人说一回，哭一回，虽辨不出是甚言词，但听那吞吐断续之间，十分凄惨，害得善卿翻来覆去的睡不着。直至敲过四点钟，楼下声息渐微，善卿方朦胧睡去。

不料睡到八点多钟，善卿正在南柯郡中与金枝公主游猎平原，却被阿金推门进房，低声叫："洪老爷。"双珠先自惊醒，问阿金："做什么？"阿金说是"有人找。"双珠乃推醒善卿告诉了。善卿问："是什么人？"阿金又不认得。善卿不解，连忙穿衣下床，趿鞋出房，叫阿金"去喊他上来。"

阿金引那人至楼上客堂里，善卿看时，也不认得，问他："找我做什么?"那人道:"我们是宝善街悦来栈里。有个赵朴斋,可是你亲眷?"善卿说:"是的。"那人道:"昨天晚上赵先生在新街上同人打架,打破了头,满身都是血,巡捕看见了,送到仁济医馆里去。今天我们去看看他,他教我来找洪先生。"善卿问:"为什么打架?"那人笑道:"那是我们也不晓得。"善卿也十猜八九,想了想便道:"晓得了。倒难为你们。等会我去好了。"那人即下楼去。

善卿仍进房洗脸。双珠在帐子里问:"什么事?"善卿推说"没什么。"双珠道:"你要走嚜,吃点点心再走。"善卿因叫阿金去喊十件汤包来吃了,向双珠道:"你再睡会,我走了。"双珠道:"等会早点来。"

善卿答应,披上马褂,下楼出门。那时宿雨初晴,朝暾耀眼,正是清和天气。善卿径往仁济医馆询问赵朴斋。有一人引领上楼,推开一扇屏门进去,乃是绝大一间外国房子,两行排着七八张铁床,横七竖八睡着几个病人,把洋纱帐子四面撩起掼在床顶。赵朴斋却在靠里一张床上,包着头,络着手,盘膝而坐;一见善卿,慌的下床叫声"舅舅",满面羞惭。

善卿向床前藤杌坐下。于是赵朴斋从头告诉,被徐张两个流氓打伤头面,吃一大亏;却又噜苏疙瘩,说不明白。善卿道:"总是你自己不好。你到新街上去做什么?你不到新街上去,他们可好到你栈里来打你?"说得朴斋顿口无言。善卿道:"这时候没什么别的话,你等稍微好了点,快点回去罢。上海地方你也不要来了!"

朴斋嗫嚅半晌,方说出客栈里缺了房饭钱,留下行李的话,善卿又数落一场,始为计算栈中房饭及回去川资;将五块洋钱给与朴斋,叫他作速回去,切勿迟延。朴斋那里敢道半个"不"字,一味应承。

將俚畫日重秀賢錫

善卿再三叮咛而别，仍踅出仁济医馆，心想回店干些正事，便直向南行。将近打狗桥，忽然劈面来了一人，善卿一见大惊。乃是陶云甫的兄弟陶玉甫，低头急走，竟不理会。善卿一把拉住，问道："你轿子也不坐，底下人也不跟，一个人在街上跑，做什么？"

陶玉甫抬头见是善卿，忙拱手为礼。善卿问："可是到东兴里去？"玉甫含笑点头。善卿道："那么也坐部东洋车去嚡。"随喊了一部东洋车来。善卿问："可是没带车钱？"玉甫复含笑点头。善卿向马褂袋里捞出一把铜钱递与玉甫。玉甫见善卿如此相待，不好推却，只得依他坐上东洋车。善卿也就喊部东洋车，自回咸瓜街永昌参店去了。

陶玉甫别了洪善卿，径往四马路东兴里口停下。玉甫把那铜钱尽数给与车夫，方进衖至李漱芳家。适值娘姨大阿金在天井里浆洗衣裳，见了道："二少爷倒来了。可看见桂福？"玉甫道："没看见。"大阿金道："桂福去看你呀。你轿子嚡？"玉甫道："我没坐轿子。"

说着，大阿金去打起帘子。玉甫放轻脚步踅进房里，只见李漱芳睡在大床上，垂着湖色熟罗帐子，大姐阿招正在揩抹橱箱桌椅。玉甫只道李漱芳睡熟未醒，摇摇手向高椅坐下。阿招却低声告诉道："昨天又一夜没睡，睡了又要起来，起来一趟嚡咳嗽一趟，直到天亮了刚睡着。"玉甫忙问："可有寒热？"阿招道："寒热倒没什么寒热。"玉甫又摇摇手道："不要说了。让她再睡会罢。"不料大床上李漱芳又咳嗽起来。

注：红倌人的傲气。

第一八回

添夹袄厚谊即深情　补双台阜财能解愠

　　按陶玉甫听得李漱芳咳嗽，慌忙至大床前揭起帐子，要看漱芳面色。漱芳回过头来睐了玉甫半日，叹一口气。玉甫连问："可有什么地方不舒服？"漱芳也不答，却说道："你这人倒好！我说了几遍，教你昨天回来了就来，你一定不依我！随便什么话，跟你说了，你只当耳边风！"玉甫急分辩道："不是呀；昨天回来晚了，家里有亲眷在那儿，哥哥这就说：'可有什么要紧事，要连夜赶出城去？'我可好说什么嗷？"漱芳鼻子里哼了一声，说道："你不要来跟我瞎说！我也晓得点你脾气。要说你外头还有什么人在那儿，那也冤枉了你了。你总不过一去了就不想到，让你去死也罢，活也罢，总不关你事，对不对？"玉甫陪笑道："就算我不想到，不过昨天一夜；今天不是想到了，来了？"漱芳道："你是蛮好，一觉睡下去睡到天亮，一夜就过了。你可晓得睡不着坐在那儿，一夜比一年还要长点哩。"玉甫道："都是我不好，害了你。你不要生气。"

　　漱芳又咳嗽了几声，慢慢的说道："昨天夜里，天嚛也真叫人生气，雨下得不停。浣芳嗷，出局去了。阿招嚛替妈装烟，单剩了大阿金坐在那儿打瞌睡。我教她收拾好了去睡罢。大阿金走了，我一个人就榻床上坐会，下得这雨更大了。一阵一阵风，吹在玻璃窗上，乓乓乒乒，像有人在砰窗户。连窗帘都卷起来，直卷到脸上。这一吓吓得我要死。这可只好去睡了。到了床上喱，哪睡得着！隔壁人家刚刚在摆酒，划拳，唱曲子，闹得头也疼了。等他们散了台面嘎，桌子上一只自鸣钟，跌笃跌笃，我不要去听它，它一定要钻到耳朵管里！再起来听听雨嘎，下得这么高兴；望望天嘎，永远不肯亮的了。一直到两点半钟，眼睛算闭一闭。刚刚闭了眼睛，倒说你来了呀，一肩轿子，抬到了客堂里。看见你轿子里出来，倒理也不理我，一直往外头跑。我连忙喊嘎，自己倒喊醒了。醒过来听听，客堂里真的有轿子，钉鞋，脚在地板上声音，有好几个人在那儿。我连忙爬起来，衣裳也不穿，开门出去问他们：'二少爷呢？'相帮他们说：'哪有什么二少爷啊？'我说：'那么轿子哪来呀？'他们说：'是浣芳出局回来的轿子。'倒给他们好笑，说我睡糊涂了。我想再睡会，也没我睡的了，一直到天亮，咳嗽没停过。"玉甫攒眉道："你怎么这样！你自己也要保重点的喱！昨天夜里风又格外大，半夜三更不穿衣裳起来，还要开门出去，不冷吗？你自己不晓得保重，我就天天在这儿看着你也没用嘎。"

漱芳笑道："你肯天天在这儿看着我！你也只好说说罢了。我自己晓得命里没福气，我也不想什么别的，要你再陪我三年，你依了我到了三年，我就死嘎我也蛮快活了。要是我不死，你就再去娶别人，我也不来管你了。就不过三年，你也不肯依我，倒说天天在这儿看着我！"玉甫道："你说说就说出不好的来了。你只有个妈离不开，再过三四年等你兄弟娶了亲，让他们去当家，你跟妈到我家里去，那才真的天天看着你，你嘎也称心了。"

漱芳又笑道："你是自然一直蛮称心，我哪有这福气！我不过在这儿想：你今年二十四岁，再过三年也不过二十七岁。你二十七岁娶一个回去，成双到老，有几十年呢。这三年里头就算我冤屈了你也该应噢。"玉甫也笑道："你瞎说些什么！娶回去成双到老那就是你噢。"

漱芳乃不言语了。只见李浣芳蓬着头从后门进房，一面将手揉眼睛，一面见玉甫，说道："姐夫，你昨天怎么不来呀？"玉甫笑嘻嘻拉了浣芳的手过来，斜靠着梳妆台而立。漱芳见浣芳只穿一件银红湖绉捆身子，遂说道："你怎么衣裳也不穿？"浣芳道："今天天热呀。"漱芳道："哪热啊！快点去穿了喂！"浣芳道："我不要穿，热死了在这儿！"

正说着，阿招已提了一件玫瑰紫夹袄来向浣芳道："妈也在说了，快穿上罢。"浣芳还不肯穿。玉甫一手接那夹袄替浣芳披在身上道："你先穿着，等会热嗐再脱好了，好不好？"浣芳不得已依了。阿招又去舀进脸水请浣芳洗脸梳头。漱芳也要起身。玉甫忙道："你再睡会喂，还早呢。"漱芳说："我不要睡了。"玉甫只得去扶起来，坐在床上，复劝道："你就床上坐会，我们说说话倒不错。"漱芳仍说："不要！"

及至漱芳下床，终觉得鼻塞声重，头眩脚软，惟咳嗽倒好些。漱芳一路扶着桌椅步到榻床坐下。玉甫跟过来放下一面窗帘。大阿金送上燕窝汤，漱芳只呷两口即叫浣芳吃了。浣芳新妆既罢，漱芳方去洗起脸来。阿招道："头还蛮好，不要梳了。"漱芳也觉坐不住，就点点头。大阿金用抿子蘸刨花水略刷几刷。漱芳又自去刷出两边鬓脚，已是吃力极了，遂去歪在榻床上喘气。

玉甫见漱芳如此，心中虽甚焦急，却故作笑嘻嘻面孔。只有

添衣襯厚意卽深情

浣芳立在玉甫膝前呆呆的只向漱芳呆看。漱芳问她"看什么？"浣芳说不出，也自笑了。大阿金正在收拾镜台，笑道："她嚜看见姐姐不舒服了也不起劲了，可晓得？"浣芳接说道："昨天蛮好的，都是姐夫不好嚜，我不来！"说着便一头撞在玉甫怀里不依。玉甫忙笑道："她们骗你呀。没什么不舒服，等会就好了。"浣芳道："等会要是还不好，要你赔个好姐姐还我！"玉甫道："晓得了。等会我一定给你个好姐姐好了。"浣芳听说方罢。

漱芳歪在榻床上，渐渐沉下眼睛，像要睡去。玉甫道："还是到床上去睡罢。"漱芳摇摇手。玉甫向藤椅子上揭条绒毯替漱芳盖在身上。漱芳憎道："重！"仍即揭去。玉甫没法，只去放下那一面窗帘；还恐漱芳睡熟着凉，要想些闲话来说，于是将乡下上坟许多景致略加装点，演说起来。浣芳听得津津有味。漱芳却憎道："给你说得烦死了！我不要听！"玉甫道："那你不要睡喲。"漱芳道："我不睡好了，你放心。"玉甫在榻床一边盘膝危坐，静静的留心看守。但害得个浣芳坐不定，立不定，没处着落。漱芳叫她外头去玩一会，浣芳又不肯去。

一会儿，大阿金搬中饭进房。玉甫问漱芳："可吃得下？吃得下嚜吃口罢。"漱芳说："不要吃。"浣芳见漱芳饭都不吃，只道有甚大病，登时发急，涨得满面绯红，几乎掉下眼泪。倒引得漱芳一笑，说浣芳道："你怎么这样啊。我还没死哩。这时候吃不下嚜等会吃。"浣芳自知性急了些，连忙极力忍住。玉甫因浣芳着急，也苦苦的劝漱芳多少吃点。漱芳只得令大阿金买些稀饭，吃了半碗。浣芳也吃不下，只吃一碗。玉甫本自有限。大家吃毕中饭，收拾洗脸。玉甫思将浣芳支使开去，恰好阿招来报说："妈起来了。"浣芳犹自俄延。玉甫催道："快点去罢。妈要说了。"浣芳始讪讪的趔趄而去。

浣芳去后，只有玉甫漱芳两人在房里，并无一点声息。不料至四点多钟，玉甫的亲兄陶云甫乘轿来找。玉甫请进房里相见就坐。云甫问漱芳："可是不舒服？"漱芳说："是呀。"大阿金忙着预备茶碗。云甫阻止道："我说句话就走，不要泡茶了。"乃向玉甫道："三月初三是黎篆鸿生日。朱蔼人分的传单，包了大观园一天戏酒。篆鸿嚜唯恐惊动官场，不肯来，蔼人这就另合一个公局，在屠明珠那儿。不多几个人，我们两个人也在内。我所以先跟你说一声，到了初三那天，大观园也不必去了，屠明珠那儿一定要到的。"

玉甫虽诺诺连声，却偷眼去看漱芳。偏被云甫觉得，笑问漱芳道："你可肯放他去应酬一会？"漱芳不好意思，笑答道："大少爷倒说得诧异。这是正经事，总要去的。我可有什么不放他去的呀？"云甫点头道："这才是了。我说漱芳也是懂道理的人。要是正经事也拉牢了不许去，可算得什么要好啊？"漱芳不好接说，含笑而已。云甫随说："我走了。"玉甫慌忙直站起来。漱芳送至帘下。

云甫踅出门外上轿，吩咐轿班："朱公馆去。"轿班俱系稔熟，抬出东兴里，往东进中和里。相近朱公馆，朱蔼人管家张寿早已望见，忙跑至轿前禀说："我们老爷在尚仁里林家。"

云甫便令转轿，仍由四马路径至尚仁里林素芬家。认得朱蔼人的轿子，还停在门首，陶云甫遂下轿进门。到了楼上房里，朱蔼人迎着，即道："正要来请你。我一个人来不及了。屠明珠那儿你去办了罢。"云甫问如何办法，朱蔼人向身边取出一篇草帐道："我们嚜两家弟兄跟李实夫叔侄六个人作东，请于老德来陪客。中饭吃大菜，晚饭满汉全席。三班髦儿戏嚜，白天十一点钟一班，晚上两班，五点钟做起。你说好不好？"陶云甫道："蛮好。"

203

林素芬见计议已定，方上前敬瓜子。陶云甫收了草帐，也就起身，说："我还有点事，再见罢。"朱蔼人并不挽留，与林素芬送至楼梯边而别。

素芬回房，问蔼人"什么事？"蔼人细细说明缘故。素芬遂说道："你请客嚜不到这儿来，也去拍屠明珠的马屁，可不气人！"蔼人道："不是我请客，我们六个人公局。"素芬道："前天倒不是你请客？"

蔼人没得说，笑了。素芬复道："我们这儿是小地方，请大人到这儿来，自然不配，你也一直冤屈死了，这可找到个大地方，要舒服点了。"蔼人笑道："这可真正倒诧异了。我有没去做屠明珠？你怎么就吃醋啦？"素芬道："你要做屠明珠去做好了嚜，我也没拉牢了你。"蔼人笑道："我就不说了，随便你去说什么罢。"素芬鼻子里哼了一声，咕噜道："你嚜去拍屠明珠的马屁，屠明珠可来跟你要好啊！"蔼人笑道："谁要她来要好？"素芬仍咕噜道："你就摆十个双台，屠明珠也没什么稀奇，跟你要好嚜倒不见好！情愿去做铲头客人，上海滩上也只有你一个！"蔼人笑道："你不要生气，明天晚上我也来摆个双台好了。"

素芬呆着脸，也不答言。蔼人过去挽了素芬的手，至榻床前，央及道："替我装筒烟嚜。"素芬道："我是毛手毛脚，不像屠明珠会装嚜！"口中虽如此说，却已横躺着拿签子烧起烟来。蔼人挨在膝前坐了，又伏下身子向素芬耳朵边低声说道："你一直跟我蛮要好，这时候为了个屠明珠，怎么气得这样？你看我可会去做屠明珠？"素芬道："你是倒也说不定。"蔼人道："我再去做别人，那是说不定；要说是屠明珠，就算她跟我要好嚜，我也不高兴去做她。"素芬道："你去做不做关我什么事？你也不要来跟我说！"蔼人乃一笑而罢。

素芬装好一口烟，放下烟枪，起身走开。蔼人自去吸了，知道素芬还有些芥蒂，遂又自去开了抽屉，寻着笔砚票子随意点几色菜式。素芬看见，装做不理；等蔼人写毕，方道："你点菜嚜，可要先点两样来吃晚饭？"蔼人忙应说："好。"另开两个小碗。素芬叫娘姨拿下楼去令外场叫菜。

　　正是上灯时候，菜已送来，自己又添上四只荤碟，于是蔼人与素芬对酌闲谈。一时复说起屠明珠来。素芬道："做倌人也只做得个时髦。在时髦的时候，自有多少客人去哄起来。客人嚜真叫气人：一样一千洋钱，用在生意清点的倌人身上多好？用在时髦倌人身上，她们觉也不觉得。那么这些客人一定要去做时髦倌人，情愿白花了洋钱去拍她马屁！"蔼人道："你不要说客人气人，倌人也气人。生意清了嚜，随便什么客人，巴结得不得了；稍微生意好了点，这就姘戏子，做恩客，都来了。到后来，弄得一场无结果。"素芬道："姘戏子这些，到底少的。这也不要去说它了。我看几个时髦倌人也没什么好结果。你在时髦时候，拣个靠得住点客人嫁了嚜好啰，她们都不想嫁人；等到年纪大了点，生意一清了嚜——好！"蔼人道："倌人嫁人也难。要嫁人哪一个不想嫁个好客人？碰到了好客人，他家里大小老婆倒有好几个在那儿；就嫁过去，总也不称心的了。要是没什么大小老婆嚜，客人靠不住，拿你衣裳头面都当光了，再出来做倌人。租界上常有这种事。"素芬道："我说要跟客人脾气对嚜好；脾气对了，就穷点，只要有口饭吃吃好了。要是差不多客人，那么宁可拣个有钱点总好点。"蔼人笑道："你要拣个有钱点，像我是挨不着的了！"素芬也笑道："噢唷！好客气哦！你算没钱！你在骗谁呀？"蔼人笑道："我就有钱，脾气不对，你也看不中嚜。"素芬道："你说说就说不连牵了！"随取酒壶给蔼

補檯鼻雙
餠財骰
熅熅骰

人筛酒。蔼人道："酒有了，我们吃饭罢。"素芬遂喊娘姨拿饭来，并令叫妹子翠芬来同吃。娘姨回说："翠芬吃过了。"

蔼人素芬两人刚吃毕饭，即有一帮打茶围客人上楼，坐在对过空房间里。随后复有叫素芬的局票。蔼人趁势要走。素芬知留不住，送至房门。蔼人下楼登轿，径回公馆；次日晚间，免不得请一班好友在林素芬家摆个双台，不必细说。

至三月初三，十点钟时，朱蔼人起来，即乘轿往大观园。只见门前挂灯结彩，张寿带着纬帽，迎见禀说："陈老爷洪老爷汤老爷都在这儿了。"蔼人进去厮见，动问诸事，皆已齐备。蔼人大喜，乃说道："那么我到那边去了，此地奉托三位。"陈小云洪善卿汤啸庵都说："应得效劳。"当时蔼人复乘轿往鼎丰里屠明珠家。

第一九回
错会深心两情浃洽　强扶弱体一病缠绵

　　按朱蔼人乘轿至屠明珠家，吩咐轿班："打轿回去接五少爷来。"说毕登楼。鲍二姐迎着，请去房间里坐。蔼人道："我就书房里坐啰。"原来屠明珠寓所是五幢楼房（注）：靠西两间乃正房间；东首三间：当中间为客堂，右边做了大菜间，粉壁素帏，铁床玻镜，像水晶宫一般；左边一间，本是铺着腾客人的空房间，却点缀些琴棋书画，因此唤作书房。

　　当下朱蔼人往东首来，只见客堂板壁全行卸去，直通后面亭子间；在亭子间里搭起一座小小戏台，檐前挂两行珠灯，台上屏帏帘幕俱系洒绣的纱罗绸缎，五光十色，不可弹述；又将吃大菜的桌椅移放客堂中央，仍铺着台单，上设玻罩彩花两架及刀叉瓶壶等架子，八块洋纱手巾，都摺叠出各种花朵，插在玻璃杯内。

　　蔼人见了，赞说："好极！"随到左边书房，望见对过厢房内屠明珠正在窗下梳头，相隔弯远，只点点头，算是招呼。鲍二姐奉上烟茶。屠明珠买的四五个讨人俱来应酬。还有那髦儿戏一班孩子亦来陪坐。

　　不多时，陶云甫陶玉甫李实夫李鹤汀朱淑人六个主人陆续齐集。屠明珠新妆既毕,也就过这边来。正要发帖催请黎篆鸿,恰好于老德到了,说:"不必请,正在来了。"陶云甫乃去调派。先是十六色外洋所产水果干果糖食暨牛奶点心,装着高脚玻璃盆子,排列桌上,戏场乐人收拾伺候,等黎篆鸿一到开台。

须臾,有一管家飞奔上楼报说:"黎大人来了。"大家立起身来。屠明珠迎至楼梯边,挽了黎篆鸿的手,踅进客堂。篆鸿即嗔道:"太费事了!干什吗?"众人上前厮见。惟朱淑人是初次见面。黎篆鸿上下打量一回,转向朱蔼人道:"我说句教人生气的话,比你还要好点哩。"众人掩口而笑,相与簇拥至书房中。屠明珠在旁道:"黎大人宽宽衣噢。"说着,即伸手去代解马褂钮扣。黎篆鸿脱下,说声"对不住。"屠明珠笑道:"黎大人怎么这样客气!"随将马褂交鲍二姐挂在衣架上,回身捺黎篆鸿向高椅坐下。

戏班里娘姨呈上戏目请点戏。屠明珠代说道:"请于老爷点了罢。"于老德点了两出,遂叫鲍二姐拿局票来。朱蔼人指陶玉甫朱淑人道:"今天他们两个人没有多少局来叫嚛怎样呢?"黎篆鸿道:"随意好了。喜欢多叫就多叫点,叫一个也蛮好。"

朱蔼人乃点拨与于老德写。将各人叫过的局尽去叫来。陶玉甫还有李漱芳的妹妹李浣芳可叫,只有朱淑人只叫得周双玉一个。

局票写毕,陶云甫即请去入席。黎篆鸿说:"太早。"陶云甫道:"先用点点心。"黎篆鸿又埋怨朱蔼人道:"费事都是你起的头嚛。"

于是大众同踅出客堂来。只见大菜桌前一溜儿摆八只外国藤椅,正对着戏台;另用一式茶碗,放在面前。黎篆鸿道:"我们随意坐,要吃嚛拿点好了。"说了就先自去捡一个牛奶饼,拉开旁边一只藤椅,靠壁坐下。众人只得从直遵命,随意散坐。

堂戏照例是《跳加官》开场。《跳加官》之后系点的《满床笏》

《打金枝》两出吉利戏。黎篆鸿看得厌烦，因向朱淑人道："我们来讲讲话。"遂挈着手，仍进书房。朱蔼人也跟进去。黎篆鸿道："你嚜只管看戏去，瞎应酬些什么。"朱蔼人亦就退出。黎篆鸿令朱淑人对坐在榻床上，问他若干年纪，现读何书，曾否攀亲，朱淑人一一答应。

一时，屠明珠把自己亲手剥的外国榛子，松子，胡桃等，两手捧了，送来给黎篆鸿吃。篆鸿收下，却分一半与朱淑人，叫他："吃点嗷。"淑人拈了些，仍不吃。黎篆鸿又问长问短。

说话多时，屠明珠旁坐观听，微喻其意。谈至十二点钟，鲍二姐来取局票，屠明珠料道要吃大菜了，方将黎篆鸿请出客堂。众人起身。正要把酒定位，黎篆鸿不许，仍拉了朱淑人并坐。众人不好过于客气。于老德以外皆依次为序。第一道元蛤汤吃过，第二道上的板鱼，屠明珠忙替黎篆鸿用刀叉出骨。

其时叫的局已接踵而来，戏台上正做昆曲《絮阁》，锣鼓不鸣，笙琶竞奏，倒觉得清幽之致。黎篆鸿自顾背后出局团团围住而来者还络绎不绝，因问朱蔼人道："你替我叫了多少局呀？"朱蔼人笑道："有限得很，十几个。"黎篆鸿攒眉道："你嚜就叫胡来！"再看众人背后，有叫两三个的，有叫四五个的，单有朱淑人只叫一个局。黎篆鸿问知是周双玉，也上下打量一回，点点头道："真正是一对玉人！"众人齐声赞和。黎篆鸿复向朱蔼人道："你做老哥哥的，不要装糊涂，应该给他们团圆起来，这才是正经。"朱淑人听了，满面含羞，连周双玉都低下头去。黎篆鸿道："你们两个人不要客气嚜，坐过来，说说话，让我们嚜也听听。"朱蔼人道："你要听他们两个人说句话，那可难了。"黎篆鸿怔道："可是哑子？"众人不禁一笑。朱蔼人笑道："哑子嚜不是哑子，不过不开口。"黎

鏘溪兩決
會心情冶

篆鸿怂恿朱淑人道："你快点争点气！非要说两句给他们听听！不要给你哥哥猜着！"朱淑人越发不好意思的。黎篆鸿再和周双玉兜搭，叫她说话。周双玉只是微笑；被篆鸿逼不过，始笑道："没什么说的嘛。说什么呀？"众人哄然道："开了金口了！"黎篆鸿举杯相属道："我们大家应该公贺一杯。"说毕，即一口吸尽，向朱淑人照杯。众人一例皆干。羞得个朱淑人彻耳通红，那里还肯吃酒。幸亏戏台上另换一出《天水关》，其声聒耳，方剪住了黎篆鸿话头。

第八道大菜将完，乃系芥辣鸡带饭。出局见了，散去大半。双玉也要兴辞。适为黎篆鸿所见，遂道："你慢点走。我要跟你说句话。"周双玉还道是说着玩。朱蔼人帮着挽留，方仍归座。大姐巧囡向周双玉耳边说了些甚么，周双玉嘱咐就来，巧囡答应先去。迨至席终，各用一杯牛奶咖啡，揩面漱口而散。恰好毽儿戏正本同时唱毕。娘姨再请点戏。黎篆鸿道："随便谁去点点罢。"朱蔼人素知黎篆鸿须睡中觉，不如暂行停场，俟晚间两班合演为妙，并不与黎篆鸿商量，径自将这班毽儿戏遣散了。

黎篆鸿丢开众人，左手挈了朱淑人，右手挈了周双玉，道："我们到这儿来。"慢慢踱至左边大菜间中，向靠壁半榻气褥坐下，令朱淑人周双玉分坐两旁，遂问周双玉若干年纪，寓居何处，有无亲娘。周双玉一一应答。黎篆鸿转问朱淑人："几时做起？"朱淑人茫然不解。周双玉代答道："就不过前月底，朱老爷替他叫了一个局，我们那儿来也没来过。"黎篆鸿登时沉下脸埋怨朱淑人道："你这人真不好！天天盼望你来，你为什么不来呀？"朱淑人倒吃一吓。被周双玉嗤的一笑，朱淑人才回过味来。

黎篆鸿复安慰周双玉道："你不要生气，明天我同他一块来好了。他要是再不好嘿,你告诉我,我来打他。"周双玉别过头去笑道:"谢谢你。"黎篆鸿道:"这时候不要你谢;我替你做了个大媒人嘿,你一起谢我好了。"说得周双玉亦敛笑不语。黎篆鸿道:"你可是不肯嫁给他?你看看这么个小伙子,嫁给他有什么不好?你不肯?错过了嗷!"周双玉道:"我哪有这等福气!"黎篆鸿道:"我替你做主嘿,就是你福气。你答应了一声,我一说就成功了嘿。"周双玉仍不语。篆鸿连道:"说嗷。肯不肯哪?"双玉嗔道:"黎大人,你这种话可有什么问我的呀?"黎篆鸿道:"可是要问你妈?这话也不错。你肯了嘿,我自然去问你妈。"周双玉仍别过头去不语。

　　适值鲍二姐送茶进房,周双玉就打岔说道:"黎大人,吃茶罢。"黎篆鸿接茶在手,因问鲍二姐:"他们这些人呢?"鲍二姐道:"都在书房里讲话。可要去请过来?"黎篆鸿说:"不要去请。"将茶碗授与鲍二姐,遂横身躺在半榻上。鲍二姐既去,房内静悄悄的,不觉模模糊糊,口开眼闭。

　　周双玉先已睃见,即蹑手蹑脚,一溜而去。朱淑人依然陪坐,不敢离开。俄延之间,闻得黎篆鸿鼻管中鼾声渐起,乃故意咳嗽一声,亦并未惊醒,于是朱淑人也溜出房来,要寻周双玉说话。踅至对过书房里。只见朱陶李诸人陪着于老德围坐长谈,屠明珠在旁搭话,独不见周双玉。正要退出,却为屠明珠所见,急忙问道:"黎大人可是一个人在那儿?"朱淑人点点头,屠明珠慌的赶去。

　　朱淑人趁势回身,立在房门前思索,猜不出周双玉去向;偶然向外望望,忽见东首厢房楼窗口靠着一人,看时正是周双玉。朱淑人不胜之喜,竟大着胆从房后抄向东来;进了屠明珠的正房门,放轻脚步掩至周双玉背后。周双玉早自乖觉,只做不理。朱淑人慢慢伸手去摸她手腕。周双玉欻地将手一甩,大声道:"不要闹嘿!"

朱淑人初不料其如此，猛吃一惊，退下两步，缩在榻床前呆脸出神。

周双玉等了一会，不见动静，回过头来看他做甚，不料他竟像吓痴一般，知道自己莽撞了些，觉得很不过意，心想如何去安慰他；想来想去，不得主意，只斜瞟了一眼，微微的似笑不笑。朱淑人始放下心，叹口气道："你好！吓得我要死！"周双玉忍笑低声道："你晓得吓嚯，还要动手动脚！"朱淑人道："我哪敢动手动脚？我要问你一句话。"周双玉问是"什么话？"朱淑人道："我问你：公阳里在哪儿？你家里有多少人？我可好到你那儿去？"周双玉总不答言。朱淑人连问几遍。周双玉厌烦道："不晓得！"说了，即立起身来往外竟去。朱淑人怔怔的看着她，不好拦阻。

周双玉踅至帘前，重复转身笑问朱淑人道："你跟洪善卿可知己？"朱淑人想了想道："洪善卿，知己嚯不知己，我哥哥跟他也老朋友了。"周双玉道："你去找洪善卿好了。"

朱淑人正要问她缘故，周双玉已自出房。朱淑人只得跟着同过西边书房里来。正遇巧囡来接，周双玉即欲辞去。朱蔼人道："你去跟黎大人说一声。"屠明珠道："黎大人睡着在那儿，不要说了。"朱蔼人沉吟道："那么去罢，等会再叫好了。"

刚打发周双玉去后，随后一个娘姨从帘子缝里探头探脑。陶玉甫见了，忙至外间唧唧说了一会，仍回书房陪坐。陶云甫见玉甫神色不定，乃道："又有什么花头了，是不是？"玉甫啜嚅道："没什么，说漱芳有点不舒服。"陶云甫道："刚才蛮好嘛。"玉甫随口道："怎晓得她。"云甫鼻子里哼的冷笑道："你要去嚯先去一趟，这时候没什么事；等会早点来。"

玉甫得不的一声，便辞众人而行，下楼登轿，径往东兴里李漱芳家；踅进房间，只见李漱芳拥被而卧，单有妹子李浣芳爬在

強扶弱體一病懨綿

床口相陪。陶玉甫先伸手向额下一按,稍觉有些发烧。浣芳连叫"姐姐,姐夫来了。"漱芳睁眼见了,说道:"你不要就来噢。你哥哥不要说啊?"玉甫道:"哥哥教我来,不要紧的。"漱芳道:"为什么倒教你来?"玉甫道:"哥哥说,教我先来一趟,等会嚜早点去。"漱芳半晌才接说道:"你哥哥是蛮好,你不要去跟他强,就听听他话好了。"

玉甫不答,伏下身子,把漱芳两手塞进被窝,拉起被来直盖到脖子里,将两肩膀裹得严严的,只露出半面通气;又劝漱芳卸下耳环。漱芳不肯,道:"我睡一会就好了。"玉甫道:"你刚才一点都没什么,是不是轿子里吹了风?"漱芳道:"不是;就给倒霉的《天水关》闹得头脑子快要涨死了!"玉甫道:"那你为什么不先走嚜?"漱芳道:"局还没到齐,我可好意思先走?"玉甫道:"那也不要紧嚜。"浣芳插嘴道:"姐夫,你也不说一声喏。你说了嚜,让姐姐先走,我嚜多坐会,不是蛮好?"玉甫道:"你为什么不说一声?"浣芳道:"我不晓得姐姐不舒服嚜。"玉甫笑道:"你不晓得,我倒晓得了!"浣芳也自笑了。

于是玉甫就床沿坐下,浣芳靠在玉甫膝前,都不言语。漱芳眼睁睁地,并未睡着。到了上灯时分,陶云甫的轿班来说:"摆台面了,请二少爷就过去。"玉甫应诺。漱芳偏也听见,乃道:"你快点去罢,不要给你哥哥说。"玉甫道:"不忙,这时候去正好哩。"漱芳道:"不呀!早点去嚜早点来。你哥哥看见了不显得你好?不然,总说是你迷昏了,连正经事都不管。"

玉甫一想,转向浣芳道:"那么,你陪陪她,不要走开。"漱芳忙道:"不要,让她去吃晚饭,吃了饭嚜出局去。"浣芳道:"我就这儿吃了呀。"漱芳道:"我不吃,你跟妈两个人吃罢。"玉甫劝道:

"你也多少吃一口,好不好?你不吃,你妈先要急死了。"漱芳道:"我晓得了,你去罢。"

当下玉甫乘轿至鼎丰里屠明珠家赴席。浣芳仍爬在床沿问长问短。漱芳道:"你去跟妈说,我要睡一会,没什么不舒服,晚饭嚜不吃了。"浣芳初不肯去说,后被漱芳催逼而去。

须臾,漱芳的亲生娘李秀姐从床后推门进房;见房内没人,说道:"二少爷怎么走啦?"漱芳道:"我教他去的。他做主人,自然要应酬一会。"李秀姐踅至床前看看面色,东揣西摸了一回。漱芳笑阻道:"妈,不要嚜,我没什么不舒服呀。"秀姐道:"你可想吃什么?教他们去做,灶下空在那儿。"漱芳道:"我不要吃。"秀姐道:"我有一碗五香鸽子在那儿,教他们炖口稀饭,你等会吃。"漱芳道:"妈,你吃罢。我想着就不好受,哪吃得下!"

秀姐复叮嘱几句,将妆台上长颈灯台拨得高高的,再将厢房挂的保险灯捻下了些,随手放下窗帘,仍出后房门,自去吃晚饭,只剩李漱芳一人在房。

注:即楼上五间,楼下五间的二层楼房。当时一楼一底称一幢。

第二〇回

提心事对镜出谵言　　动情魔同衾惊噩梦

按李漱芳病中自要静养，连阿招大阿金都不许伺候，眼睁睁地睡在床上，并没有一人相陪；挨了多时，思欲小遗，自己披衣下床，趿双便鞋，手扶床栏摸至床背后；刚向净桶坐下，忽听得后房门呀的声响，开了一缝。漱芳忙问："是谁？"没人答应，心下便自着急。慌欲起身，只见乌黑的一团从门缝里滚进来，直滚向大床下去。漱芳急的不及结带，一步一跌扑至房中，扶住中间大理石圆台，方才站定。正欲点火去看是什么，原来一只乌云盖雪的大黑猫从床下钻出来往漱芳嗥然一声，直挺挺的立着。漱芳发狠把脚一踩，那猫窜至房门前还回过头来瞪出两只通明眼睛眈眈相视。

漱芳没奈何，回至床前，心里兀自突突地跳；要喊个人来陪伴，又恐惊动妈，只得忍住，仍上床拥被危坐。适值陶玉甫的局票来叫浣芳，浣芳打扮了，进房见漱芳，说道："姐姐，我走了。可有什么话跟姐夫说？"漱芳道："没什么，教他酒少吃点，吃好了就来。"浣芳答应要走。漱芳复叫住，问："谁跟局？"浣芳说是"阿招。"漱芳道："教大阿金也跟了去代代酒。"浣芳答应自去了。

漱芳觉支不住,且自躺下。不料那大黑猫偏会打岔,又藏藏躲躲溜进房中。漱芳面向里睡,没有理会。那猫悄悄的竟由高椅跳上妆台,将妆台上所有洋镜,灯台,茶壶,自鸣钟等物,一件一件,撅起鼻子尽着去闻。漱芳见帐子里一个黑影子闪动,好像是个人头,登时吓得满身寒凛,手足发抖,连喊都喊不出。比及硬撑起来,那猫已一跳窜去。漱芳切齿骂道:"短命畜生!打死它!"存想一回,神志稍定,随手向镜台上取一面手镜照看,一张黄瘦面庞涨得像福橘一般,叹一口气,丢下手镜,翻身向外睡下,仍是眼睁睁地只等陶玉甫散席回来。等了许久,不但玉甫杳然,这浣芳也一去不返。

正自心焦,恰好李秀姐复进房,问漱芳道:"稀饭好了,吃一口罢?"漱芳道:"妈,我没什么呀。这时候吃不下,等会吃。"秀姐道:"那么等会要吃嚜你说。我睡了,他们哪想得着。"漱芳应诺,转问秀姐道:"浣芳出局去了有一会了,还没回来?"秀姐道:"浣芳要转局去。"漱芳道:"浣芳转局去了嚜,你也教个相帮去看看二少爷。"秀姐道:"相帮都出去了。二少爷那儿有大阿金在那儿。"漱芳道:"等他们回来了,教他们就去。"秀姐道:"等他们回来等到什么时候;我教灶下去好了。"即时到客堂里喊灶下出来,令他"去看看陶二少爷。"

灶下应命要走,陶玉甫却已乘轿来了,大阿金也跟了回来。秀姐大喜道:"来了!来了!不要去了!"

玉甫径至漱芳床前,问漱芳道:"等了半天了,可觉得气闷?"漱芳道:"没什么。台面散了没有?"玉甫道:"没有哩!老头子好高兴,点了十几出戏,差不多要唱到天亮呢。"漱芳道:"你先走嚜,可跟他们说一声?"玉甫笑道:"我说有点头痛,酒也一点

219

提心事對鏡出喷言

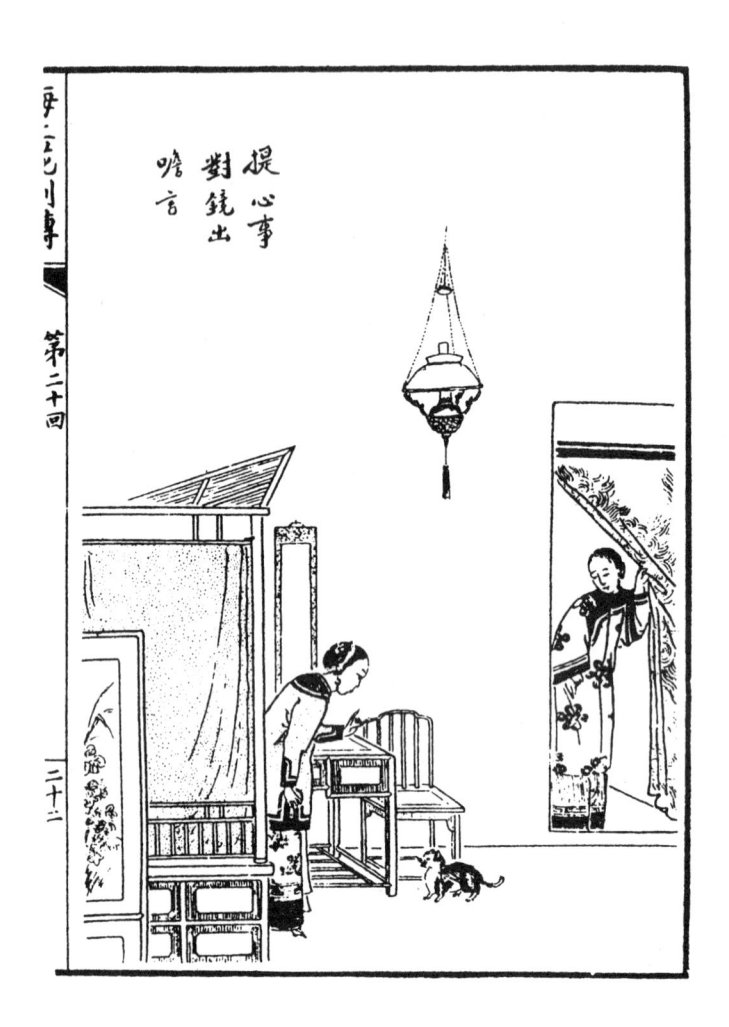

都吃不下。他说:'你头痛嚜回去罢。'我这就先走啰。"漱芳道:"可是真的头痛?"玉甫笑道:"真是真的,坐着嚜要头痛,一走就不痛了。"漱芳也笑道:"你也好刁哦!怪不得你哥哥要说!"玉甫笑道:"哥哥对着我笑,倒没说什么。"漱芳笑道:"你哥哥是气昏了在笑。"

玉甫笑而不言,仍就床沿坐下,摸摸漱芳的手心,问:"这时候可好点?"漱芳道:"还是不过这样了嚜。"又问:"晚饭吃多少?"漱芳道:"没吃。妈炖了稀饭在这儿,你可要吃?你吃嚜,我也吃点好了。"

玉甫便要喊大阿金。大阿金正奉了李秀姐之命来问玉甫:"可吃稀饭?"玉甫即令搬来。

大阿金去搬时,玉甫向漱芳道:"你妈要骗你吃口稀饭,真正是不容易。你多吃点,妈可不要快活欤!"漱芳道:"你倒会说风凉话!我自己蛮想吃的,吃不下嚜怎么样呢?"

当下大阿金端进一大盘,放在妆台上;另点一盏保险台灯。玉甫扶漱芳坐在床上,自己就在床沿,各取一碗稀饭同吃。玉甫见那盘内四色精致素碟,再有一小碗五香鸽子,甚是清爽,劝漱芳吃些。漱芳摇头,只夹了些雪里红过口。

正吃之时,可巧浣芳转局回家,不及更衣,即来问候阿姐;见了玉甫,笑道:"我说姐夫来了一会了。"又道:"你们在吃什么?我也要吃的!"随回头叫阿招:"快点替我盛一碗来喂!"阿招道:"换了衣裳再吃喂。忙什么呀?"浣芳急急脱下出局衣裳,交与阿招,连催大阿金去盛碗稀饭,靠妆台立着便吃,吃着又自己好笑。引得玉甫漱芳也都笑了。

不多时,大家吃毕洗脸。大阿金复来说道:"二少爷,妈请你过去，说句话。"玉甫不解何事，令浣芳陪伴漱芳。也出后房门，踅过后面李秀姐房里。秀姐迎见请坐，说道："二少爷，我看她病倒不好嘿。光是发几个寒热，那也没什么要紧；她的病不像是寒热呀。从正月里到这时候，饭嘿一直吃不下，你看她身上瘦得只剩了骨头了。二少爷，你也劝劝她，应该请个先生来吃两帖药才好嘿。"玉甫道："她的病，去年冬天就应该请个先生来看看了。我也跟她说了几回了，她一定不肯吃药，教我也没法子。"秀姐道："她是一直这脾气，生了病嘿不肯说出来，问她总说是好点。请了先生来，教她吃药，她倒要不快活了。不过我在想，这时候这个病不比别样，她再要不肯吃药，二少爷，不是我说她，七八分要成功了嘿！"

玉甫垂头无语。秀姐道："你去劝她，也不要说什么，就光说是请个先生来，吃两帖药嘿，好得快点。你倘若老实说了，她心里一急，再要急出什么病来，倒更加不好了。二少爷，你嘿也不要急，就急死也没用。她的病到底没生多久，吃了两帖药还不要紧哩。"玉甫攒眉道："要紧是不要紧，不过她也要自己保重点嘿好。随便什么事，推扳一点点，她就不快活，你想她病哪会好！"秀姐道："二少爷，你不是不知道，她自己晓得保重点也没这个病了；都是为了不快活了，起的头嘿。这也要你二少爷去说了她，她还好点。"

玉甫点头无语。秀姐又说些别的，玉甫方兴辞，仍回漱芳房来。漱芳问道："妈请你去说什么？"玉甫道："没什么；说屠明珠那儿可是'烧路头'（注一）。"漱芳道："不是这个话，妈在说我嘿。"玉甫道："妈为什么说你？"漱芳道："你不要骗我，我也猜着了。"玉甫笑道："你猜着了嘿还要问我！"

漱芳默然。浣芳拉了玉甫踅至床前，推他坐下，自己爬在玉

222

甫身上,问:"妈真的说什么?"玉甫道:"妈说你不好。"浣芳道:"说我什么不好?"玉甫道:"说你不听姐姐的话,姐姐为了你不快活,生的病。"浣芳道:"还说什么?"玉甫道:"还说嚜,说你姐姐也不好。"浣芳道:"姐姐什么不好呀?"玉甫道:"姐姐嚜不听妈的话;听了妈的话,吃点鸦片烟找乐子散散心,哪会生病!"浣芳道:"你瞎说!谁教姐姐吃鸦片烟?吃了鸦片烟更不好了!"

　　正说时,漱芳伸手要茶。玉甫忙取茶壶凑在嘴边。吸了两口,漱芳从容说道:"我妈是单养我一个人;我有点不舒服了,她嘴里嚜不说,心里急死了在这儿。我也巴不得早点好了嚜,让她也快活点。哪晓得一直病到这时候还不好!我自己拿只镜子来照照,瘦得呵是不像个人的了!说是请先生吃药,真正吃好了也没什么;我这个病哪吃得好啊!去年一病下来,头一个先是妈急得呵要死;你嚜也没一天舒服日子过。我再要请先生了,吃药了,吵得一家人都不安逸;娘姨大姐干活都忙死了,还要替我煎药,她们自然不好说我,说起来到底是为我一个人,病嚜倒还是不好,不是自己也觉得没趣?"玉甫道:"那是你自己在多心。还有谁来说你?我说嚜,不吃药也没什么,不过好起来慢些,吃两帖药嚜早点好。你说对不对?"漱芳道:"妈一定要去请先生,那也只好依她。倘若吃了药还是不好,妈更要急死了。我想我从小到这时候,妈一直稀奇死了,随便要什么她总依我;我没一点点好处给她,倒害她快要急死了,你说我哪对得住她。"玉甫道:"你妈就为了你病,你病好了她也好了,你也没什么对不住。"漱芳道:"我自己生的病,自己可有什么不觉得?这个病,死嚜不见得就死,要它好倒也难的了。我是一直唯恐妈几个人听见了要发急,一直没说,这时候也只好说了。你嚜也白认得了我一场。起先说的那些话,不要提了；要嚛这辈子里碰见了，再补偿你。(注二)我自己想，我也没什么甩不开的，就不过一个妈苦一点。妈说嚛说苦，到底有个兄弟在那儿，你再照应点她，还算不错，我就死了也蛮放心。除了妈，就是她，"说着手指浣芳。"她虽然不是我亲生妹子，一直跟我蛮要好，就像是亲生的一样。我死了倒是她先要吃苦。我这时候别的事都不想，就是这一桩事要求你。你倘若不忘记我，你就听我一句话，依了我。你等我一死嚛，你把浣芳就娶了回去，就像是娶了我。过两天，她要想着我姐姐的好处，也给我一口羹饭吃吃，让我做了鬼也好有个着落。那我一生一世的事也总算是完全的了！"

漱芳只管唠叨，谁想浣芳站在一旁，先时还怔怔的听着，听到这里，不禁哇的一声竟哭出来，再收纳不住。玉甫忙上前去劝。浣芳一撒手，带哭跑去，直哭到李秀姐房里，叫声"妈"，说："姐姐不好了呀！"秀姐猛吃一吓，急问："做什么？"浣芳说不出，把手指道："妈去看喥！"

秀姐要去看时，玉甫也跑过来，连说："没什么，没什么。"遂将漱芳说话略述几句，复埋怨浣芳性急。秀姐也埋怨道："你怎么一点都不懂事！姐姐是生了病了，说说罢了，可是真的不好啦！"

于是秀姐挈了浣芳的手，与玉甫偕至前边，并立在漱芳床前。见漱芳没甚不好，大家放心。秀姐乃呵呵笑道："她晓得什么，听见你说得难受就急死了。倒吓得我要死！"漱芳见浣芳泪痕未干，微笑道："你要哭，等我死了多哭两声好了；怎么这么等不及！"秀姐道："你也不要说了喥；再说说，她又要哭了。"随望望妆台上摆的黑石自鸣钟道："天也十二点钟了，到我房里去睡罢。"挈了浣芳的手要走。浣芳不肯去，道："我就这儿藤高椅上睡好了。"

224

秀姐道："藤高椅上哪里好睡，快点去噢。"浣芳又急的要哭。玉甫调停道："让她这儿床上睡罢。这张床三个人睡也蛮舒服了。"

秀姐便就依了，再叮嘱浣芳"不要哭"方去。随后大阿金阿招齐来收拾，吹灯掩门，叫声"安置"而退，玉甫令浣芳先睡。浣芳宽去外面大衣，自去漱芳脚后里床曲体蜷卧。玉甫也穿着紧身衫裤，和漱芳并坐多时，方各睡下。

玉甫心想漱芳的病，甚是焦急，那里睡得着。漱芳先已睡熟。玉甫觉天气很热，想欲翻身，却被漱芳臂膊搭在肋下，不敢惊动，只轻轻探出手来将自己这边盖的衣服揭去一层，随手一甩，直甩在里床浣芳身边，浣芳仍寂然不动，想也是睡熟的了。玉甫睁眼看时，妆台上点的灯台，隔着纱帐，黑魆魆看不清楚；约摸两点钟光景，四下里已静悄悄的，惟远远听得马路上还有些车轮辗动声音。玉甫稍觉心下清凉了些，渐渐要睡。

矇眬之间，忽然漱芳在睡梦中大声叫唤，一只手抓住玉甫捆身子，狠命的往里挣，口中只喊道："我不去呀！我不去呀！"玉甫早自惊醒，连说："我在这儿呀。不要怕噢。"慌忙起身，抱住漱芳，且摇且拍。漱芳才醒过来，手中兀自紧紧揣着不放，瞪着眼看定玉甫，只是喘气。

玉甫问："可是做梦？"漱芳半日方道："两个外国人要拉我去呀！"玉甫道："你总是白天看见了外国人了，吓着了。"漱芳喘定放手，又叹口气道："我腰里好酸！"玉甫道："可要我来揪揪？"漱芳道："我要翻身。"

玉甫乃侧转身，让漱芳翻身向内。漱芳缩紧身子，钻进被窝中，一头顶住玉甫怀里，教玉甫两手合抱而卧。这一翻身，复惊醒了浣芳，先叫一声"姐夫"。玉甫应了。浣芳便坐起来，揉揉眼睛，问："姐

動情魔囮哀
鸞鳳夢

姐呢？"玉甫道："姐姐嘿睡了；你快点睡嗷，起来做什么？"浣芳道："姐姐睡在哪呀？"玉甫道："哪，在这儿。"浣芳不信，爬过来扳开被横头看见了方罢。玉甫催她去睡。浣芳睡下，复叫道："姐夫，你不要睡，等我睡着了嘿你睡。"玉甫随口应承。

一会儿，大家不知不觉同归黑甜乡中。及至明日九点钟时都未起身，大阿金在床前隔帐子低声叫："二少爷。"陶玉甫李漱芳同时惊醒。大阿金呈上一张条子。玉甫看是云甫的笔迹，看毕回说："晓得了。"

大阿金出去传言。漱芳问："什么事？"玉甫道："黎篆鸿昨天晚上接着个电报，说有要紧事，今天回去了，哥哥教我等一会一块去送送。"漱芳道："你哥哥倒巴结嗷。"玉甫道："你睡着，我去一趟就来。"漱芳道："昨天晚上你就跟没睡一样，等会早点回来，再睡会。"

玉甫方穿好衣裳下床，浣芳也醒了，嚷道："姐夫，怎么起来啦？你倒喊也不喊我一声就起来了！"说着，已爬下床来。玉甫急取她衣裳替她披上。漱芳道："你也多穿点，黄浦滩风大。"

玉甫自己乃换了一件棉马褂，替浣芳加上一件棉背心。收拾粗完，陶云甫已乘轿而来。玉甫忙将帐子放下，请云甫到房里来。

注一：妓家迎接五路财神。
注二：如果她再世为人，还来得及嫁他。

第二一回
问失物瞒客诈求签　限归期怕妻偷摆酒

　　按陶玉甫请陶云甫到李漱芳房里来坐，云甫先问漱芳的病，便催玉甫洗脸打辫，吃些点心，然后各自上轿，出东兴里，向黄浦滩来。只见一只小火轮船泊在洋行码头；先有一肩官轿，一辆马车，傍岸停着。陶云甫陶玉甫投上名片，黎篆鸿迎进中舱。舱内还有李实夫李鹤汀叔侄两位，也是来送行的。大家相见就坐，叙些别话。

　　须臾，于老德朱蔼人乘轿同至。黎篆鸿一见，即问如何。朱蔼人道："说好了；总共八千洋钱。"黎篆鸿拱手说："费神。"李实夫问是何事。黎篆鸿道："买两样旧东西。"于老德道："东西总算还不错，价钱也可以了：光是一件五尺高景泰窑花瓶就三千洋钱哦。"李实夫吐舌摇头道："不要去买了！要它做什么？"黎篆鸿笑而不言。

　　徘徊片刻，将要开船，大家兴辞登岸。黎篆鸿于老德送至船头。陶云甫陶玉甫朱蔼人皆乘轿而回。惟李实夫与李鹤汀坐的是马车，马夫本是稔熟，径驶至四马路尚仁里口停下。李实夫知道李鹤汀要往杨媛媛家，因推说有事，不肯同行。鹤汀知道实夫脾气，遂

向失物輪客訴求籤

作别进衖。

李实夫实无所事,心想天色尚早,那里去好,不若仍去扰诸十全的便饭为妙;当下一直朝西,至大兴里,刚跨进诸十全家门口,只见客堂里坐着一个老婆子,便是花雨楼所见挤紧眼睛的那个。实夫好生诧异。诸三姐迎见嚷道:"啊唷!李老爷来了!"说着慌即跑出天井,一把拉住实夫袖子,拉进客堂。那老婆子见机,起身告辞。诸三姐也不留,只道:"有空来玩。"那老婆子道谢而去。诸三姐关门回来,说:"李老爷,楼上去嚜。"

实夫到了楼上,房内并无一人。诸三姐一面划根自来火点烟灯,一面说道:"李老爷,对不住,请坐一会。十全烧香去了,就快回来了。你吃烟嚜。我去泡茶来。"

诸三姐正要走,实夫叫住,问那个老婆子是何人。诸三姐道:"她叫郭孝婆,是我的姐姐。李老爷可认得她?"实夫道:"人是不认得,在花雨楼看见过几回了。"诸三姐道:"李老爷,你不认得她,说起来你也晓得了。她嚜就是我们七姊妹的大姐姐。从前我们有七个人,都是小姊妹们,为了要好了,结拜的姊妹,一块做生意,一块玩,在上海也总算有点名气的了。李老爷,你可看见照相店里有'七姊妹'的照相片子?就是我们嚜。"实夫道:"噢,你就是七姊妹。那倒一直没说起过。"诸三姐道:"可是说了七姊妹,李老爷就晓得了。当然这时候的七姊妹可不比从前了,嫁的嫁了,死的死了,单剩我们三个人还在。郭孝婆是大姐,弄成这样子。我嚜挨着第三。还有第二个姐姐,叫黄二姐,算顶好点,手里有几个讨人,自己开的堂子,生意倒蛮好。"实夫道:"这时候郭孝婆在做什么?"诸三姐道:"说起我们大姐姐来,再气人也没有!

本事嘞，挨着她顶大，就光是运气不好；前年还找着一头生意，刚刚做了两个月，给新衙门来捉了去，倒说是她拐逃，吃了一年多官司，去年年底刚放出来。"

实夫再要问时，忽听得楼下门铃摇响。诸三姐道："十全回来了。"即忙下楼去迎。实夫抬头隔着玻璃窗一望，只见诸十全已经进门，后面却还跟着一个年轻俊俏后生，穿着元色湖绉夹袍，白灰宁绸棉马褂。

实夫料道是新打的一户野鸡客人，便留心侧耳去听。听得诸三姐迎至楼下客堂里，与那后生唧唧说话，但听不清说的甚么。说毕，诸三姐乃往厨下泡茶，送上楼来。

实夫趁此要走。诸三姐拉住低声道："李老爷，不要走嗄。你道是什么人？这个嘞就是她丈夫呀。一块去烧香回来。我说楼上有女客在这儿，他不上来，就要走了。李老爷，你请坐一会，对不住。"实夫失惊道："她有这么个丈夫！"诸三姐道："可不是！"实夫想了一想道："倘若他一定要楼上来嘞，怎么样呢？"诸三姐道："李老爷放心。他可敢上来！就上来了，有我在这儿，也不要紧嘞！"

实夫归坐无语。诸三姐复下楼去张罗一会，果然那后生竟自去了。诸十全送出门口，又和诸三姐同往厨下唧唧说了一会，始上楼来陪实夫。实夫问："可是你丈夫？"诸十全含笑不答。实夫紧着要问。诸十全嗔道："你问它做什么呀？"实夫道："问问你丈夫嘞也没什么嘛。可有什么人来抢了去了发急？"诸十全道："不要你问！"实夫笑道："噢唷！有了个丈夫了，稀奇死了，问一声都不许问！"诸十全伸手去实夫腿上摔了一把，实夫叫声"啊唷喂"。诸十全道："你可要说？"实夫连道："不说了！不说了！"诸十全方才放手。

实夫仍若无其事嘻嘻笑着说道："你这丈夫倒出色得很喏：年纪嚜轻，蛮标致的面孔，就是一身衣裳也穿得这样清爽！真正是你好福气！"诸十全听了，欻地连身直扑上去，将实夫揿倒在烟榻上，两手向肋下乱搔乱戳。实夫笑得涎流气噎，没个开交。幸值诸三姐来问中饭，诸十全讪讪的只得走开。诸三姐扶起实夫，笑道："李老爷，你也是怕痒的？倒跟她丈夫差不多。"实夫道："你还要去说她丈夫！就为是我说了她丈夫嚜，她生气，跟我闹！"诸三姐道："你说她丈夫什么，她生气？"实夫道："我说她丈夫好，没说什么。"诸三姐道："你嚜说好，她只当你调皮，拿她开心，对不对？"

实夫笑而点头，却偷眼去看诸十全，见诸十全靠窗端坐，哆口低头，剔理指甲，早羞得满面红光，油滑如镜。实夫便不再说。诸三姐问道："李老爷吃什么？我去叫菜。"实夫随意说了两色，诸三姐即时去叫。

实夫吸过两口烟，令诸十全坐近前来说些闲话。诸十全向怀中摸出一纸签诗授与实夫看了，即请推详。实夫道："可是问生意好不好？"诸十全嗔道："你嚜真正调皮死了！我们做什么生意呀？"实夫道："那么是问你丈夫？"诸十全又欻地叉起两手。实夫慌忙起身躲避，连声告饶。诸十全乘间把签诗抢回，说："不要你详了！"实夫涎着脸伸手去讨，说："不要生气，让我来念给你听。"诸十全越发把签诗撩在桌上，别过头去说："我不听！"

实夫甚觉没意思，想了想，正色说道："这个签嚜是中平，句子倒说得蛮好，就是上上签也不过这样。"诸十全听说，回头向桌上去看，果然是"中平签"。实夫趁势过去指点道："你看这儿可是说得蛮好？"诸十全道："说的什么？你念念看噢。"实夫道："我来念，我来念。"一手取过签诗来，将前面四句丢开，单念旁边注解的四句道：

"媒到婚姻遂，医来疾病除；行人虽未至，失物自无虞。"

念毕，诸十全仍是茫然。实夫复逐句演说一遍。诸十全问道："什么东西叫'医来'？"实夫道："'医来'嚜就是说请先生。请到了先生，病就好了。"诸十全道："先生到哪去请啊？"实夫道："那是他倒没说噢。你生了什么病，要请先生？"诸十全推说："没什么。"实夫道："你要请先生，问我好了。我有个朋友，内外科都会，真正好本事；随便你稀奇古怪的病，他一把脉，就有数了，可要去请他来？"诸十全道："我没什么病嚜请先生来做什么？"实夫道："你说到哪去请先生，我问你可要请；你不说，我可会问你？"诸十全自觉好笑，并不答言。

实夫再问时，诸三姐已叫菜回来，搬上中饭，方打断话头不提。

饭毕，李实夫欲往花雨楼去吸烟。诸十全虽未坚留，却叮嘱道："等会早点来，到这来用晚饭。我等着你。"实夫应承下楼。诸三姐也赶着叮嘱两句，送至门首而别。

实夫出了大兴里，由四马路缓步东行，刚经过尚仁里口，恰遇一班熟识朋友从东踅来，就是罗子富王莲生朱蔼人及姚季莼四位。李实夫不及招呼，早被姚季莼一把拉住，说："妙极了！一块去！"

李实夫固辞不获，被姚季莼拉进尚仁里直往卫霞仙家来。只见客堂中挂一轴神马，四众道流，对坐宣卷，香烟缭绕，钟鼓悠扬。李实夫就猜着几分。姚季莼让众人上楼。到了房里，卫霞仙接见坐定。姚季莼即令大姐阿巧："喊下去，台面摆起来。"李实夫乃道："我刚吃饭！哪吃得下！"姚季莼道："谁不是刚吃饭！你吃不下嗄，请坐会，谈谈。"朱蔼人道："实翁可是急等着用筒烟？"卫霞仙道："烟嗄此地有在这儿嘛。"李实夫让别人先吸。王莲生道："我们是都吃过了有一会了，你请罢。"

实夫知道不能脱身，只得向榻床上吸起烟来。姚季莼去开局票，先开了罗子富朱蔼人两个局，问王莲生："可是两个一块叫？"莲生忙摇手道："叫了小红好了。"问到李实夫叫什么人，实夫尚未说出，众人齐道："当然屠明珠啰。"实夫要阻挡时，姚季莼已将局票写毕发下；又连声催起手巾。

李实夫只吸得三口烟，尚未过瘾，乃问姚季莼道："你吃酒嗄，等会吃也正好嘛。忙什么呢？"罗子富笑道："忙是也不忙；难为了两个膝盖嗄，就等会也没什么。"李实夫还不懂。姚季莼不好意思，解说道："为了今天宣卷，我们早点吃好了，等会再有客人来吃酒嗄，房间空着了，对不对？"卫霞仙插嘴道："谁要你让房间呀，你说要晚点吃就晚点吃好了嗄。"即回头令阿巧："下头去说一声：局票慢点发，等会吃了。"

阿巧不知就里，答应要走。姚季莼连忙喊住道："不要去说了，台面摆好了呀。"卫霞仙道："台面嗄摆在那儿好了。"季莼道："我肚子也饿死了在这儿，就此刻吃了罢。"霞仙道："你说刚吃饭呀。可要先买点点心来点点！"说着，又令阿巧去买点心。季莼没奈何，低声央告道："谢谢你，不要难为我，哝哝罢！"霞仙嗤的笑道："那你为什么倒说我们呢？可是我们教你早点吃？"季莼连说"不是，不是！"

霞仙方罢了，仍咕噜道："人人怕老婆，总不像你怕得这样，

限期歸怕妻偷擺酒

真正也少有出见的！"说得众人哄堂大笑。姚季莼涎着脸无可掩饰。幸而外场起手巾上来，季莼趁势请众人入席。

酒过三巡，黄翠凤沈小红林素芬陆续齐来，惟屠明珠后至。朱蔼人手指李实夫告诉屠明珠道："他跟黎大人在吃醋了，不肯叫你。"屠明珠道："他跟黎大人嚜吃什么醋呀？他不肯叫，不是吃醋，总是找到了合适的在那儿了，想叫别人，可晓得？"李实夫只是讪讪的笑。王莲生笑道："做客人倒也不好做；你三天不去叫她的局，她们就瞎说，总说是叫了别人了，都这样的！"沈小红坐在背后，冷接一句道："倒不是瞎说噢！"罗子富大笑道："怎么不是瞎说！客人嚜也在瞎说，倌人嚜也在瞎说！此刻嚜吃酒，瞎说个些什么！"姚季莼喝声采，叫阿巧取大杯来。当下摆庄划拳，闹了一阵。及至酒阑局散，已日色沉西矣。

罗子富因姚季莼要早些归家，不敢放量，覆杯告辞。姚季莼乃命拿干、稀饭来。李实夫饭也不吃，先就兴辞。王莲生朱蔼人只吃一口，吸烟要紧，也匆匆辞去。惟罗子富吃了两碗干饭始揩面漱口而行。姚季莼即要同走。卫霞仙拉住道："我们吃酒客人没来嚜，你就要让房间了！"姚季莼笑道："就快来了呀。"霞仙道："就来了嚜，让他们亭子间里吃，你给我坐在这儿，不要你让好了！"

季莼复作揖谢罪，然后跟着罗子富下楼，轿班皆已在门前伺候。姚季莼作别上轿，自回公馆。

罗子富却并不坐轿，令轿班抬空轿子跟在后面，向南转一个弯，往中衖黄翠凤家。正欲登楼，望见楼梯边黄二姐所住的小房间开着门，有个老头儿当门踞坐。子富也不理会，及至楼上，黄二姐却在房间里,黄翠凤沉着脸,哆着嘴,坐在一旁吸水烟,似有不豫之色。

子富进去,黄二姐起身叫声"罗老爷",问:"台面散了?"子富随口答应坐下。翠凤且自吸水烟,竟不搭话。子富不知为着甚事,也不则声。

俄延多时,翠凤忽说道:"你自己算算看,多大年纪了?还要去轧姘头,可要面孔!"黄二姐自觉惭愧,并没一句回言。翠凤因子富当前,不好多说。又俄延多时,翠凤水烟方吸罢了,问子富:"可有洋钱在那儿?"子富忙应说:"有。"向身边摸出一个橡皮靴叶子授与翠凤。

翠凤揭开看时,叶子内夹着许多银行钞票。翠凤只拣一张十圆的抽出。其余仍夹在内,交还子富,然后将那十圆钞票一撩,撩与黄二姐,大声道:"再拿去贴给他们!"黄二姐羞得没处藏躲,收起钞票,佯笑道:"不哦!"翠凤道:"我也不来说你了,这以后看你没有了还好跟谁去借!"黄二姐笑道:"你放心,不跟你借好了。——这可谢谢罗老爷,倒难为你。"说着,讪讪的笑下楼去。翠凤还咕噜道:"你要晓得了难为倒好了!"

子富问道:"她要洋钱去做什么?"翠凤攒眉道:"我们这妈真正气人,不是我要说她!有洋钱在那儿,给姘头借了去,自己要用了,再跟我要。说了她,装糊涂。随便你骂她打她,她过两天忘记了,还是这样。我也拿她没办法了!"子富道:"她姘头是什么人?"翠凤道:"算算她姘头,倒无其数喱!老姘头不说它了,就这时候新的也有好几个在那儿。你看她年纪嚜大,可有一点点谱子!"子富道:"小房间里有个老头子,可是她姘头?"翠凤道:"老头子是裁缝张师傅,哪是姘头。这时候就为了给他裁缝帐,凑不齐了。"

子富微笑丢开,闲谈一会,赵家妈搬上晚餐。子富说已吃过,翠凤乃喊妹子黄金凤来同吃。晚餐未毕,只听得楼下外场喊道:"大先生出局。"翠凤高声问:"哪里?"外场说:"后马路。"翠凤应说:"来的。"

第二二回

借洋钱赎身初定议　买首饰赌嘴早伤和

按黄翠凤因要出局，慌忙吃毕晚饭，即喊小阿宝舀面水来，对镜洗脸。罗子富问："叫到后马路什么地方？"翠凤道："还是钱公馆了嘛。他们是牌局，一去了就要我代打；我要是没什么转局，一直打下去不许走。有时候两三个钟头坐在那儿，厌烦死了！"子富道："厌烦就谢谢不要去了。"翠凤道："叫局怎么好不去？我妈要说的。"子富道："你妈哪敢说你？"翠凤道："妈嚜有什么不敢说？我一点都没做错什么事，妈自然不说什么；倘若推扳了一点点，我这妈肯罢休啊！"

说时，赵家妈取出出局衣裳。翠凤一面穿换，一面叮嘱子富道："你坐在这儿，我去一会子就回来的。"又叮嘱金凤"不要走开"，又令小阿宝喊珠凤也来陪坐。然后赵家妈提了琵琶及水烟筒袋前行，翠凤随着，下楼登轿，径至后马路钱公馆门前停下。望见客堂里灯烛辉煌，又听得高声划拳，翠凤只道是酒局；及进去看时，席上只有杨柳堂吕杰臣陶云甫暨主人钱子刚四位，方知为打牌的晚间便饭。

杨柳堂一见黄翠凤，嚷道："来得正好！请你吃两杯酒。"即取一鸡缸杯送到翠凤嘴边。翠凤侧首让过道:"我不吃。"柳堂还要纠缠。翠凤不理,径去靠壁高椅坐下。钱子刚忙起身向柳堂道:"你去划拳,我来吃。"便接了那杯酒。柳堂归座与吕杰臣划拳。

钱子刚执杯在手,告诉黄翠凤道:"我们四个人在捉赢家,我一连输十拳嗻,吃了八杯,剩两杯没吃。你可吃得下?替我代一杯,好不好?"翠凤听说,接来呷干,授还杯子,又说:"还有一杯去拿来。"子刚道:"就剩一杯了,让赵家妈代了罢。"赵家妈向桌上取一杯来,也吃了。

陶云甫怂恿杨柳堂道:"你嚜也好算是铲头了!一样一杯酒,钱老爷教她代,你看她吃得多快!"黄翠凤乃道:"你是真会说!吃杯酒也有这许多话说!一样是朋友,你帮着杨老爷来说我,不也就是在说钱老爷。——让你去说好了,不关我事。"吕杰臣道:"这时候我输了,你也替我代一杯,让他说不出什么。"翠凤道:"吕老爷,不然是代了好了,这时候给他说了,决计不代。"(注一)

杨柳堂催吕杰臣:"快点吃,吃好了我们要打牌了。"黄翠凤问:"可打过了?"钱子刚说:"四圈庄打满了,还有四圈。"吕杰臣吃完拳酒,因指陶云甫:"挨着你捉赢家了。"陶云甫遂与杨柳堂划起拳来。

黄翠凤恐怕又要代酒,假作随喜,避入左厢书房。只见书房中央几案纵横,筹牌错杂,四枝膻烛却已吹灭,惟靠窗烟榻上烟灯甚明,随意坐在下首。随后钱子刚也到书房里,向上首躺着吸烟。翠凤乃问道:"我妈有没跟你借钱?"子刚道:"借嚜没借,前天晚上我跟她闲谈,她说这时候开销大,洋钱积不下来,不够过,好像要跟我借,后来一阵子讲别的事,她也就没提。"

翠凤道:"我妈真爱多心哦!你倒要当心点!上回你去镶了一

对手镯，她跟我说：'钱老爷一直没生意，倒不晓得哪来这些钱？'我说：'客人的钱嚜，你管他哪来的呀。'她说：'我们没钱用，不晓得洋钱都到哪去了。'我是气昏了，不去说她了。你想这种话她是什么意思？"

子刚道："你教我当心点，是不是当心她借钱？"翠凤道："她要跟你借钱嚜，你一定不要借给她。随便什么东西，你也不要去替我买。你这时候就说是买给我，过两天总是他们的东西。他们一点都不承情，倒好像你洋钱多得很在这里，害他们眼热死了。你不买倒没什么。"子刚道："她倒一直跟你蛮要好，这时候她转错了什么念头，不相信你了，对不对？"

翠凤道："一点都不错。这时候是她有心要跟我为难。上月底有个客人动身，付下来一百洋钱局帐。她有了洋钱，十块二十块，都给姘头借了去；今天要付裁缝帐，没有了，倒跟我要钱。我说：'我嚜什么地方有洋钱？出局衣裳，自然要你做的嚜。你晓得今天要付裁缝帐，为什么给姘头借了去？'给我闹了一场，她倒吓得不作声了。"子刚道："那今天有没给她点？"

翠凤道："我为了第一回，替她做面子，就罗那里借了十块洋钱给她。依了她心里，倒不是要借罗的钱，要我来请你去，跟你借，还要多借点，那才称心了。"子刚道："照这样说，她没借到我的钱，哪会称心啊？倘若她跟我借，我倒也不好回掉她。"

翠凤道："你不借也没什么嚜。怎么应该要借给她？你说'我一直没生意嘛，钱也没了'，可是说得蛮体面？到了节上，统共叫几个局，应该付多少洋钱，局帐清爽了，她可好说你什么坏话？"子刚道："那是她要恨死了。我说她不过要借钱，就稍微借点给她，也有限得很，再哝两节，等你赎了身嚜，好了嘛。"

借洋錢贖身
初定議

第二十二回

三十六

翠凤道："我不要！你同她可有什么讲究，一定要借给她？可是真的洋钱太多啰？就算你洋钱多，等我赎了身借给我好了嚛。"子刚道："这时候你可想赎身？"

翠凤连忙摇手，叫他莫说，再回头向外窥觑，却正见一个人影影绰绰站在碧纱屏风前，急问："谁呀？"那人见唤，拍手大笑而出。原来是吕杰臣。

钱子刚丢下烟枪，起坐笑道："你在吓人！"吕杰臣道："我是在捉奸！你们俩可要面孔！就是要偷局嚛，也好等我们客人散了，舒舒服服去干好了嚛，怎么一会子工夫也等不及呀？"黄翠凤咕噜道："狗嘴里可会生出象牙来！"

吕杰臣再要回言，被钱子刚拉至客堂归席。杨柳堂道："我们输了拳，酒也没人代，你主人家倒找乐子去了！"陶云甫道："这时候让你去快活，等会打牌嚛，顶多多输点。"（注二）

钱子刚并不置辩，只问拳酒如何。四人复哄饮一回，始用晚饭。饭后同至书房点烛打牌。

钱子刚因吸烟过瘾，请黄翠凤代打。翠凤打过两圈，赢了许多，愈觉得高兴，乃喊赵家妈来附耳叮嘱些说话。赵家妈领会，独自趑回家中，径上楼寻罗子富。不料子富竟不在房，只有黄珠凤垂头伏桌打瞌睡。赵家妈拎起珠凤耳朵，问："罗老爷呢？"珠凤醒而茫然，对答不出；连问几遍，方说道："罗老爷走了呀。"赵家妈问："到哪去啦？"珠凤道："不晓得嚛。"

赵家妈发怒，将指头照珠凤太阳心里戳了一下，又下楼至小房间问黄二姐。黄二姐告诉道："罗老爷嚛给朋友请到吴雪香那儿吃酒去了。你去跟大先生说，早点回来去转局。"赵家妈道："那么等罗老爷票子来了，我带了去罢。这时候她也不肯回来嚛。"黄二姐应承了。等毂多时，才接到罗子富局票，果然是叫到东合兴里吴雪香家的。

赵家妈手执局票，重往后马路钱公馆来；一进门口，见左厢书房里黑魆魆地并无灯光，知道打牌已毕，客人已散，即转身进右厢内室见了钱子刚的正妻，免不得叫声"太太"。

那钱太太倒眉花眼笑说道："可是接先生回去？先生在楼上。你就在这儿等一会好了。"赵家妈只得坐下，却慢慢说出要去转局。钱太太道："先生有转局嘞，早点去罢，晚了不行的。你到楼梯下头去喊一声哦。"

赵家妈急至后半间仰首扬声叫"大先生"，楼上不见答应；又连叫两声，说："要转局去呀。"仍是寂然毫无声息。钱太太又叫住道："不要喊了，先生听见的了。"赵家妈没法，仍出前半间陪钱太太对坐闲谈。

一会儿，听得黄翠凤脚声下楼，赵家妈忙取琵琶及水烟筒袋上前相迎。翠凤盛气嗔道："忙什么呀！嗳嗖嗳嗖闹个没完！"钱太太含笑分解道："她嘞也算没错，为了票子来了有一会了，唯恐太晚了不行，喊你早点去。"

翠凤不好多言，和钱太太立谈两句，道谢辞别。钱太太直送至客堂前，看着翠凤上轿方回。(注三)赵家妈跟在轿后，径往东合兴里吴雪香家，搀了翠凤到台面上，只见客人偣人，娘姨大姐，早挤得密层层没些空隙。罗子富座后紧靠妆台，赵家妈挤不进去。适罗子富与王莲生并坐，王莲生叫的局乃是张蕙贞，见了黄翠凤，即挪过自己坐的凳子招呼道："翠凤姐姐(注四)，到这儿来哦。"又招呼赵家妈。觉得着实殷勤，异常亲密。

黄翠凤见张蕙贞金珠首饰奕奕有光，知道是新办的。因携着手看了看道:"这时候名字戒指也老样式了。"张蕙贞见黄翠凤头上插着一对翡翠双莲蓬,也要索观。黄翠凤拔下一只授与张蕙贞。蕙贞道:"绿头倒不错。"

不料王莲生以下即系主人葛仲英座位,背后吴雪香听得张蕙贞赞好,便伸过头来一看,问黄翠凤:"多少洋钱买的?"翠凤说是"八块。"吴雪香忙向自己头上拔下一只,拿来比试。张蕙贞见是全绿的,乃道:"也不错。"吴雪香艴然道:"也不错!我一对四十块洋钱呢!啊,可是也'不错'!"

黄翠凤听说,从吴雪香手里接来估量一回,问道:"可是你自己买哒?"吴雪香道:"买是客人去买来的,在城隍庙茶会上。他们都说不贵,珠宝店里哪肯哪!"张蕙贞道:"我是倒也看不出。拿她一对来比着嚁,好像好点。"吴雪香道:"翡翠这东西难讲究的哦,稍微好一点就难得看见了。我一对莲蓬,随便什么东西总比不过它。四十块洋钱,是这样子呀。"

黄翠凤微笑不言,将莲蓬授还吴雪香。张蕙贞也将莲蓬授还黄翠凤。葛仲英正在打庄,约略听得吴雪香说话,不甚清楚;及三拳划毕,即回头问吴雪香:"什么东西要四十块洋钱?"吴雪香将莲蓬授与葛仲英。仲英道:"你上了当了!哪里有四十块洋钱!买起来,不过十块光景!"吴雪香道:"你嚁晓得什么呀!自己不识货,还要批拓,十块洋钱你去买罢!"罗子富道:"拿来,我来看。"劈手接过莲蓬来。黄翠凤道:"你也是不识货的嚁,看什么呢?"罗子富大笑道:"我真的也不识货!"遂又将莲蓬传与王莲生。

莲生向张蕙贞道:"比你头上一对好多少了!"张蕙贞道:"那是自然,我一对哪好比呀!"吴雪香接嘴道:"你也有在那儿,让我看好不好?"张蕙贞道:"我一对是一点也不好的,这要再去买一对。"说着,也拔下一只,授与吴雪香。雪香问:"几块洋钱?"张蕙贞笑道:"你一对嚜,我要买十对哪。"吴雪香道:"四块洋钱,自然没什么好东西买了。你再要买,情愿价钱大点。价钱大了,东西总好啰。"张蕙贞笑着,随向王莲生手里取那莲蓬和吴雪香更正。

当时临到罗子富摆庄,"五魁""对手"之声隆隆然如春霆震耳,才把吴雪香莲蓬议论剪断不提。

原来这一席——除罗子富王莲生以外——都是钱庄朋友。只为葛仲英同吴雪香恩爱缠绵,意不在酒,大家争要凑趣,不肯放量。勉强把罗子富的庄打完就草草终席而散。

吴雪香等客人散尽了,重复和葛仲英不依道:"我在说话嚜,你应该也帮我说句把,那才算你是要好;你倒来挑我的眼,可不奇怪!我说一对莲蓬要四十块洋钱呢,真的四十块洋钱,不是我骗你嚜。你不相信,去问小妹姐好了。你一下子急死了,唯恐我要你拿出四十块洋钱来,连忙说十块。就是十块嚜,可是你替我去买来哒?你就替我买了一只洋铜手镯连一只表,也说是三十几块呢。说到我自己的东西就不稀奇了。你心里只道我是蹩脚倌人,哪买得起四十块洋钱莲蓬,只好拿洋铜手镯来当金手镯戴了,是不是?"

一顿夹七夹八的胡话倒说得仲英好笑起来,道:"这可有什么要紧呢?就是四十块嚜也不关我事。"雪香道:"那你说什么十块呀?你说是十块嚜,你去照式照样买来!我还要买一副头面哩!洋钱我自己出好了!你去替我买!"仲英笑道:"不要说了,我去买好了!"雪香道:"你是在敷衍嚜!我明天就要的噢!"仲英道:"我今天连夜去买,好不好?"雪香道:"好的,你去噢。"

買物
串賭嘴早
傷和

仲英真的取马褂来穿。恰遇小妹姐进房，慌道："二少爷做什么？"正要拦阻，雪香丢个眼色，不使上前。仲英套上扳指，挂上表袋，手执摺扇，笑向雪香道："我走了！"雪香一把拉住，问："你到哪去？"仲英道："你教我买东西去嚜。"雪香道："好的，我跟你一块去。"携了仲英的手便走。

趱至帘前，仲英立定不行，雪香尽力要拉出门外去。小妹姐在后，拍手大笑道："给巡捕来拉了去了嚜好了！"客堂里外场不解何事，也来查问。小妹姐乃做好做歹劝进房里，仍替仲英宽去马褂。

雪香撅着嘴，坐在一旁，嘿然不语。仲英只是讪讪的笑。小妹姐亦呵呵笑道："两个小孩子，到了一起嚜，成天的哭哭笑笑，也不晓得为什么，可不是个笑话！"仲英道："对不住，倒难为你老太太看着有气！"小妹姐道："可不是，我真气死了在这儿！"说罢自去。

仲英趱至雪香面前，低声笑道："你可听见？给他们当笑话。一点什么事都没有，瞎闹了一场，这可算什么呢？"雪香不禁嗤的笑道："你可要再跟我强了？"仲英道："好了。已经便宜你了。"雪香方欢好如初。

仲英听得外场关门声响，随取下表袋看时，已至一点多钟，说道："天不早了，我们睡罢。"雪香问："可要吃稀饭？"仲英说："不吃。"雪香即喊小妹姐来收拾。小妹姐舀水倾盆，铺床叠被。

正在忙乱之际，忽然一个小大姐推进大门，跑至房里，赶着小妹姐叫一声"妈"，便将袖子掩口要哭。小妹姐认得是外甥女，名叫阿巧，住在卫霞仙家的，急问她道："你这时候跑了来做什么？"那阿巧要说却一时说不出口。

注一：家中请客打麻将似与妓院牌局不同，只主人一人叫局，而她有义务替宾主全都代酒。

注二：性是晦气的。

注三：前文钱子刚劝酒一节，是正面写他会哄女人。此处又背面着墨，写钱太太比任何贤妻都气量大，也可见她丈夫本事大。

注四：破例称姐姐，不避讳年龄，是特别亲密。

第二三回
甥女听来背后言　老婆出尽当场丑

按吴雪香家娘姨小妹姐见外甥女阿巧要哭，骇异问道："什么呀？"阿巧哭道："我不去了！"小妹姐不解，怔怔的看定阿巧；看了一会，问道："可是跟什么人吵架了？"阿巧摇头道："不是。早上揩只烟灯，跌碎了玻璃罩，他们妈说，要我赔的。我到洋货店里买了一只嚜，嫌道不好，再要去买，换一家洋货店，说要买好的。等到买了来，还是不好，要我去换，拿跌碎的玻璃罩一块带了去照样子买一只。洋货店里说要两角洋钱的哦，换嚜也不肯换。我做他们大姐，一块洋钱一个月，正月里做下来不满三块洋钱，早就寄到乡下去了，哪还有两角洋钱！"

小妹姐听说，倒笑起来，道："这可是什么急事呀？你这孩子嚜也少有出见的！你拿玻璃罩放在这儿，明天我替你去买。"阿巧忙道："妈，不是呀！他们那儿的活我忙不过来呀！早上一起来嚜，三只烟灯，八只水烟筒，都要我来收拾。还有三间房间，扫地抹桌子，倒痰盂，哪一样不做？下半天洗衣裳，好多好多衣裳，就交给我一个人。一天到晚总没空。有时候客人打牌，一夜不睡，到天亮打完了，他们嚜去睡了，我嚜收拾房间。"

小妹姐道："他们还有两个大姐哩，在做什么？"阿巧道："她们两个人可肯干活啊？十二点钟喊她们起来吃中饭，就替先生梳一个头；梳好了头嚜没事了，躺在榻床上，搁起脚来吃鸦片烟；有客人来，跟客人讲讲笑话，蛮省力。我嚜绞手巾，装水烟，忙死了。大月底，看她们分赏钱，三四块，五六块，多开心。我是一个小铜钱也没看见！"说到这里，又哇的哭出声来。

小妹姐正色道："你嚜总自己干活，不要去学她们的样。她们分赏钱，你也不要去眼热。这时候自然要吃点亏。你要会梳了个头嚜就好了。不然，我跟你说了罢：刚刚乡下上来，头一家做生意就不高兴出来，出来了你想做什么？还有什么人家要你？"

阿巧呜咽道："妈，你不晓得呀！光是干活倒罢了；我在干活，她们还要跟我闹。我不闹嚜，她们就不快活，告诉妈，说我干活不高兴。碰到会闹点客人，她们同客人串通了，拿我开心，一个客人拉住了个手，一个客人扳牢了个脚，她们两个人来剥我裤子！"说着复呜呜咽咽哭个不住。

却引得葛仲英吴雪香都好笑起来。小妹姐也笑了，急问："剥了没呀？"阿巧哭道："怎么没剥！倒是先生看不过，拉我起来。妈晓得了，倒说我小孩子哭哭笑笑，讨人厌！"吴雪香接说道："客人也太没谱子！人家一个大姐，你剥掉她裤子，可是不作兴的？"葛仲英道："一块洋钱一个月，可怕没人家要！不要到他们那儿去做了！"小妹姐独无言。

迨房间内收拾已毕，葛仲英吴雪香将要安置，小妹姐乃向阿巧道："你就不做也等我找到了人家嚜好出来。这时候你回去哝两天再说。"阿巧道："那么妈要替我找的哝。"小妹姐道："晓得了。你去罢。"阿巧又问："烟灯罩可要赔啊？"小妹姐叫把跌碎的留下：

251

"明天我去买。"又叮嘱："干活这可当心点。"

阿巧答应，辞了小妹姐，仍归至尚仁里卫霞仙家。那时客堂里宣卷道流正演说《洛阳桥》故事，许多闲人簇拥观听。阿巧概不理会，径去后面小房间见老鸨卫姐，回说："烟灯罩洋货店里不肯换，明天妈去买来。"卫姐道："你到妈那儿去的？"阿巧说："去的。"卫姐嗔道："一点点事，都要去告诉妈！可是告诉了你妈就不要赔了？"

阿巧不敢顶嘴，踅上楼来，只见卫霞仙房里第二桌吃酒客人尚未散尽。那客人乃北信典铺中翟掌柜暨几个朝奉，正是会闹的。阿巧自思生意将歇，何必再去巴结，遂不进房，竟去亭子间烟榻上暗中摸索睡下；听得前面一阵阵嘻笑之声不绝于耳，那里睡得着；随后拖台掇凳，又夹着忽喇喇牙牌散落声音，知道是打麻将了。

阿巧正要起身，却听得那两个大姐出房喊外场起手巾，复下楼寻阿巧。卫姐说："阿巧在楼上嚜，恐怕去睡了。"一个大姐道："她倒开心呢！你去喊嗷。"一个大姐道："我不去喊！她不高兴干活嚜，我们来做好了，什么稀奇！"

阿巧听了，赌气复睡；只因心灰意懒，遂不觉沉沉一觉。直到日上三竿，阿巧醒来，坐在榻上，揉揉眼睛，侧耳听时，楼下寂然，宣卷已毕，惟卫霞仙房中打牌之后，外场搬点心进去，客人和两个大姐兀自闹做一团。阿巧依然回避，径往灶下揩一把面，先将空房间收拾起来。

须臾，小妹姐来了。阿巧且不收拾，留心窃听。听得小妹姐到小房间见了卫姐，把买的烟灯罩交付，问卫姐："对不对？"卫姐呵呵笑道："你嚜去上小孩子的当，倒真去买了来了！我为了她干活不当心，说要她赔嚜，让她当心点；可是真教她赔呀！"说着，

外甥女聽來脊後言

取两角小洋钱给还小妹姐。小妹姐坚却不收。卫姐只得道谢，随拉小妹姐且坐闲谈。

卫姐又道:"这个小孩子，干活倒不错，就不过脾气独点。在堂子里，有个把客人要跟她闹闹也没什么要紧嚜，她闹了要不快活的!"

阿巧听到这里，越发生气，不欲再听，仍回空房间来收拾。等得小妹姐辞别卫姐出门，阿巧忙赶上去，叫声"妈"，直跟至衖堂转弯处，方问:"妈可去替我找人家?"小妹姐道:"你怎么这么急! 就有人家嚜，也要过了这节的哦! 这时候到哪去找?"阿巧复再三叮咛而归。

小妹姐去后，接连数日，不得消息。阿巧因没工夫，亦不曾去吴雪香家探望。到了三月十四这一日，阿巧早起正在客堂里揩擦水烟筒，忽见一肩轿子停在门首，一个娘姨打起轿帘，搀出一个半老佳人，举止大方，妆饰入古。阿巧揣度当是谁家奶奶。那奶奶满面怒气，挺直胸脯跫进大门，即高声问:"此地可是卫霞仙那儿?"阿巧应说:"是的。"

那奶奶并不再问，带领娘姨，径上楼梯。阿巧诧异得紧，且向门首私问轿班，方知为姚季莼正室。阿巧急跑至小房间告诉卫姐。卫姐不解甚事，便和阿巧飞奔上楼，跟随姚奶奶都到卫霞仙房里来。

其时卫霞仙面窗端坐，梳洗未完。姚奶奶一见，即复高声问道:"你可是卫霞仙?"霞仙抬头看了，猛吃一惊，将姚奶奶上下打量一回，才冷冷的答道:"我嚜就是卫霞仙了嗳。你是谁呀?"姚奶奶俨然向高椅坐下，嚷道:"不跟你说话! 二少爷嗳? 喊他出来!"

霞仙早猜着几分来意，仍冷冷的答道:"你问哪一个二少爷呀?

二少爷是你什么人哪?"姚奶奶大吼,举手指定霞仙面上道:"你不要来装糊涂!二少爷嚜是我丈夫。你拿二少爷来迷得好!你可认得我是什么人?"说着恶狠狠瞪出眼睛,像要奋身直扑上去。

霞仙见如此情形,倒不禁哑然失笑,尚未回言,阿巧胆小怕事,忙去取茶碗,撮茶叶,喊外场冲了开水,说:"姚奶奶请用茶。"再拿一只水烟筒,问:"姚奶奶可用烟?我来装。"卫姐也按住姚奶奶,分说道:"二少爷此地不大来的呀;这时候好久没来了。真正难得有回把叫个局,酒也没吃过。姚奶奶不要去听别人的话。"

大家七张八嘴劝解之际,被卫霞仙一声喝住道:"不要作声!瞎说个些什么!"于是霞仙正色向姚奶奶朗朗说道:"你的丈夫嚜,应该到你府上去找嚜。你什么时候交代给我们,这时候到此地来找你丈夫?我们堂子里倒没到你府上来请客人,你倒先到我们堂子里来找你丈夫,可不是笑话!我们开了堂子做生意,走了进来总是客人,可管他是谁的丈夫!你的丈夫嚜,可是不许我们做啊?老实跟你说了罢,二少爷在你府上,那是你丈夫;到了此地来,就是我们的客人了。你有本事,你拿丈夫看牢了,为什么放他到堂子里来玩,在此地堂子里,你再要想拉了去,你去问声看,上海租界上可有这种规矩?(注)这时候不要说二少爷没来,就来了,你可敢骂他一声,打他一下?你欺负你丈夫,不关我们事;要欺负我们的客人,你当心点!二少爷嚜怕你,我们是不认得你这位奶奶嚜!"

一席话说得姚奶奶顿口无言,回答不出,登时涨得彻耳通红,几乎迸出急泪来。正待想一句来扳驳,只见霞仙复道:"你是奶奶呀;可是奶奶做得不耐烦了,也到我们此地堂子里来找找乐子?可惜此刻没什么人来打茶围,倘若有个把客人在这儿,我教客人捉牢了你强奸一场,你回去可有脸?你就告到新衙门,堂子里奸情事也没什么稀奇嚜!"

不料这里说得热闹,楼下外场蓦地喊一声"客人上来。"霞仙便道:"来得正好,请房里来。"

卫姐掀起帘子,迎进一个四十余岁的客人,三绺髭须,身材肥胖;原来即系北信典铺翟掌柜。早吓得姚奶奶心头小鹿儿横冲直撞,坐也不是,走也不是,又羞又恼,那里还说得出半个字。

翟掌柜进房,且不入座,也将姚奶奶上下打量一回,终猜不出是什么人。霞仙笑问翟掌柜道:"你可认得她?她嚜是姚季莼姚二少爷的老婆。今天到我们这儿堂子里来,有心要坍坍二少爷的台!"

翟掌柜听罢茫然。卫姐过去附耳说些大概,方始明白。翟掌柜攒眉道:"那是姚奶奶失斟酌了!我跟季莼兄也同过几回台面,总算是朋友。姚奶奶到这儿来,季莼兄面上好像不好看相。"霞仙道:"什么不好看相?出色得很喏!二少爷一直生意不好,有了这么个老婆,这可要发财了!"

翟掌柜摇手止住,转劝姚奶奶道:"姚奶奶此刻请回府,有什么话嚜,教季莼兄来说好了。"

姚奶奶无可如何,一口气涌上喉咙,哇的一声要哭,慌忙立起身来,带领娘姨出房下楼。霞仙还冷笑道:"姚奶奶,再坐会嘅。倘若二少爷来了嚜,我教娘姨来请你。"

姚奶奶至楼下,忍不住呜呜咽咽,大放悲声,似乎连说带骂,却听不清楚,仍就门首上轿而回。

姚奶奶既去,霞仙新妆亦罢,越想越觉好笑道:"蛮体面的二少爷,这看他还好出来做人!一个奶奶跑到堂子里拉客人,就像

家主婆出盡當場醜

是野鸡了嚜！"卫姐也叹口气道："做了个奶奶，还有什么不开心？自己走上门来，给我们骂两声，可不是倒运！"霞仙道："你嚜也不要说了！没给她颠倒骂两声，算你运气！"卫姐微笑自去。

翟掌柜问："为什么要颠倒给她骂两声？"霞仙笑而告诉道："我妈嚜，真正是好人！二少爷就天天到我们这儿来，我们也没什么说不出口的；我妈一定要说是二少爷好久不来了，倒好像是我们怕她。还有个阿巧，更气人！前天宣卷，楼上下头，多少客人在那儿，喊她冲茶，不晓得到哪去了，客人的茶碗也没加；今天二少爷老婆来了，你没看见，她巴结得呵——！我们没喊她，她倒先去泡了一碗茶，还要替她装水烟，姚奶奶长，姚奶奶短，自己干的活丢掉了不做，单去巴结个姚奶奶！哪晓得姚奶奶觉也没觉得，马屁拍到了马脚上去了！"

阿巧适舀一盆面水上来给霞仙洗手，听说即回嘴道："姚奶奶嚜也是客人，为什么不应该泡茶给她吃？"霞仙笑向翟掌柜道："你听听！可不气死人！姚奶奶说是客人！可是我们做的呀？"阿巧道："做不做不关我事，你们同姚奶奶在吵架，倒说我拍马屁！"霞仙沉下脸道："你这人怎么这么别扭！你此地不高兴做，走好了嚜！姚奶奶喜欢你拍马屁！"

阿巧撅起嘴趸下楼来草草收拾完毕，吃过中饭，挨至日色平西，捉个空复往东合兴里吴雪香家寻见小妹姐，诉说适间情事，哭道："不干活，自然要说；干了活，还是要说！随便什么事，总是我不好！妈说哝两天，哝不下去了嚜！"小妹姐道："哝不下去嚜，出来到什么地方去？"阿巧道："随便什么地方！就没工钱也没什么！"小妹姐沉吟不语。吴雪香道："那么到这儿来帮帮你妈，再去找人家，好不好？"阿巧说："蛮好。"小妹姐也就依了。当晚小妹姐便向卫霞仙家算清工钱，取出铺盖。

阿巧在吴雪香家仅宿一宵，次日饭后，吴雪香取出一对翡翠双莲蓬，令阿巧赍至对门大脚姚家交还张蕙贞，并说："绿头蛮好，比我一对倒差不多，十六块洋钱，一点不贵。"阿巧见张蕙贞传说明白，张蕙贞因问阿巧："可是新来的？"阿巧据实说了。蕙贞道："我们这时候正要添个大姐，先生不用嚜，到这儿来罢。"阿巧不胜之喜，道："那是再好也没有！"连忙归来说与小妹姐，即日小妹姐亲自送去。阿巧因住在张蕙贞家。

适遇王莲生偕洪善卿两个在张蕙贞家晚间便饭。蕙贞将翡翠双莲蓬与王莲生看，问道："十六块洋钱可贵？"洪善卿只估十块。莲生道："还他十块，多到十二块不要添了。"蕙贞又诉说添用大姐一节。莲生见阿巧好生面善，问起来，方知在卫霞仙家见过数次。

迨晚饭吃毕，张蕙贞已烧成七八枚烟泡放在烟盘里。王莲生揩把手巾，向榻床躺下，蕙贞授过烟枪，飕飕的直吸到底。蕙贞接枪，通过斗门，再取烟泡来装。

莲生向蕙贞道："你要买翡翠东西，教洪老爷到城隍庙茶会上去买便宜点。"蕙贞因要买一副翡翠头面，拜托洪善卿。善卿应诺，辞别先行，自回南市永昌参店去了。

注：清朝禁止官员狎妓，所以只有在租界上妓院可以公开接待社会上层人物。

第二四回
只怕招冤同行相护　　自甘落魄失路谁悲

　　按王莲生躺在榻床右首吸烟过瘾，复调过左首来吸上三口，渐觉眉低眼合，像是烟迷。张蕙贞装好一口烟，将枪头凑到嘴边，替莲生把火，莲生摇手不吸。蕙贞轻轻放下烟枪，要坐起来。莲生一手扳住蕙贞胸脯，说："你也吃一筒噢。"蕙贞道："我不要吃；吃上了瘾，还能做生意呀！"莲生道："哪会上瘾！小红一直吃，也没有瘾。"蕙贞道："小红自然，她是本事好，生意会做，就吃上了也不要紧。我要像了她——好！"莲生道："你说小红会做生意，为什么客人也没有了呀？"蕙贞道："你怎么晓得她没有客人？"莲生道："我看见她上节堂簿，除了我就不过几户老客人叫了二三十个局。"蕙贞道："光只你一户客人，再有二三十个局也就好了嚜。"莲生道："你不晓得，小红也不够过，她开消大，爹娘兄弟有好几个人在那儿，都靠她一个人做生意。"蕙贞道："爹娘兄弟在小房子（注）里，哪有多少开消？只怕她自己的用项太大了点。"莲生道："她自己倒没什么用项，就不过三天两天去坐坐马车。"蕙贞道："坐马车也有限得很。"莲生道："那么什么用项呢？"蕙贞道："我怎么晓得她！"

莲生便不再问,自取烟盘内所剩两枚烟泡,且烧且吸,移时始尽;于是一手扶住榻床阑干,抬身坐起。蕙贞知道是要吸水烟,忙也起身,取一支水烟筒,就在榻床边挨着莲生肩膀偎倚而坐,装水烟与莲生吸。

　　莲生吸了两筒,复问道:"你说小红自己用项大,是什么用项你说说看嚜。"蕙贞略怔一怔道:"我是说说罢了呀。小红自己嚜还有什么用项。你不要到小红那儿去瞎说;倘若你说了什么嚜,她只当我说了她坏话,又给她骂。"莲生笑道:"你尽管说好了,我可会去告诉小红?"蕙贞大声道:"教我说什么呀?你跟小红三四年老相好,还有什么不晓得,倒来问我!"莲生笑而叹道:"你嚜真正是铲头!小红说了你多少坏话,你不说她倒罢了,还要替她瞒着!"蕙贞也叹道:"不是瞒着呀!你嚜也缠错了,缠到哪去了!小红有了爹娘兄弟,再要坐坐马车,可是用项比我大点?"

　　莲生冷笑丢开。水烟吸罢,蕙贞仍并坐相陪,和莲生美满恩情,温存浃洽,消磨了好一会,敲过十二点钟,唤娘姨收拾安睡。

　　蕙贞在枕上又劝莲生道:"小红这人,凶嚜凶死了,跟你是总算不错。她这时候客人嚜也就像是没有,就不过你一个人去替她撑撑场面,她不跟你好,还跟谁要好?上回明园,她要跟你拚命,倒不是为别的,就怕你做了我,她那儿不去了。你不去了,她可是要发急呀?我倒劝你:你跟她相好三四年,也应该摸着点她脾气了。稍微有点不快活,你哝得过去就哝哝罢。她有时候就推扳了点,你也不要去说她。你说了她,她不好来怪你,倒说是我教你的话,我跟她结的冤家还不够?光是背后骂我两声倒也罢了,倘若台面上碰见了,她嚜倒不要面孔,跟我吵架,我可要难为情?"莲生道:"你说她跟我要好,哪会要好啊?我刚做她时候,她跟我

261

说：'做倌人也难得很，就不过没好客人；这时候有了你，那是再好也没有。这再要去做一户陌生客人，一定不做的了！'我说：'你不做嚜，就嫁给我好了。'她嘴里嚜也说是'蛮好，'一直敷衍下去，起初说要还清了债嚜嫁了，这时候还了债，又说是爹娘不许去。看她这光景，总归不肯嫁人。也不晓得她到底是什么意思。"

蕙贞道："那倒也没什么别的意思。她做惯了倌人，到人家去守不了规矩，不肯嫁。再歇两年，年纪大了点，就要嫁你了。"莲生摇手道："倘若沈小红要嫁给我，我也讨不起。前两年三节开消差不多二千光景，今年更不对了：还债买东西同局帐，一节还没到，用在她身上二千多！你想，我哪有这些洋钱去用？"蕙贞复叹道："像我，一年就一千洋钱也好了。"莲生再要说时，只听得当中间内阿巧睡梦中咳嗽声音，遂被叉断不提。

次日上午，王莲生张蕙贞初起身，管家来安即来禀说："沈小红那儿娘姨请老爷过去说句话。"蕙贞忙问甚事。莲生道："哪有什么话？两天不去了嚜，自然要来请了嚜！"蕙贞寻思一会道："我猜小红一定有点话要跟你说。你想嗾，随便什么时候你一到这儿来，她们就晓得了。这时候是晓得你在这儿，来请你，就没什么话也要想句把出来说，闹得你不舒服。你说对不对？"

莲生不答。比及用毕午餐，吸足烟瘾，莲生方思过去。蕙贞连连叮嘱道："你到沈小红那儿去，小红问你从哪来，你就说是在这儿好了。她要跟你说什么话，不要紧的嚜，依了她一半；你就不依她，也不要跟她强，好好的跟她说。小红这人，不过性子别扭点，你说明白了，她也没什么。你记着，不要忘了！"

莲生答应下楼，并不坐轿，带了来安出门，只见一个小孩子

只怕招冤同
行相護

往南飞跑，仿佛是阿珠的儿子，想欲声唤，已是不及。莲生却往北出东合兴里由横衖穿至西荟芳里。阿珠早出门首，相随上楼，同到房里。沈小红当窗闲坐，手中执着一对翡翠双莲蓬在那里玩弄；见了莲生，也不起身，只冷笑道："我们这儿不请你是想不起来的了！两天有几起公事？忙得哦一趟也不来！"莲生佯笑坐下。阿珠接着笑道："王老爷一请了倒就来，还算我们有面子，没坍台。先生，你要谢谢我的噢！"说着，先绞把手巾，忙将茶碗放在烟盘里，点起烟灯，说："王老爷，请用烟。"

莲生过去躺在榻床上首吸起烟来。小红便道："你到这儿来，苦死了嘛！都是笨手笨脚，没什么人来替你装烟！"莲生笑道："谁要你装烟？"当时阿珠抽空回避。

莲生本已过瘾，只略吸一口，即坐起来吸水烟。小红乃将翡翠双莲蓬给莲生看。莲生问："可是卖珠宝的拿来看？"小红道："是呀；我买了，十六块洋钱，比茶会上可贵点？"莲生道："你有几对莲蓬在那儿，也好了，再去买来做什么？"小红道："你替别人噻去买了，挨着我噻就不应该买了？"莲生道："不是说不应该买；你莲蓬用不着噻，买别的东西好了。"小红道："别的东西再买啰。莲蓬用噻用不着，我为了气不忿，一定要买它一对，多糟蹋掉你十六块洋钱。"莲生道："那么你拿十六块洋钱去，随便买什么。这一对莲蓬也没什么好，不要买了，对不对？"小红道："我是人也没什么好，哪有好东西给我买？"莲生低声做势道："啊唷！先生好客气！谁不知道上海滩上沈小红先生！还要说不好！"小红道："我噻可算是先生哪？比野鸡也不如噻！惶恐了噢，叫先生！"

莲生料想说不过她，不敢多言，仍嘿然躺下，一面取签子烧烟，一面偷眼去看小红；见小红垂头哆口，斜倚窗栏，手中还执那一对翡翠双莲蓬,将指甲掐着细细分数莲子颗粒。莲生大有不忍之心,只是无从解劝。

适值外场报说:"王老爷朋友来。"莲生迎见,乃是洪善卿,进房即说道:"我先到东合兴里去找你,说走了,我就晓得在这儿。"

小红敬上瓜子。笑向善卿道:"洪老爷,你找朋友倒会找哪!王老爷刚刚到这儿来,也给你找到了!此地王老爷难得来的嚜,一直在东合兴里。今天为了我们请了,才来一趟。等会还是到东合兴去。洪老爷,你下回要找王老爷嚜,到东合兴去找好了。东合兴不在那儿,倒说不定在什么地方。你就等在东合兴,王老爷完了事回去嚜,碰头啰。东合兴就像是王老爷的公馆。"

小红正在唠叨,善卿呵呵一笑,剪住道:"不要说了!我来一趟,听你说一趟,我听了也厌烦死了!"小红道:"洪老爷说得不错,我是天生不会说话,说出来就叫人生气。像人家会说会笑,多巴结!一样打茶围,客人喜欢到她那儿去。一块去的朋友,你说王老爷哪想得起来到此地来呀?"

善卿正色道:"小红,不要这样。王老爷做嚜做了个张蕙贞,跟你还是蛮要好,你也哝哝罢。你一定要王老爷不去做张蕙贞,在王老爷也没什么,听了你的话就不去了。不过我在说,张蕙贞也苦死了在那儿,让王老爷去照应她点,你也譬如做好事。"这几句倒说得沈小红盛气都平,无言可答。

于是洪善卿王莲生谈些别事。已近黄昏,善卿将欲告辞,莲生阻止了,却去沈小红耳边悄悄说了几句,听不出说的甚么。只见小红道:"你走嚜走好啰。谁拉着你不放?"莲生又说两句。小红道:"来不来随你的便。"莲生乃与善卿相让同行。

小红略送两步,咕噜道:"张蕙贞等在那儿,一定要去一趟才舒服！"莲生笑道："张蕙贞那儿不去。"说着，下楼出门。善卿问："到哪儿？"莲生道："到你相好那儿去。"

两人往北，由同安里穿至公阳里周双珠家。巧囡为了王莲生叫过周双玉的局，引莲生至双玉房里。洪善卿也跟进去，见周双玉睡在床上。善卿踅到床前，问双玉："可是不舒服？"双玉手拍床沿，笑说："洪老爷，请坐喂。对不住。"

善卿即坐在床前与双玉讲话。周双珠从对过房里过来与王莲生寒暄两句，因请莲生吸鸦片烟。巧囡却装水烟与善卿吸。善卿见是银水烟筒，又见妆台上一连排着五只水烟筒，都是银的，不禁诧异道："双玉的银水烟筒有多少？"双珠笑道："这也是我们妈拍双玉的马屁啊。"

双玉听见，嗔道："姐姐嘿总瞎说！妈拍我的马屁，可不是笑话！"善卿笑问其故。双珠道："就是上回为了银水烟筒，双玉教客人去买了一只，妈这就拿大姐姐二姐姐的几只银水烟筒都给了双玉，双宝嘿一只也没有。"善卿道："那么这时候还有什么不舒服？"双玉接说道："发寒热呀。前天晚上，客人打牌，一夜没睡，发了寒热。"

说话之时，王莲生烧成一口鸦片烟要吸，不料烟枪不通，斗门咽住。双珠先见，即道："对过去吃罢，有只老枪在那儿。"

当下众人翻过对过双珠房间，善卿始与莲生说知，翡翠头面先买几色，价值若干，已面交与张蕙贞了。莲生亦问善卿道："有人说沈小红自己的用项大，你可晓得她什么用项？"善卿沉吟半晌，答道："沈小红也没什么用项；就为了坐马车，用项大点。"莲生听说是坐马车，并不在意。

谈至上灯时候,莲生要赴沈小红之约,匆匆告别。善卿即在双珠房里便饭。往常善卿便饭,因是熟客,并不添菜,和双珠双玉共桌而食;这晚双玉不来,善卿说道:"双玉为什么三天两天不舒服?"双珠道:"你听她的!哪有什么寒热!都为了妈太疼她了,她装的病。前天晚上,双玉起初没有局,刚刚我跟双宝出局去嚁,接连有四张票子来叫双玉。相帮轿子都不在那儿,连忙去喊双宝回来。碰着双宝台面上要转个局,教相帮先拿轿子抬双玉去出局,再去抬双宝。等到双宝回来了,再到双玉那儿去嚁,晚了。转到第四个局,台面也散了,客人也走了。双玉回来,告诉了妈,本来跟双宝不对,就说是双宝耽搁啰,要妈去骂她一顿。妈为了台面上转局的客人在双宝房里,没说什么。双玉这就不舒服,到了房里,乒乒乓乓掼东西。再碰着客人来打牌,一夜没睡,到明天就说是不舒服。"

善卿道:"双宝苦了,碰着了前世冤家!"双珠道:"起先妈不喜欢双宝,为了她不会做生意,说她两声;自从双玉进来,双宝打了几回了,都为了双玉。"善卿道:"此刻双玉跟你可要好?"双珠道:"要好嚁要好,见了我倒有点怕的。妈随便什么总依她,我不管她生意好不好,看不过一定要说的,让她去怪我好了。"善卿道:"你说她也不要紧,她可敢怪你。"

须臾,用过晚饭,善卿无事,即欲回店,双珠也不甚留。洪善卿乃从周双珠家出来,跫出公阳里南口,向东步行,忽听得背后有人叫声"舅舅。"

善卿回头一看,正是外甥赵朴斋,只穿一件稀破的二蓝洋布短袄,下身倒还是湖色熟罗套袴,跶着一双京式镶鞋,已戳出半只脚趾。善卿吃了一惊,急问道:"你为什么长衫也不穿?"赵朴

自落甘晚失誑
挂落跣

斋嗫嚅多时才说:"仁济医馆出来,客栈里耽搁了两天,缺了几百房饭钱,铺盖衣裳都给他们押在那儿。"善卿道:"那么为什么不回去?"朴斋道:"本来想要回去,没钱。舅舅可好借块洋钱给我去乘航船?"被善卿啐了一口道:"你这人还有面孔来见我!你到上海来坍我的台!你再要叫我舅舅,给两个嘴巴子你吃!"

善卿说了,转身便走。朴斋紧跟在后,苦苦求告。约走一箭多远,善卿心想无可如何,到底有碍体面,只得喝道:"同我到客栈里去!"朴斋诺诺连声,趋前引路,却不往悦来栈,直引至六马路一家小客栈,指道:"就在这儿。"

善卿忍气进门,向柜台上查问。那掌柜的笑道:"哪有铺盖啊,就不过一件长衫,脱下来押了四百个铜钱。"

善卿转问朴斋,朴斋垂头无语。善卿复狠狠的啐了一口,向身边取出小洋钱赎还长衫,再给一夜房钱,令小客栈暂留一宿,喝叫朴斋:"明天到我行里来!"朴斋答应,送出善卿,善卿毫不理会,叫辆东洋车自回南市咸瓜街永昌参店,短叹长吁,没法处置。

次早,朴斋果然穿着长衫来了。善卿叫个出店领朴斋去乘航船,只给三百铜钱与朴斋路上买点心。赵朴斋跟着出店辞别洪善卿而去。

注:妓院外的私寓,分租的房间。

第二五回
翻前事抢白（注）更多情　约后期落红谁解语

按洪善卿等出店回话，知赵朴斋已送上航船，船钱已经付讫。善卿还不放心，又备细写一封书信与朴斋母亲，嘱她管束儿子，不许再到上海。令出店交信局寄去，善卿方料理自己店务。下午无事，正欲出门，适接一张条子，却系庄荔甫请至西棋盘街聚秀堂陆秀林房吃酒的。当下向柜上伙计叮嘱些说话，独自出门北行。因天色尚早，坐辆东洋车，令拉至四马路中，先去东合兴里张蕙贞西荟芳里沈小红两家寻王莲生谈谈。两家都回说不在。

善卿遂转出昼锦里，至祥发吕宋票店，与胡竹山拱手，问陈小云。竹山说："在楼上。"善卿即上楼来。陈小云厮见让坐。小云问："庄荔甫幺二上吃酒，有没来请你？"善卿道："陆秀林那儿呀，等会跟你一块去。"小云应诺。善卿问："上回庄荔甫有好些东西有没替他卖掉点？"小云道："就不过黎篆鸿拣了几样，还有许多都没动。可有什么主顾，你也替他问声看。"善卿应诺。

须臾，词穷意竭，相对无聊，两人商量着打个茶围再去吃酒不迟；于是联步下楼，别了胡竹山，穿进夹墙窄衖，就近至同安里金巧珍家。陈小云领洪善卿径到楼上房里。金巧珍起身相迎。

两人坐定，巧珍问道："西棋盘街有张票子来请你，可是吃酒？"小云道："就是庄荔甫请我们两个人。"巧珍道："庄这节倒吃了几台了。"小云道："上回庄替朋友代请，不是他吃酒。今天晚上恐怕是'烧路头'，不然嚜是'宣卷'。"巧珍道："对了，我们二十三也宣卷呀。你也来吃酒啰。"小云沉吟道："吃酒是吃好了；倘若有客人吃酒嚜，我就晚一天二十四吃也行。"巧珍道："没有呀。有了客人嚜，我也不教你吃酒了；就为了没有了才说嚜。"小云故意笑道："客人没有嚜，教我吃酒；有了客人，就挨不着我了！"

巧珍听说，要去拧小云的嘴，碍着洪善卿，遂也笑了一笑道："你倒还要想挑眼了！我哪一句话说错啦？你是长客呀。宣卷不摆台面，可坍台？当然你替我撑撑场面。不然为什么要做长客？倘若有了吃酒的客人，你吃不吃就随你便。你是长客，随便哪一天都好吃的。我说的错了？"小云笑道："你不要发急喂！我没说你错嚜。"巧珍道："那你怎么'挨得着''挨不着'瞎说！真正火冒死了！"

洪善卿坐在一旁，只是呵呵的笑。巧珍睃见道："这可教洪老爷笑死了！四五年的老客人，还要胡说八道，倒好像刚做起！"小云道："说说嚜笑笑，不是蛮好？不说气闷死了。"巧珍道："谁教你不要说？你说出来就教人生气，倒说是笑话！你看洪老爷一样做周双珠，比你还要长远点，哪有一句瞎打岔的话？单单只有你嚜就有这许多说不出画不出的神头鬼脸！"

善卿接着笑说道："你们两个人在吵架，为什么拿我来开心？"巧珍也笑道："洪老爷，你不晓得他脾气，看他的人嚜好像蛮好说话，不好起来，这才叫气人！有一回他来，碰着我们房间里有客人，请他对过房里坐一会，他一声也不响，就走。我问他：'为什么要走哇？'他倒说得好；他说：'你有恩客在这儿，我来做讨厌人，不高兴！'"

小云不等说完，叉住笑道："前几年的话，还要说它做什么？"巧珍瞟了一眼，带笑而嗔道："你嚜说过了就忘了，我是不忘记，都要说出来给洪老爷听听！洪老爷到这儿来嚜，总怠慢点，就不过听两句逗笑的话，倒也不错。"

小云一时着急，叉开两手，跑过去一股脑儿搂住巧珍不依。巧珍发喊道："做什么呀？"娘姨阿海，大姐银大闻声而至，小云始放了手。巧珍挣开，反手摸摸头发，却沉下脸喝小云道："替我去坐在那儿！"小云作势连说："噢！噢！"倒退归座。阿海银大在旁，齐声道："陈老爷一直规规矩矩，今天好快活！"善卿点头道："我也一直没看见他这样会闹！"

这一闹，不知不觉早是上灯以后了。小云的管家长福寻来，呈上庄荔甫催请票。善卿起身道："我们走罢。"即时与小云同行。金巧珍送至楼梯边，说声"就来叫。"小云答应出门，吩咐长福道："我同洪老爷一块去，你回去喊车夫拉到西棋盘街来。"长福承命自去。

陈小云洪善卿比肩交臂，步履从容，迤逦过四马路宝善街，方到西棋盘街聚秀堂。进门登楼，只见房内先有两客。洪善卿认得是吴松桥张小村，惟与陈小云各通姓名，然后大家随意就座。庄荔甫忙写两张催条交与杨家妈，道："一面去催客，一面摆台面。"

比及台面摆好，催客的也回来报说："尚仁里卫霞仙那儿请客不在那儿。杨媛媛那儿嚜就来。"洪善卿问："可是请姚季莼？"庄

翻前事搶白最多情

荔甫道："不是，我请老翟。"善卿道："前两天姚季莼夫人到卫霞仙那儿去吵架，可晓得？"荔甫骇异，忙问如何吵架。

善卿正要说时，适外场又报说："庄大少爷朋友来。"荔甫急迎出去。众人起立拱候。恰正是李鹤汀来了。大家曾经识面，不消问讯。庄荔甫令杨家妈去隔壁陆秀宝房里请施大少爷过来。众人见是年轻后生，面庞俊俏，衣衫华丽，手挈陆秀宝一同进房，都不知为何人。庄荔甫在旁代说，才知姓施，号瑞生。略道渴慕，便请入席。庄荔甫请李鹤汀首座，次即施瑞生，其余随意坐定。

先是陆秀宝换了出局衣裳过来坐在施瑞生背后，因见洪善卿，想起问道："赵大少爷可看见？"善卿道："他今天回去了。"张小村接嘴道："朴斋没回去，我刚才在四马路还看见他的哩。"善卿讶甚，却不便问明。

施瑞生向庄荔甫道："我也要问你：'双喜''双寿'的戒指哪儿去买呀？"荔甫道："就是龙瑞里，满坑满谷在那儿！"瑞生转向陆秀林索取戒指看个样式，仍即归还。

吴松桥问李鹤汀："这两天有没打过牌？"鹤汀说："没有。"松桥道："等会可高兴打？"鹤汀攒眉道："没人嘿。"松桥转问陈小云："可打牌？"小云道："我打牌不过应酬俉人，没什么大输赢。"松桥听说默然。

当下金巧珍周双珠杨媛媛孙素兰及马桂生陆续齐集。马桂生暗中将张小村袖口一拉。小村回过头去。桂生张开摺扇遮住半面和小村唧唧说话。小村只点点头，随即起身，踅至烟榻前，暗中点首叫过吴松桥来附耳说道："桂生家里也在宣卷，教我去撑撑场面。你跟鹤汀说一声，等会跟他打场牌。"松桥道："还有谁？"小村道："没嘿就是陈小云，好不好？"松桥沉吟一会，方道："小云恐怕不肯打。我说桂生那儿在宣卷嚜,你也该吃台酒了;你索性翻台过去吃酒,吃到这么个模样,这才说再打场牌就容易了。"小村亦沉吟道:"吃酒不高兴;桂生那儿去吃也没什么意思。"松桥道:"你不晓得,要吃酒倒是幺二上吃的好,长三书寓里,倌人太时髦了,就摆个双台也不过这样。像桂生那儿,你应酬了一台酒,连着再打场牌,她们该多巴结!"小村道:"那么你去吃了罢,我贴你两块小帐好了。"松桥道:"你做的相好,我可好去吃酒?要嚜打起牌来,我赢了,我也出一半。"

小村想了一想,便起身拱手向诸位说明翻台缘故,务请赏光。众人都说奉扰不当。马桂生不胜之喜,即令娘姨回家收拾起来。

这里众人挨肩划拳。先是庄荔甫打个通关,各敬三拳,藉申主谊,然后请诸位行令。李鹤汀量浅拳疏,拱手求免。施瑞生正和陆秀宝鬼混,意不在酒。张小村因要翻台不敢先醉,和吴松桥商议合伙摆庄,不过点景而已。惟陈小云洪善卿两人兴致如常。热闹一会,金巧珍周双珠各代了两杯酒,同杨媛媛孙素兰一哄而散。陆秀宝也脱去出局衣裳重来应酬。张小村乃叫马桂生"先去摆起台面来。"桂生坚嘱"就请过来。"桂生去后,随即散席。

陆秀宝早拉施瑞生趱过隔壁自己房里,捺瑞生横躺在烟榻上。秀宝爬在身边,低声问道:"可是还要去吃酒哩?"瑞生道:"他们要翻台,我不高兴去。"秀宝道:"一块吃酒嚜,自然一块翻台。光是你不去,不好。"瑞生道:"不过少叫一个局,没什么不好。"秀宝冷笑道:"你叫袁三宝,三块洋钱一个局,连着叫了多少!挨着我嚜,就算省了!"瑞生道:"袁三宝是清倌人,哪有三块洋钱!"秀宝道:"起初是清倌人,你去做了嚜就不清啰!"瑞生呵呵笑道:

"你在说自己！我就不过一个陆秀宝，那才起初是清倌人，我一做了就不清了！"

秀宝嘻嘻痴笑，一手伸进瑞生袖口，揣捏臂膊。瑞生趁势搂住，正要摸下，偏值不做美的杨家妈进房传说："张大少爷请过去。"瑞生坐起身来，被秀宝推倒道："忙什么呀？让他们先去好了。"瑞生只得回说："请张大少爷先去，过一会就来。"杨家妈笑应自去。

瑞生秀宝搂在一处，却悄悄的侧耳静听。听得隔壁房里张小村得了杨家妈回话便道："那我们走罢。"李鹤汀陈小云因有车轿前行。张小村引着洪善卿吴松桥及主人庄荔甫，一路说笑，款步下楼。瑞生向秀宝附耳说道："都走了。"秀宝佯嗔道："走了嚜怎么样呢？"

一语未了，不意陆秀林送客回来，偏也踅到秀宝房里。秀宝已自动情，恨得咬咬牙，把瑞生狠命推开，两脚一蹬，咭咭咯咯一阵响，跑到梳妆台前照着洋镜整理鬓髻。秀林向瑞生道："张大少爷叫我跟你说一声，在庆云里第三家，怕你不认得。"瑞生嘴里连说："晓得了，晓得了。"两只眼只斜睒着秀宝。秀林回头见秀宝满面通红，更不多言，急忙退出。

瑞生歪在烟榻上暗暗招手，低声唤秀宝道："来嗷。"秀宝眼光向瑞生一瞟，却跺跺脚使气作答道："不来！"瑞生猛吃一惊，盘膝坐起，手拍腿膀，央说道："不要！我替你姐姐磕个头！看我面上，不要生气！"

秀宝听说，要笑又忍住了，噘起一张小嘴，趔趄着小脚儿，左扭右扭，欲前不前，还离烟榻有三四步远，欻地奋身一扑，直扑上来。瑞生挡不住，仰叉躺下。秀宝一个头钻紧在瑞生怀里，复浑身压住，使瑞生动弹不得，任凭瑞生千呼万唤，再也不抬起来。瑞生没奈何，腾出右手，慢慢从腰下摸进去，忽摸着肚带结头，想要拉动。秀宝觉着，"唉"的大喊一声，好像《水浒传》乐和吹的"铁叫子"一般，一面捏牢瑞生的手，抬起头来，与瑞生四只眼睛眼睁睁相对。瑞生悄问道："你为什么还要强啊？"接连问了几遍，终不答话。

好一会，秀宝始喃喃说道："你要去吃酒哩呀。等会吃了酒，早点来，好不好？"瑞生道："这时候也空在这儿，为什么一定要等会哪？"

秀宝见问得紧，要说又说不出口，只将手指指自己胸膛。瑞生仍属不解。秀宝急了，撒手起身，攒眉道："你这人怎么说不明白的呀！"瑞生想了想，没奈何，叹口气，咕噜道："咳！这时候就饶了你好了！等会你还要强嚜，给你上大刑！"秀宝把嘴一披道："你又有多少本事！"瑞生笑道："我也没什么本事，不过要你死！"秀宝道："噢唷！话倒说得蛮像，不要等会叫人生气！"瑞生道："那么这时候先试试看哪！"秀宝见说，慌忙走开。瑞生沉下脸道："碰也没碰着就逃走了！你这小丫头也少有出见的！"

秀宝正要回嘴，只听得外场喊"杨家妈"，说："请客叫局一块来。"陆秀宝便道："来请你了。"杨家妈送进票子，果然是张小村的。秀宝问："可是说就来？"瑞生道："你不要我嚜，我当然去了！"秀宝大声道："什么呀！你这人嚜……"说到半句，即又咽住。杨家妈在旁帮着憨笑一阵，竟自作主张，喊下去道："请客就来。"瑞生也不理会。

秀宝自去收拾一回，见瑞生依然高卧，因问道："你吃酒可去啊？"瑞生冷冷的道："我不去了！'空心汤团'吃饱了在这儿，

約後期落紅誰解語

吃不下了！"

秀宝登时跳起身，两脚在楼板上着实一跺，只挣出一字道："咳！"于是重复爬上烟榻向瑞生耳边悄悄说了些话。瑞生方才大悟道："那你为什么不早说嗄？"秀宝也不置辩，仍即走开。

瑞生立起来，抖抖衣裳要走，却向秀宝道："我也跟你老实说了罢：今天你还没好嗄，我就明天来。这时候去吃了酒，我要回去了。"秀宝瞪目反问道："你在说什么？"瑞生陪笑道："不是呀，我跟你商量呀。明天我一定来就是了。"秀宝嚷道："谁说叫你明天来？你要回去，去罢！"

瑞生不暇分说，回过头去，也把脚一跺，咳了一声，引得杨家妈都笑起来。瑞生转身，先行告罪，随取出局衣裳涎皮涎脸的亲替秀宝披在身上。秀宝假作不理，约同秀林径自下楼。瑞生跟至门首，看着秀林秀宝登轿，方与杨家妈在后步行。往西转弯，刚趓过景星银楼，忽然劈面来了一个年轻娘姨，拉住杨家妈，叫声"好婆"，说："慢点嗄。"

施瑞生因前面轿子走得远了，不及等杨家妈，急急跟去。比及来至庆云里，见那两肩轿子早停在马桂生家门首，正寻找杨家妈，瑞生乃说被个娘姨拉住之故。陆秀林生气，径自下轿进门。瑞生问秀宝："可要我来搀你？"秀宝忙道："不要，你先进去嗄。"瑞生始随秀林都到马桂生房中。众人先已入席，虚左以待。施瑞生不便再让，勉强首座。

等觳多时，杨家妈才搀陆秀宝进来。陆秀林一见，嗔道："你可有这么糊涂的！跟局跟到哪去了？"杨家妈含笑分说道："她们小孩子碰着了一点点事吓得要死。我说不要紧的，她们不相信，还要叫我去哩。"

秀林还要埋怨，施瑞生插嘴问道："碰着了什么事？"杨家妈当下慢慢的诉说出来，请诸位洗耳听着。

注：即诮骂。

第二六回
真本事耳际夜闻声　假好人眉间春动色

　　按杨家妈道："就是苏冠香啰，说给新衙门里捉了去了。"陈小云瞿然道："苏冠香可是宁波人家逃走出来的小老婆？"杨家妈道："正是；逃走倒不是逃走，为了大老婆跟她不对，她丈夫放她出来，叫她再嫁人，不过不许做生意。这时候做了生意了，丈夫捎她的眼，这下子我孙女儿嘚，刚到苏冠香那儿做娘姨，可不倒霉！"庄荔甫道："你孙女儿可有带挡（注一）？"杨家妈道："就是这么说呀。要是捎洋钱的，那可有点不得了了；像我们有什么要紧，可怕新衙门里要捉我们这人！"李鹤汀道："苏冠香倒架子大死了，这可要吃苦了！"杨家妈道："不碍事的；听说齐大人在上海。"洪善卿道："可是平湖齐韵叟？"杨家妈道："正是。她们一家，就是苏冠香跟齐大人娶了去的苏萃香是亲姊妹。还有几个都是讨人。"

　　庄荔甫忽然想起，欲有所问，却为吴松桥张小村两人一心只想打牌，故意摆庄划拳，又打断话头。等至出局初齐，张小村便怂恿陈小云打牌。小云问筹码若干。小村说是一百块底。小云道："太大了。"小村极力央求应酬一次。吴松桥在旁帮说。陈小云乃问洪善卿："我跟你合打好不好？"善卿道："我不会打嘚，合什么呀？

要嚜你跟荔甫合了罢。"小云又问庄荔甫。荔甫转向施瑞生道:"你也合点。"瑞生心中亦有要事,慌忙摇手,断不肯合。

于是陈小云庄荔甫言定输赢对拆,各打四圈。李鹤汀道:"要打牌嚜,我们酒不要吃了。"施瑞生听说,趁势告辞,仍和陆秀宝同去。张小村不知就里,深致不安,并恐洪善卿扫兴,急取鸡缸杯筛满了酒,专敬五拳。吴松桥也代主人敬了洪善卿五拳。十杯划毕,局已尽行,惟留下杨媛媛连为牌局。众人略用稀饭而散。

登时收过台面,开场打牌。张小村问洪善卿:"可高兴打两副?"善卿说:"真的不会打。"吴松桥道:"看看嚜就会了。"

洪善卿即拉只凳子坐于张小村吴松桥之间,两边骑看。杨媛媛自然坐李鹤汀背后。庄荔甫急于吸烟,让陈小云先打。恰好骰色挨着小云起庄。

小云立起牌来即咕噜道:"牌怎么这么个样式呀?"三家催他发张。发张以后,摸过四五圈,临到小云,摸上一张又迟疑不决;忽唤庄荔甫道:"你来看噢,我倒也不会打了噢。"

荔甫从烟榻上崛起跑来看时,乃是在手筒子清一色,系 共十四张。荔甫翻腾颠倒配搭多时,抽出一张六筒教陈小云打出去,被三家都猜着是筒子一色。张小村道:"不是四七筒就是五八筒,大家当心点。"

可巧小村摸起一张幺筒,因台面上幺筒是熟张,随手打出。陈小云急说:"胡了!"摊出牌来,核算三倍,计八十胡。三家筹码交清。庄荔甫复道:"这副牌,可是应该打六筒?你看,一四七筒,二五八筒,要多少胡张喏!"吴松桥沉吟道:"我说应该打七筒:打了七筒,不过七八筒两张不胡,一筒到六筒一样要胡;这下子一筒胡下来,多三副掏子,二十二胡加三倍,要一百七十六胡呢。你去算㖭。"张小村道："蛮对；小云打错了。"庄荔甫也自佩服。李鹤汀道："你们几个人都有这些讲究！谁高兴去算它呀！"说着，便历乱掳牌。

洪善卿在旁默默寻思这副牌，觉得各人所言皆有见解，方知打牌亦非易事，不如推说不会，作"门外汉"为妙，为此无心再看，讪讪辞去。杨媛媛坐了一会，也自言归。

比及八圈满庄，已是两点多钟了。吴松桥张小村皆为马桂生留下，其余三人不及再用稀饭，告别出门。鹤汀轿子，陈小云包车，分路前行，独庄荔甫从容款步，仍回西棋盘街聚秀堂来。黑暗中摸到门首，举手敲门，敲了十数下，倒是陆秀林先从楼上听见，推开楼窗喊起外场，开门迎进。

外场见是庄荔甫，忙划根自来火，点着洋灯，照荔甫上楼。荔甫至楼梯下，只见杨家妈也挤紧眼睛，拖双鞋皮，跌撞而出。外场将洋灯交与杨家妈，荔甫即向外场说："开水不要了，你去睡罢。"外场应诺。

杨家妈送荔甫到楼上陆秀林房，荔甫又令杨家妈去睡。杨家妈逡巡自去。房内保险灯俱灭，惟梳妆台上点一盏长颈灯台。陆秀林卸妆闲坐吸水烟，见了荔甫，问："打牌可赢哪？"荔甫说："稍微赢点。"还问秀林："你为什么不睡？"秀林道："等你呀。"

荔甫笑而道谢，随脱马褂挂于衣架。秀林授过水烟筒，亲自去点起烟灯。荔甫跟至烟榻前，见一只玻璃船内盛着烧好的许多烟泡，尤为喜惬，遂不暇吸水烟，先躺下去过瘾。秀林复移过苏绣六角茶壶套，问荔甫："可要吃茶？蛮热的。"荔甫摇摇头，吸过两口鸦片烟，将钢签递给秀林。秀林躺在左首，替荔甫化开烟泡，装在枪上。

真本事耳際夜聞聲

荔甫起身，向大床背后去小解，忽隐约听见隔壁房内有微微喘息之声，方想起是施瑞生宿在那里；解毕，蹑足出房，从廊下玻璃窗张觑，无如灯光半明不灭，隔着湖色绸帐，竟一些看不出。只听得低声说道："这可还要强啊？"仿佛施瑞生声音。那陆秀宝也说一句，其声更低，不知说的甚么。施瑞生复道："你只嘴倒硬的嘿！一条小性命可是一定不要的了？"

庄荔甫听到这里，不禁"格"声一笑。被房内觉着，悄说："快点不要嗥！房外头有人在看！"施瑞生竟出声道："那就让他们看好了嗥！"随向空问道："可好看哪？你要看嗥来嗥！"

庄荔甫极力忍笑，正待回身，不料陆秀林烟已装好，见庄荔甫一去许久，早自猜破，也就蹑足出房，猛可里拉住荔甫耳朵，拉进门口，用力一推，荔甫几乎打跌，接着彭的一声，索性把房门关上。荔甫兀自弯腰掩口笑个不住。秀林沉下脸埋怨道："你这倒霉人嗥少有出见的！"荔甫只龇着嘴笑，双手挽秀林过来，并坐烟榻，细述其言，并揣摩想像仿效情形。秀林别转头假怒道："我不要听！"

荔甫没趣躺下，将枪上装的烟吸了，乃复敛笑端容和秀林闲话，仍渐渐说到秀宝。荔甫偶赞施瑞生："总算是好客人。"秀林摇手道："施脾气不好，就像是'石灰布袋'（注二）！这时候新做起，好像蛮要好；熟了点就厌了不来了。"荔甫道："那也说不定的欤。我说他们两个人都是好本事，拆不开的了。施再要去攀相好，推扳点倌人也吃他不消。"秀林瞪目嗔道："你还要去说它！"说了，取根水烟筒走开。

荔甫再吸两枚烟泡，吹灭烟灯，手捧茶壶套安放妆台原处，即褪鞋箕坐于大床中，看钟时将敲四点。荔甫点头招手要秀林来。秀林佯做不理。荔甫大声道："让我吃筒水烟嗥！"秀林不防，倒吃一惊,忙带水烟筒来就荔甫,着实说道:"人家都睡了有一会了,嗅嗄嗅嗄,给他们骂!"荔甫笑而不辩,伸臂勾住秀林颈项,附耳说话。说得秀林且笑且怒道:"你发昏了,是不是?"将水烟筒丢与荔甫,强挣脱身,趱往大床背后。

荔甫一筒水烟尚未吸完,却听秀林自己在那里嗤的好笑。荔甫问:"笑什么?"秀林不答;须臾事毕,出立床前,犹觉笑容可掬。荔甫放下水烟筒,款款殷殷要问适间笑的缘故。秀林要说,又笑一会,然后低声道:"起先你没听见,那才叫气人!我庆云里出局回来,同杨家妈两个人在讲讲话,听见秀宝房间里这边玻璃窗上什么东西在碰。我当是秀宝到下头去了,连忙说:'杨家妈,你快点去看𡂿。'杨家妈去了回来,倒说道:'晦气!房门也关了的了!'我说:'可进去看哪?'杨家妈说:'看它做什么!碰坏了叫他赔!'我这才刚刚想到。过一会,杨家妈下头去睡了,我一个人打通一副五关,烧了七八个烟泡,多少时候哪,再听听,玻璃窗上还在那儿响呀。我恨死了!自己两只耳朵恨不得要扳掉它。"

荔甫一面听,一面笑。秀林说毕,两人前仰后合,笑作一团。荔甫忽向秀林耳边又说几句。秀林带笑而怒道:"这可不跟你说了!"荔甫忙讨饶。当时天色将明,庄荔甫陆秀林收拾安睡。

次日早晨,荔甫心记一事,约至七点钟惊醒,嘱秀林再睡,先自起身。大姐舀进面水,荔甫问杨家妈为何不见。大姐道:"她孙女儿来叫了去了。"

荔甫便不再问,略揩把面,即离了聚秀堂,从东兜转至昼锦里祥发吕宋票店。陈小云也初起身,请荔甫登楼厮见。小云讶其太早。荔甫道:"我还要托你桩事,听说齐韵叟在这儿。"小云道:"齐韵叟同过台面,倒不大相熟。这时候不晓得可在这儿?"荔甫道:

"可不可以托相熟的去问他一声,可要交易点。"小云沉思道:"就是葛仲英李鹤汀嚜跟他世交,要嚜写张条子去托他们。"

荔甫欣然道谢。小云即时缮就两封行书便启,唤管家长福交代:一封送德大钱庄,一封送长安客栈,并说,如不在须送至吴雪香杨媛媛两家。

长福连声应"是",持信出门,拣最近之处,先往东合兴里吴雪香家询葛二少爷,果然在内,惟因高卧未醒,交信而去;方欲再往尚仁里,适于四马路中遇见李鹤汀管家匡二。长福说明送信之事。匡二道:"你交给我好了。"长福出信授与匡二,因问:"这时候到哪去?"匡二说:"没什么事,走着玩。"长福道:"潘三那儿去坐会好不好?"匡二跨踌道:"难为情的哝。"长福道:"徐茂荣本来不去了呀,就去也没什么难为情。"

匡二微笑应诺,转身和长福同行。行至石路口,只见李实夫独自一个从石路下来,往西而去。匡二诧异道:"四老爷往这边去做什么?"长福道:"恐怕是找朋友。"匡二道:"不见得。"长福道:"我们跟了去看看。"

两人遮遮掩掩一路随来,相离只十余步。李实夫一直从大兴里进去。长福匡二仅于衖口窥探,见实夫趸至衖内转弯处石库门前举手敲门,有一老婆子笑脸相迎,进门仍即关上。长福匡二因也进衖,相度一回,并不识何等人家;向门缝里张时,一些都看不见;退后数步,隔墙仰望,绿玻璃窗模糊不明,亦不清楚。

徘徊之间,忽有一只红颜绿鬓的野鸡推开一扇楼窗,探身俯首,好像与楼下人说话。李实夫正立在那野鸡身后。匡二见了,手拉长福急急回身,却随后听得开门声响,有人出来。长福匡二趸至衖口,立定稍待,见出来的即是那个老婆子。匡二不好搭讪。长

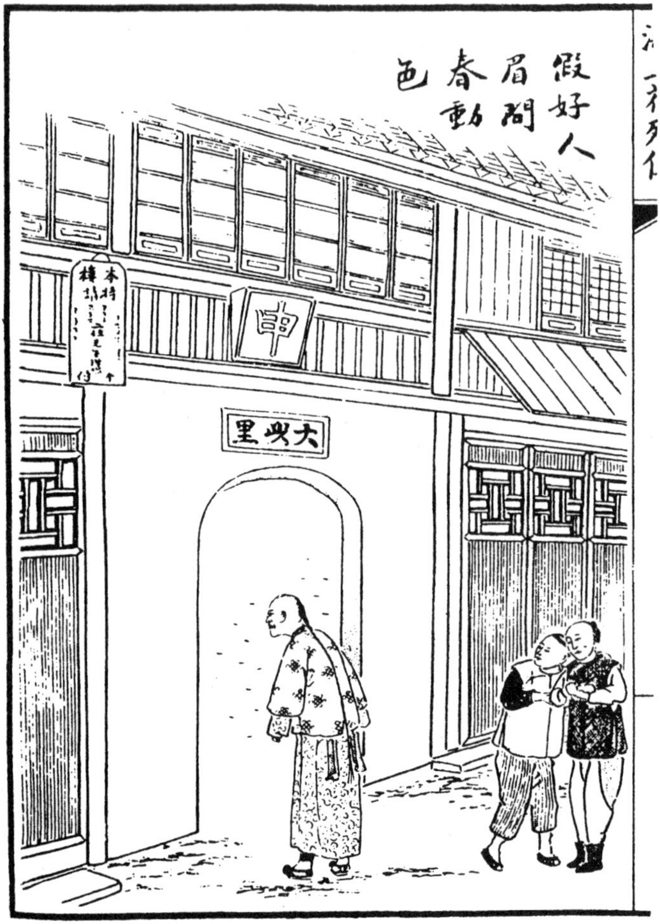

假好人
眉閙
春動
色
申
大兴里

福贸贸然问老婆子道:"你的小姐名字叫什么?"那老婆子将两人上下打量,沉下脸答道:"什么小姐不小姐!不要瞎说!"说着自去。

长福虽不回言,也咕噜了一句。匡二道:"恐怕是人家人。"长福道:"一定是野鸡;要是人家人,还要给她骂两声哩。"匡二道:"野鸡嚜,叫她小姐也没什么嚜。"长福道:"要嚜就是你们四老爷包在那儿,不做生意了,对不对?"匡二道:"管他们包不包,我们到潘三那儿去!"

于是两人折回往东至居安里,见潘三家开着门,一个娘姨在天井里当门箕踞浆洗衣裳。两人进门,娘姨只认得长福,起迎笑道:"长大爷,楼上去噢。"匡二知道有客人,因说:"我们等会再来罢。"娘姨听说,急甩去两手水渍,向裙襕上一抹,两把拉住两人,坚留不放。长福悄问娘姨:"客人可是茂荣?"娘姨道:"不是;就快走了。你们楼上请坐会。"

长福问匡二如何。匡二勉从长福之意,同上楼来。匡二见房中铺设亦甚周备,因问房间何人所居。长福道:"此地就是潘三一个人。还有几个不在这儿,有客人来嚜去喊了来。"匡二始晓得是台基之类。

不一会,娘姨送上烟茶二事,长福叫住,问:"客人是谁?"娘姨道:"是虹口,姓杨,七点钟来的,这就要走了。他们事多,七八天来一趟。不要紧的。"长福问是何行业。娘姨道:"这倒不晓得他做什么生意。"

说时,潘三也蹀躞上楼,还蓬着头,趿着拖鞋,只穿一件捆身子;先令娘姨下头去,又亲点烟灯请用烟。匡二随向烟榻躺下。长福眼睁睁地看着潘三只是嘻笑。潘三不好意思,问道:"什么好笑呢?"长福正色道:"我为了看见你面孔上有一点点龌龊在那儿,在笑。你等会洗脸噻,记着,拿洋肥皂洗干净它。"

潘三别转头不理。匡二老实,起身来看。长福用手指道:"你看嗯!是不是?不晓得龌龊东西怎么弄到面孔上去,倒也稀奇了!"匡二呵呵助笑。潘三道:"匡大爷嗻也去上他的当!他们一只嘴可能算是嘴呀!"长福跳起来道:"你自己去拿镜子来照,可是我瞎说!"匡二道:"恐怕是头上洋绒线掉了色了,对不对?"

潘三信是真的,方欲下楼。只听得娘姨高声喊道:"下头来请坐罢。"长福匡二遂跟潘三同到楼下房里。潘三忙取面手镜照看面上,毫无瑕点,叫声"匡大爷"道:"我当你是好人,这也学坏了!倒上了你的当!"

长福匡二拍手跺脚,几乎笑得打跌。潘三忍不住亦笑。长福笑止,又道:"我倒不是瞎说;你面孔上龌龊不少在那儿,不过看不出罢了。多揩两把手巾,那才是正经。"潘三道:"你嘴也要揩揩才好!"匡二道:"我们是蛮干净在这儿!要嗻你面孔龌龊了,连只嘴也龌龊了!"潘三道:"匡大爷,你嗻还要去学他们,他们这些人再坏也没有!可是算他们会说?会说也没什么稀奇嗻!"长福道:"你听听她的话!幸亏生两个鼻孔,不然要气死了!"

三人赌嘴说笑。娘姨提水铫子来倾在盆内,潘三始洗面梳头。时已近午,长福要回家吃饭,匡二只得相与同行。潘三将匡二袖子一拉,说:"等会再来。"长福没有看见,胡乱答应,和匡二一路而去。

注一:妓院女佣投资分担开办费。

注二:一碰一个白迹,污了衣服,即一经近身就不能再用之意。

第二七回
搅欢场醉汉吐空喉　证孽冤淫娼烧炙手

按长福匡二同行至四马路尚仁里口，长福自回祥发吕宋票店覆命。匡二进徜至杨媛媛家探听主人李鹤汀，虽已起身，尚未洗漱，不敢惊动；外场邀匡二到后面厨房隔壁帐房内便饭，特地炖起一壶绍兴酒，大鱼大肉，吃了一饱；见盛姐端一盘盛馔向杨媛媛房里去，连忙趋前，谆嘱代禀。

少时，传唤进见。李鹤汀正和杨媛媛对坐小酌。匡二呈上陈小云书信。鹤汀阅毕撩下。匡二仍即退出。饭后，轿班也来伺候。匡二私问盛姐有甚事否。盛姐道："听说要去坐马车。"

匡二只得兀坐以待，不料待至三点多钟尚未去喊马车。忽见姚季莼坐轿而来，特地要访李鹤汀。鹤汀便知必有事故，请姚季莼到杨媛媛房里，对坐闲谈。季莼说来说去并未说起甚事。鹤汀忍不住，问他有甚事否。季莼推说没事，却转问鹤汀："可有什么事？"鹤汀也说没事。季莼道："那我们一块到卫霞仙那儿去打个茶围，好不好？"

鹤汀不解其意，随口应诺。惟杨媛媛在旁乖觉，格声一笑。季莼不去根问，只催鹤汀穿起马褂。因相去甚近，两人都不坐轿，肩随步行,同至卫霞仙家。一进门口,即有一个大姐迎着笑道:"二少爷,怎么几天没来?"

季莼笑而不答,同鹤汀一直上楼。卫霞仙也含笑相迎道:"啊唷!二少爷嚜!你几天关在'巡捕房'里,今天倒放你出来了?"季莼只是讪讪的笑。鹤汀诧异问故。霞仙笑指季莼道:"你问他呀。可是给巡捕拉了去关了几天?"鹤汀早闻姚奶奶之事,方知为此而发,因就一笑丢开。

大家坐定,霞仙紧靠季莼身旁悄悄问道:"你老婆在骂我呀,对不对?"季莼道:"谁说她骂你?"卫霞仙鼻子里哼了一声道:"你不要跟我瞎说!你老婆骂两声,倒也不要去说它,你嚜还要帮着你老婆说我的坏话,我都知道了!"季莼道:"是你在这儿瞎说了!你晓得她骂你什么呀?"霞仙道:"她在这儿就一直骂出去,到了家里可有什么不骂的?"季莼道:"她到这儿来倒不是要来吵架;为了我有点要紧事到吴淞(注一)去了三天,家里没晓得,当我在这儿,来问一声;等到我回来了,晓得在吴淞,不关你事,她也就没说什么。"霞仙道:"你说不是来吵架,她一进来就竖起了个面孔(注二),哄嗹哄嗹,下头闹到楼上,不是吵架是什么呀?"季莼道:"这可以不要说了,她给你说了她好些话,一声也响不出,你也好气平了。"霞仙道:"说正经话,她是个奶奶,我可好去得罪她?她自己到这儿来,要挑我的眼,我也只好说她两声。可是我说错啦?"季莼道:"你说她两声说得蛮好,我倒要谢谢你;不然,她只当谁也不敢得罪她,下回打听我在什么地方吃酒,她也这样跑了来了,可不难为情!"

霞仙本要尽情痛诋,今见如此说,又碍着李鹤汀在旁,只得留些体面,不复多言;停了半晌,叫声"二少爷",冷笑道:"我说你也太费心了！你在家里嚜，要奶奶快活，说我的坏话；到了这儿来，倒说是奶奶不好，应该给我说两声；像你这样费心嚜，可觉得苦啊？"

这几句正打在季莼心坎上，无可回答，嘿然而罢。李鹤汀见机，也要想些闲话搭讪开去，因问姚季莼道："齐韵叟你可认得？"季莼道："同过几回台面，稍微认得点。不晓得这时候可在上海。"鹤汀道："说嚜说在这儿，我是没碰着。"

当下卫霞仙问及点心。姚季莼随意说了两色，陪着李鹤汀用过。霞仙复请鹤汀吸鸦片烟。不觉天色将晚，匡二带领轿子来接，呈上一张请客票。鹤汀见系周少和请至公阳里尤如意家的，知是赌局，随问季莼："可高兴去玩一会？"季莼推说不会。鹤汀吩咐匡二回栈看守，不必跟随："四老爷若问我，只说在杨媛媛家。"匡二应诺。

于是李鹤汀辞别姚季莼，离了卫霞仙家。匡二从至门前，看着上轿，直等轿已去远，方自折回石路长安栈中；吃过晚饭，趁四老爷尚未回来，锁上房门，独自一个溜至四马路居安里潘三家门首，将门上兽环轻轻击了三下。娘姨答应开门，询知潘三在家没客，匡二不胜之喜，低下头钻进房间。

那潘三正躺在榻上吸鸦片烟，知道来的乃是匡二，故意闭目，装作熟睡样子。匡二悄悄上前，也横下身去伏在潘三身上先亲了个嘴。潘三仍置不睬。匡二乃伸手去摸，四肢百体，一一摸到。摸得潘三不耐烦起来，睁开眼笑道："你这人怎么这样呀！"

匡二喜而不辩，推开烟盘，脸偎着脸，问道："徐茂荣真的可来？"潘三道："来不来不关你事嚜。你问它做什么？"匡二道："不行的！"潘三道："我跟你说了罢：我老底子客人是姓夏的。夏嚜

293

同徐一块来,徐同你一块来,大家差不多,什么不行呀?"

正是引手搓挪,整备入港的时候,猛可里彭的一声,敲门声响。娘姨在内高声问:"什么人?"外边应说:"是我!"竟像是徐茂荣声音。匡二惊惶失措,起身要躲。潘三一把拉住道:"你这人怎么这样呀?"匡二摇摇手,连说:"不行的!不行的!"竟挣脱身子,蹑足登楼。楼上黑魆魆地,暗中摸着高椅坐下,侧耳静听。听得娘姨开出门去,只有徐茂荣一人,已吃得烂醉,即于门前倾盆大吐,随后跟跄进房。潘三作怒声道:"到哪去找乐子,吃了酒,到这儿来发酒疯!"

徐茂荣不敢言语。娘姨做好做歹,给他叫杯热茶。茂荣要吸鸦片烟。潘三道:"我们鸦片烟也有在那儿,你吃好了嚜。"茂荣道:"你替我装一筒噢。"潘三道:"你酒嚜别地方会吃的,鸦片烟倒不会装了!"茂荣跳起来大声道:"你可是姘了戏子了,在讨厌我?"潘三亦大声道:"谁讨厌你呀?我就姘了戏子嚜,可挨得着你来管我?"茂荣倒不禁笑了。

匡二在楼上揣度徐茂荣光景不肯就去,不如回避,因而蹑手蹑脚踅下楼梯,却又转至后面厨房内,悄悄向娘姨说:"我走了。"娘姨吃一大惊,反手抓了匡二衣襟,说道:"不要走噢!"匡二急道:"我明天来。"娘姨不放道:"不要!你走了等会小姐要说我的嚜!"匡二道:"那你去喊小姐来,我跟她说句话。"

娘姨不知就里,真的去喊潘三。匡二早一溜烟溜至天井,拔去门闩,一跳而出;不意踏着徐茂荣所吐酒菜,站不住,滑塌一交,连忙爬起,更不回头,一直回至长安客栈。栈使送上两张京片。匡二看时,系陈小云请两位主人于明日至同安里金巧珍家吃酒的,尚不要紧,且自收藏起来;料道大少爷通宵大赌,四老爷燕尔新欢,

攬歡塢醉漢吐空峽

都不回来的了，竟然关门安睡；心中却想潘三好事将成，偏生遇这冤家冲散，害得我竟夕凄惶；又想到大少爷白花了许多洋钱在杨媛媛身上，反不若潘三的多情；再想到四老爷打着这野鸡倒拓了个便宜货，此时不知如何得趣；颠来倒去，那里还睡得着；由想生恨，由恨生妒："四老爷背地做的好事，我偏要去戳破他，看他如何见我！"主意已定。

次日早晨，匡二起身洗脸打辫吃点心；挨到九点钟时候，带了陈小云请帖，径往四马路西首大兴里，踅到转弯处石库门前，再相度一遍，方大着胆举手敲门。开门出来，仍是昨日所见的那个老婆子，一见匡二，盛气问道："到这来做什么？"匡二朗朗扬声道："四老爷可在这儿？大少爷叫我来看他。"

那老婆子听说"四老爷"，怔了一怔，不敢怠慢，令匡二等候，忙去楼上低声告诉李实夫。实夫正吸着鸦片烟，还没有过早瘾，见诸三姐报说，十分诧异，亲自同诸三姐下楼来看。匡二上前叫声"四老爷"，呈上陈小云请帖。实夫满面惭愧，且不去看请帖，笑问匡二道："你怎么晓得我在这儿？"匡二尚未回言，诸三姐在旁拍手笑道："他是昨天跟四老爷一块来的呀。四老爷可是不晓得？"说着，又指定匡二呵呵笑道："幸亏我昨天没骂你。为了你问得奇怪，我想总是认得点我们的人，不然，还要给两个嘴巴子你吃呢！"

李实夫也自讪讪的笑，手持请帖，仍上楼去。匡二待要退出。诸三姐慌道："来了嚜，怎么就走啦？请坐会噢。"一手挽了匡二臂膊，挽进客堂，捺向高椅坐下，随取一支水烟筒奉敬，并筛一杯便茶，和匡二问长问短，亲热异常。匡二也问问生意情形。诸三姐遂凑近匡二身边，悄地长谈道："我们起先不是做生意的呀；为了今年一桩事，过不下去，这才做起的生意。刚刚做生意，第一户客人就碰着四老爷，也总算是我们运气。四老爷是规矩人，不欢喜许多空场面。像我们这儿，老老实实，清清爽爽，四老爷倒蛮对劲。不过我们做了四老爷，外头人都说是做着了好生意，跟我们吃醋，说我们多少坏话，说给四老爷听。我们这儿算得老实的了，他们说我们是假的；我们这儿算得清爽的了，他们倒说我们不干净。听了这种话，真正气人！这时候四老爷也不去听他们。我们总有点不放心。万一四老爷听了他们的话，我们这儿不来了，我们是没有第二户客人的，娘儿俩不是要饿死了？我为此要拜托你匡大爷，劝劝四老爷不要去听别人的话。匡大爷说比我们自己说的灵。"

匡二不知就里，一味应承。谈觳多时，匡二始起身告别。诸三姐送至门首，说道："没什么公事嚜，此地来坐会好了。"匡二唯唯而去。

诸三姐关门回来，照常请李实夫点菜便饭。诸十全虽与实夫同吃，却因忌口，不吃饭馆菜，另用素馔相陪。

饭后，李实夫照常往花雨楼去开灯。堂倌早为留出一榻，并装好一口烟在枪上。实夫吸了一会，陆续上市。须臾卖个满堂，来者还络绎不绝。忽见那个郭孝婆偏又挤紧眼睛摸索而来。只缘见过实夫一面，早被她打听明白，摸至榻前，即眉花眼笑的叫声"四老爷"，问："十全那儿可去？"

实夫只点点头，堂倌见郭孝婆搭腔，便抢过来，坐在烟榻下手，看定郭孝婆，目不转睛。郭孝婆冷笑一声，低头走开。堂倌乃躺下给实夫烧烟，问实夫："你在哪去认得个郭孝婆？"实夫道："就在诸三姐那儿看见她。"堂倌道:"诸三姐嘿也不好!这种杀坯,还去认得她做什么!你看她这么大年纪,眼睛都瞎了,她本事大得很嗒!真正不是个好东西!"实夫笑问为何。堂倌道:"就前年宁波人家一个千金小姐,她会去骗出来在租界上做生意!给县里捉了去,办她拐逃,打二百藤条,收了长监;不晓得什么人去说了个情,这时候倒放她出来了。"

实夫初不料其如此稔恶,倒不禁慨叹一番。堂倌烧成烟泡,授与实夫,另去应酬别榻。迨至实夫匣中烟尽,见吃客渐稀,也就逐队而散;既不去金巧珍家赴席,又不回长安客栈,竟一直往诸十全家来。

自李实夫做诸十全之后,五日再宿,秘而不宣;今既为匡二所见,遂不复隐瞒,索性留连旬日不返。惟匡二逐日探望一次。有时遇见诸十全脸晕绯红,眼圈乌黑,匡二十分疑惑,因暗暗告诉主人李鹤汀。鹤汀兀自不信。

这日四月初间,天气骤热,李实夫适从花雨楼而回,尚未坐定,复闻推门响声,却是匡二,报说:"大少爷来了。"

诸三姐一听,着了慌,正要请实夫意旨,李鹤汀已款步进门。诸三姐只得含笑前迎,说:"四老爷在楼上。"鹤汀乃令匡二在客堂伺候,自己径上楼来与实夫叔侄相见。诸十全也起身叫声"大少爷",掩在一旁,踟蹰不安。实夫问鹤汀何处来。鹤汀说:"在坐马车。"实夫道:"那么杨媛媛哝?"鹤汀道:"她们先回去了。"

说时,诸三姐送上一盖碗茶;又取一只玻璃高脚盆子,揩抹干净,向床下瓦坛内捞了一把西瓜子,授与诸十全。诸十全没法,腼腼腆腆,敬与鹤汀。鹤汀正要看诸十全如何,看得诸十全羞缩

謹嚴寬溶娼燒炙手

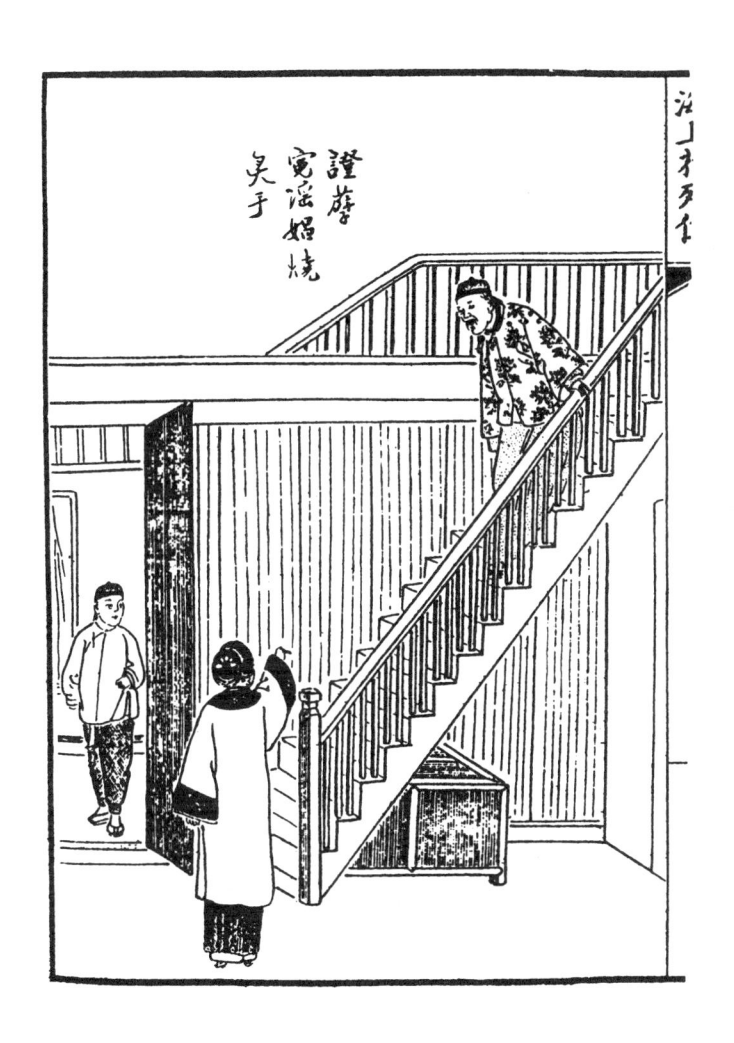

无地，越发连脖项涨得通红。实夫觉着，想些闲话来搭讪，即问鹤汀道："这两天应酬可忙？"鹤汀道："这两天还算好，这再下去'结帐路头'，家家有点台面了。"

诸十全趁此空隙竟躲出外间。诸三姐偏死命的拖进来，要她陪伴，却自往床背后提出一串铜钱，在手轮数。实夫看见，问她"做什么？"诸三姐又说不出。实夫道："你可是去买点心？"鹤汀忙道："点心不要去买，我刚刚吃过。"诸三姐笑说："总要的。"转身便走。实夫复叫住道："点心嚜真的不要去买，你去买两盒纸烟罢。"

诸三姐才答应下楼。鹤汀道："纸烟也有在那儿嚜。"实夫道："我晓得你有在那儿，让她再买点好了。一点都不买什么，她心里终究不舒服的。"说得诸十全愈加惭愧。

比及诸三姐买纸烟归来，早到上灯时候。鹤汀没甚言语，告辞要行。实夫问："到哪去？"鹤汀说是："东合兴里去吃酒，王莲生请的。"诸十全听说，忙上前帮着挽留。鹤汀趁势去拉诸十全的手，果然觉得手心滚热。诸十全同实夫送至楼梯边。

鹤汀到了楼下，诸三姐从厨房内跑出来，嘴里急说："大少爷，不要走喂。这儿吃便饭了呀。"鹤汀道："谢谢了，我要吃酒去。"诸三姐没法，只得送出。匡二也跟在后面。同至门首，诸三姐还说："大少爷到这儿来是真正怠慢的喂。"鹤汀笑说："不要客气。"带着匡二，踅出大兴里，往东至石路口，鹤汀令匡二去喊轿班打轿子来。匡二应命自去。鹤汀独行，到了东合兴里张蕙贞家，客已齐集。王莲生便命起手巾。

注一：上海的海口。
注二：即拉长了脸，如竖立木板或竿，极言其长。

第二八回
局赌露风巡丁登屋　乡亲削色嫖客拉车

按李鹤汀至东合兴里张蕙贞家赴宴系王莲生请的,正为烧"结帐路头"。当晚大脚姚家各房间皆有台面,莲生又摆的是双台,因此忙乱异常,大家没甚酒兴,草草终席。王莲生暗暗约下洪善卿,等诸客一散,即乞善卿同行。张蕙贞慌问:"到哪去?"莲生说不出。蕙贞只道莲生生气要走,拉住不放。洪善卿在旁笑道:"王老爷忙着要去消差,你不要瞎缠,误他公事。"蕙贞虽不解"消差"之说,然亦知其为沈小红而言,遂不敢强留。

莲生令来安轿班都回公馆,与善卿缓步至西荟芳里沈小红家,阿珠在客堂里迎见,跟着上楼,只见房里暗昏昏地,沈小红和衣睡在大床上。阿珠忙去低声叫"先生",说:"王老爷来了。"连叫四五声,小红使气道:"晓得了!"阿珠含笑退下,嘴里却咕噜道:"喊你一声倒喊错了!生意不好嚜也叫没法子!别人家去眼热个什么!"说着,旋亮了保险灯,自去预备烟茶。

小红慢慢起身,跨下床沿,俄延半晌,彳亍前来,就高椅坐下,匿面向壁,一言不发。莲生善卿坐在烟榻,也自默然。阿珠复问小红:"可要吃晚饭?"小红摇摇头。莲生听说,因道:"我们晚饭也没吃,去叫两样菜,一块吃了。"阿珠道:"你酒也吃过了嚜,什么没吃饭啊?"莲生说:"真的没有。"阿珠乃转问小红:"那么叫了来一块吃点,要不要?"小红大声道:"我不要呀!"阿珠笑而站住,道:"王老爷,你自己要吃嚜去叫;我们先生馆子里菜也不吃,让她等会吃口稀饭罢。"

莲生只得依了。洪善卿知无所事,即欲兴辞。莲生不再挽留。小红缘善卿是极脱熟朋友,竟不相送,连一句客气套话都没有说,倒是阿珠一直送下楼去。

善卿去后,莲生方过去,挨在小红身旁,一手揾住小红的手,一手勾着小红颈项,扳转脸来。小红嗔道:"做什么!"莲生央告道:"不要喥!我们到榻床上去躺躺,我跟你说句话。"小红挣脱道:"你有话说好了嚜!"莲生道:"我也没什么别的话,就不过要你快活点。我随便什么时候来,你总没有一点点快活面孔。我看见你不快活嚜,心里就说不出的多难过!你总算照应点我,不要这样好不好?"小红道:"我是自然没什么快活!你心里难过嚜,到好过的地方去!"莲生不禁长叹一声道:"我这样跟你说,你倒还是说蛮话!"说到此处,竟致咽住。两人并坐,寂静无言。

多时,小红始答道:"我这时候是没说你什么,得罪你;你在说我不快活,又说是说蛮话,你嚜说了别人倒自己不觉得!别人听了可快活得出?"

莲生知道小红回心,这话分明是遁辞,忙陪笑道:"总是我说得不好,害你不快活!这也算了,下回我再要不好,你索性打我骂我,我倒没什么,总不要这样不快活。"一面说,一面就搀了小红过来。小红不由自主,向榻床并卧,各据一边。

莲生又道:"我还要跟你商量。我朋友约嚜约定了,约在初九。

为了这两天'路头酒'实在多：初七嚜周双珠那儿，初八嚜黄翠凤那儿，都是'路头酒'。他们说此地不烧路头嚜，就初九吃了罢。我倒答应了。你说好不好？"小红道："那也随便好了。"

莲生见小红并无违拗，愈觉喜欢；吃不多几口烟就怂恿小红吃稀饭。小红道："我们是自己炖的火腿粥；你可要吃？"莲生说："蛮好。"小红乃喊阿珠搬上稀饭。阿金大也来帮着伺候。稀饭吃毕，莲生复吸足烟瘾，便和小红收拾同睡。

次日——初七——十二点钟，来安领轿来接。王莲生吃了中饭，坐轿而去；干些公事，天色已晚，再到沈小红家点卯，然后往公阳里周双珠家赴宴。先到的，主人洪善卿以外，已有葛仲英姚季莼朱蔼人陈小云四位。洪善卿因对过周双玉房里台面摆得极早，即说："我们也起手巾罢。"王莲生问："还有什么人？"善卿道："李鹤汀不来，就不过罗子富了。"当下入席，留出一位。周双珠敬过瓜子问王莲生："可要叫本堂局？"莲生道："她有台面在那儿，不叫了。"

比及上过鱼翅第一道菜，金巧珍出局依然先到。随后罗子富带了黄翠凤同来。子富已略有酒意，兴致愈高，一到便叫拿鸡缸杯来摆庄；偏又拣中姚季莼划拳，说是上回输与季莼拳酒，至今尚不甘心，再交交手看如何。姚季莼也不肯相让，揎袖攘臂而出。无如初划三拳是罗子富输的。黄翠凤要代酒，子富不许，自己将来一口呷干，伸手再划。此次三拳，季莼输了两拳。

那时叫的局——林素芬吴雪香沈小红卫霞仙——陆续齐集，霞仙因代饮一杯。罗子富却嚷道："代的不算！"霞仙道："谁说哒？我们是要代的！你代不代随你便！"黄翠凤遂把罗子富手中一杯抢去，授与赵家妈，说道："你这傻子嚜，还要自己吃哩！"

303

罗子富适见妆台上有一只极大的玻璃杯，劈手取来，指与姚季莼道："我们这可说好了：自己吃，不许代！"随把酒壶亲自筛在玻璃杯内，尚未满杯，壶中酒罄，一面就将酒壶令巧囡去添酒，一面先和姚季莼划拳。季莼勃然作气，旗鼓相当，真正是罗子富劲敌。反是台面上旁观的替两人捏着一把汗。

　　两人正待交手，只听得巧囡在当中间内急声喊道："快点呀！有个人在那儿呀！"合台面的人都吃一大惊，只道是失火，争先出房去看。巧囡只往窗外乱指，道："哪！哪！"众人看时，并不是火，原来是一个外国巡捕直挺挺的立在对过楼房脊梁上，浑身元色号衣，手执一把钢刀，映着电气灯光，闪烁耀眼。

　　洪善卿十猜八九，忙安慰众人道："不要紧的，不要紧的。"陈小云要喊管家长福问个端的，却为门前七张八嘴，嘈嘈聒耳，喊了半天喊不着。张寿倒趁此机会飞跑上楼禀说："是前衖尤如意那儿捉赌，不要紧的。"

　　众人始放下心。忽又见对过楼上开出两扇玻璃窗，有一个人钻出来，爬到阳台上要跨过隔壁披屋逃走；不料后面一个巡捕飞身一跳，追过阳台，抡起手中短棍乘势击下，正中那人脚踝；那人站不稳，倒栽葱一交从墙头跌出外面，连两张瓦豁琅琅卸落到地。周双玉慌张出房，悄地告诉周双珠道："衖堂里跌死个人在那儿！"众人皆为嗟讶。

　　洪善卿见双玉的吃酒客人业经尽散，便到她房里靠在楼窗口望下窥觑，果然那跌下来的赌客躺在墙脚边，一些不动，好像死去一般。众人也簇拥进房，争先要看。惟吴雪香胆小害怕，拉住葛仲英衣襟，道："我们回去罢！"仲英道："这时候走嘿，给巡捕拉了去了哝！"雪香不信道："你瞎说！"周双珠亦阻挡道："倒不

向賭窟巡丁登屋

是瞎说；巡捕守在门口，外头不许去呀。"雪香没法，只得等候忍耐。洪善卿因道："我们去吃酒去。让他们捉好了。没什么好看。"当请诸位归席。

周双珠亲往楼梯边喊巧囡拿酒来。巧囡正在门前赶热闹，那里还听见。双珠再喊阿金，也不答应。喊得急了，阿金却从亭子间溜出，低首无言，竟下楼去。双珠望亭子间内，黑魆魆地并无灯烛，大怒道："成什么样子呀！真正离谱了！"阿金自然不敢回嘴。双珠一转身，张寿也一溜烟下楼。双珠装作不觉，款步回房。

比及阿金取酒壶送上洪善卿，众人要看捉赌，无暇饮酒。俄而衖堂内一阵脚声，自西徂东，势如风雨。洪善卿也去一望，已将那跌下的赌客扛在板门上前行，许多中外巡捕押着出衖，后面更有一群看的人跟随围绕，指点笑语，连楼下管家相帮亦在其内。一时门前寂静。

楼上众人看罢退下，洪善卿方一一招呼拢来洗盏更酌。罗子富歇这半日，宿酒全醒，不肯再饮。姚季莼为归期近限，不复划拳。众人即喊干、稀饭。吴雪香急忙先行。其余出局也纷纷各散。

忙乱之中，仍是张寿献勤，打听得捉赌情形，上楼禀说："尤如意一家，连二三十个老爷们，都捉去了。房子也封掉。跌下来的倒没死，就不过跌坏了一只脚。"众人嗟叹一番。适值阿德保搬干、稀饭到楼上，张寿只得怏怏下去。

饭罢席终，客行主倦。接着对过房里周双玉连摆两个台面，楼下周双宝也摆一台，重复忙乱起来。

洪善卿不甚舒服，遂亦辞了周双珠归到南市永昌参店歇宿；次日傍晚，往北径至尚仁里黄翠凤家。罗子富迎见，即说："李鹤汀回去了,你可晓得?"洪善卿道:"前天晚上碰见他,没说起嘎。"子富道:"就这一会工夫,我去请他,说同实夫一块下船去了。"善卿道:"他恐怕有什么事。"

说着,葛仲英王莲生朱蔼人汤啸庵次第并至,说起李鹤汀,都道他倏地回家必有缘故。比及陈小云到,罗子富因客已齐,令赵家妈喊起手巾。小云问子富道:"你有没请李鹤汀?"子富道:"说是回去了呀。你可晓得他为什么事?"小云道:"哪有什么事;就为了昨天晚上公阳里,鹤汀也在那儿,一块拉了去,到新衙门里,罚了五十块洋钱,新衙门里出来就下船。我去看看他,也没看见。"洪善卿急道:"那么楼上跌下来的可是鹤汀啊?"陈小云道:"跌下来的是大流氓,起先三品顶戴,轿子扛出扛进,了不起哦!就苏州去吃了一场官司下来,这时候也在开赌场,抽抽头。昨天没跌死,也算他运气。"罗子富道:"那是周少和嘎!鹤汀怎么会去认得他?"陈小云道:"鹤汀也自己不好,要去赌。不到一个月,输掉了三万。倘要再输下去,鹤汀也不得了嘞哝!"子富道:"实夫不对,应该说说他才好。"小云道:"实夫倒是做人家的人,到了一趟上海,花酒也不肯吃,蛮规矩。"洪善卿笑道:"你说实夫规矩,也不好,太做人家了!南头一个朋友跟我说起,实夫为了做人家也有了点小毛病。"

陈小云待要问明如何小毛病,恰遇金巧珍出局坐定,暗将小云袖子一拉。小云回过头去,巧珍附耳说了些话。小云听不明白,笑道:"你倒真忙嘎!上回嘎宣卷,这时候烧路头!"巧珍道:"不是我呀。"复附耳分辩清楚。

小云想了一想,亦即首肯,遂奉请席上诸友,欲翻台到绘春堂去。众人应诺,却问绘春堂在何处。小云说:"在东棋盘街,就

307

是巧珍的姐姐,也为了烧路头,要撑撑场面。"巧珍接说道:"可要叫阿海先去摆起台面来,一块带局过去?"众人说:"蛮好。"娘姨阿海领命就行。

罗子富因摆起庄来;不意子富划拳大赢,庄上二十杯,打去一半,外家竟输三十杯。大家计议,挨次轮流,并帮分饮,方把那一半打完。

其时已上至后四道菜,阿海也回来覆命。金巧珍再催请一遍。黄翠凤尚有楼上下两个台面应酬,向罗子富说明,稍缓片时,无须再叫。罗子富葛仲英王莲生朱蔼人暨六个倌人,共是十肩轿子同行。陈小云先与洪善卿汤啸庵步行出尚仁里口,令长福再喊两辆东洋车,小云自坐包车,啸庵也坐一辆。

善卿上车时,忽见那车夫年纪甚轻,面庞厮熟,仔细一看,顿吃大惊,失声叫道:"你是赵朴斋嘞!"那车夫回头见是洪善卿,即拉了空车没命的飞跑西去。善卿还招手喊叫,那里还肯回来。这一气,把个洪善卿气得发昏,立在街心,瞪目无语。那陈汤两辆车已自去远,没人照管,幸而随后十肩轿子出衖,为跟轿的所见,阿金阿海上前拉住善卿,问:"洪老爷在做什么?"善卿才醒过来,并不回言,再喊一辆东洋车,跟着轿子到东棋盘街口停下,仍和众人同进绘春堂。

那金爱珍早在楼门首迎接。众人见客堂楼中已摆好台面,却先去房内暂坐。爱珍连忙各敬瓜子,又向烟榻烧鸦片烟。金巧珍叫声"姐姐"道:"你装烟不要装了,喊下头起手巾罢,他们都等不及在那儿。"爱珍乃笑说:"哪一位老爷请用烟?"大家不去兜揽,惟陈小云说声:"谢谢你。"爱珍抿嘴笑道:"陈老爷好客气!"

巧珍不耐烦,先自出房闲逛。迨爱珍喊外场起上手巾,众人

鄉親前包嫖
客拉車

亦即入席，连带来出局皆已坐定，金爱珍和金巧珍并坐在陈小云背后，爱珍和准琵琶，欲与巧珍合唱。巧珍道："你唱罢，我不唱了。"爱珍唱过一支京调，陈小云也拦说："不要唱了。"爱珍不依，再要和弦。巧珍道："姐姐怎么这样呀；唱一支嚘好了嚘。"爱珍才将琵琶放下。

爱珍唱后，并无一人接唱。却值黄翠凤出局继至。罗子富便叫取鸡缸杯。娘姨去了半日，取出一只绝大玻璃杯。金爱珍嗔道："不是呀！"慌令娘姨调换。罗子富见了喜道："玻璃杯蛮好，拿来。"爱珍慌又奉上，揎袖前来，举酒壶筛满一玻璃杯。罗子富拍案道："我来摆五杯庄！"众人见这大杯，不敢出手。陈小云向葛仲英商量道："我们两个人拼一杯，好不好？"仲英说"好。"

小云乃与罗子富划了一拳，竟输一杯。金爱珍即欲代酒。陈小云分与一小杯，又分一小杯转给金巧珍。巧珍道："你要划，你自己去吃，我不代。"爱珍笑说："我来吃。"伸手要接那一小杯。巧珍急从斜刺里拦住，大声道："姐姐，不要噢！"爱珍吃惊释手。小云笑而不辩，取杯呷干。葛仲英亦取半玻璃杯饮讫。

接下去朱蔼人和汤啸庵合打，王莲生和洪善卿合打，周而复始，至再至三。五杯打完之后，罗子富虽自负好量，玉山将颓，外家亦皆酩酊，遂觉酒兴阑珊，只等出局哄散。众人都不用干、稀饭，随后告辞。

其时未去者，客人惟洪善卿一人，倌人惟金巧珍一人。陈小云金爱珍乃请二人房里去坐。

第二九回
隔壁邻居寻兄结伴　过房（注一）亲眷挈妹同游

按洪善卿跟着陈小云，金巧珍跟着金爱珍，都到房里。外场送进台面干湿，爱珍敬过，便去烟榻烧鸦片烟。小云躺在上首，说："我来装。"爱珍道："陈老爷，不要嚷，我来装好了嚜。"小云笑道："不要客气。"遂接过签子去。爱珍又道："洪老爷，榻床上来躺躺哝。"善卿亦即向下首躺下。爱珍亲自移过两碗茶放在烟盘里，偶见巧珍立在梳妆台前照镜掠鬓，爱珍赶过去取抿子替她刷得十分光滑，因而道长论短，秘密谈心。

这边善卿捉空将赵朴斋之事诉与小云，议个处置之法。小云先问善卿主意。善卿道："我想托你去报巡捕房，教包打听查出哪一辆车子，拿他的人关到我店里去，不许他出来，你说好不好？"小云沉吟道："不对；你要他到店里去做什么？你店里有拉东洋车的亲眷，可不坍台呀？我说你写封信去交代他们娘，随便他们好了，不关你事。"

善卿恍然大悟，烦恼胥平，当即起身告别。金巧珍向小云道："我们也走啰。"小云乃丢下烟枪。慌得金爱珍一手按住，道："陈老爷，不要走哝。"一手拉着巧珍道："你忙什么呀？是不是我们小地方，一定不肯坐一会了？"巧珍趔趄着脚儿，只说："走了。"被爱珍拦腰一抱，嗔道："你走噢！你走了嚜，我也不来看你了！"小云在旁呵呵讪讪的笑。洪善卿便道："你们俩再坐会，我先走。"说着径辞陈小云出房。金爱珍撇过金巧珍，相送至楼梯边，连说："洪老爷，明天来。"

善卿随口答应，离了绘春堂，行近三茅阁桥喊部东洋车拉至小东门陆家石桥，缓步自回咸瓜街永昌参店，连夜写起一封书信，叙述赵朴斋浪游落魄情形，一早令小伙计送与信局寄去乡间。

这赵朴斋的母亲洪氏，年仅五十，耳聋眼瞎，柔懦无能。幸而朴斋妹子，小名二宝，颇能当家。前番接得洪善卿书信，只道朴斋将次回家，日日盼望，不想半月有余，毫无消息。忽又有洪善卿书信寄来，央隔壁邻居张新弟拆阅。

张新弟演说出来，母女二人登时惊诧羞急，不禁放声大哭一场。却为张新弟的姊姊张秀英听见，踅过这边问明情由，婉言解劝。母女二人收泪道谢。大家商量如何。张新弟以为须到上海寻访回家，严加管束，斯为上策。赵洪氏道："上海租界上，陌生地方，哪能觳去噢？"赵二宝道："不要说妈不能觳去，就去了教妈到哪去找呀？"张秀英道："那么找个妥当点人，教他去找，找了来就给他两块洋钱也没什么。"洪氏道："我们再去托谁呀？要嚜还是舅舅啰。"新弟道："舅舅信上为他不好，坍了台，恨死了的了，可肯去找啊！"二宝道："舅舅起先就靠不住。托人去找也没用，还是我同妈一块去。"洪氏叹口气道："二宝，你倒说得好。你一个姑娘家，没出过门，到上海再给拐子拐了去嚜，怎么样呢？"二宝道："妈嚜还要瞎说！人家骗骗小孩子，说不要给拐子拐了去，可是真有什么拐子呀!"新弟道:"上海拐子倒没有的,不过要认得个人一块去才好。"秀英道:"你说节上要到上海去呀?"新弟道:"我一到上海就到店里去,哪还有工夫。"

二宝听见这话,藏在肚里,却不接嘴。张新弟见无成议,辞别自去。赵二宝留下张秀英,邀到卧房里,——那秀英年方十九,是二宝闺中密友,无所不谈。——当下私问:"新弟到上海去做什么?"秀英道:"是翟先生教去做伙计。"二宝道:"你可去?"秀英道:"我不做什么生意,去做什么?"二宝道:"我说你同我们一块到上海,我去找哥哥,你嚡租界上玩玩,不是蛮好?"

秀英心中也喜欢玩,只为人言可畏,踌躇道:"不行的哝。"二宝附耳低言,如此如此。秀英领会笑诺,即时踅回家里。张新弟问起这事。秀英攒眉道:"她们想来想去没法子,倒怪上了我们哥哥,说给我们小村哥哥合了伙去用完了洋钱,没脸见人,这时候倒要我们一块去找我们小村哥哥。"

道言未了,赵二宝亦过来,叫声"秀英姐姐",道:"你不要装糊涂!你哥哥做的事,我自然要找着你。你一块去找到了小村哥哥,就不关你事。"新弟在旁道:"小村哥哥在上海,你自己去找好了。"二宝道:"我上海不认得,要同她一块去。"新弟道:"她去不行的;我来同你去好不好?"二宝道:"你男人家同我们一块到上海算什么样子呀?她不肯去嚡,我一定闹得她不安生。"

新弟目视秀英,问如何。秀英道:"我一点事都没有,到上海去做什么?人家听见了,只当我们去玩,不是笑话?"二宝道:"你嚡怕人笑话,我哥哥拉东洋车不关你事了,对不对?"新弟笑劝秀英道:"姐姐就去一趟好了;找着了回来,也不多几天。"

秀英尚自不肯,被新弟极力怂恿,勉强答应。于是议定四月十七日启行，央对门剃头师傅吴小大妻子吴家妈看守房屋。

赵二宝回家告诉母亲赵洪氏，洪氏以为极好。当晚吴小大亲至两家先应承看房之托，并言闻得儿子吴松桥十分得意，要趁便船自去寻访。两家也就应承。

至日，雇了一只无锡网船，赵洪氏赵二宝张新弟张秀英及吴小大，共是五人，搬下行李，开往上海。不止一日。到日辉港停泊。吴小大并无铺盖，背上包裹，登岸自去。赵二宝缘赵朴斋住过悦来客栈，说与张新弟，即将行李交明悦来栈接客的，另喊四辆东洋车，张新弟和张秀英赵洪氏赵二宝坐了，同往宝善街悦来客栈，恰好行李担子先后挑到，拣得一间极大房间，卸装下榻。

安置粗讫，张新弟先去大马路北信典铺谒见先生翟掌柜，翟掌柜派在南信典铺中司事。张新弟回栈来搬铺盖，因问赵二宝："可要一块去找我们小村哥哥？"二宝摇手道："找到你哥哥也不相干嚜。你到咸瓜街上永昌参店里教我们舅舅此地来一趟再说。"新弟依言去了。这晚张秀英独自一个去看了一本戏；赵二宝与母亲赵洪氏愁颜相对，并未出房。

次日一早，洪善卿到栈相访，见过嫡亲姊姊赵洪氏，然后赵二宝上前行礼。善卿略叙数年阔别之情，说到外甥赵朴斋，从实说出许多下流行事，并道："此刻我教人去找了来，以后再有什么事，我不管帐！"二宝插嘴道："舅舅找了来最好，以后请舅舅放心；可好再来惊动舅舅呢！"善卿又问问乡下年来收成丰歉，方始告辞。张秀英本未起身，没有见面。

饭后，果然有人送赵朴斋到门。栈使认识通报。赵洪氏赵二宝慌忙出迎。只见赵朴斋脸上沾染几搭乌煤，两边鬓发长至寸许(注二)；

開闢鄰居尋舊業
結伴

身穿七拼八补的短衫裤,暗昏昏不知是甚颜色;两足光赤,鞋袜俱无,俨然像乞丐一般。妹子二宝友于谊笃,一阵心酸,呜呜饮泣。母亲洪氏看不清楚,还问:"在哪啊?"栈使推朴斋近前,令他磕头。洪氏猛吃一惊,顿足大哭道:"我儿子怎么这样的呀!"刚哭出这一声,气哽喉咙,几乎仰跌。幸有张秀英在后搀住,且复解劝。二宝为栈中寓客簇拥观看,羞愧难当,急同秀英扶母亲归房,手招朴斋进去,关上房门,再开皮箱搜出一套衫裤鞋袜令朴斋向左近浴堂中剃头洗澡,早去早来。

不多时,朴斋遵命换衣回栈,虽觉面庞略瘦,已算光彩一新。秀英让他坐下。洪氏二宝着实埋怨一顿。朴斋低头垂泪,不敢则声。二宝定要问他缘何不想回家,连问十数遍,朴斋终呐呐然说不出口。秀英带笑代答道:"他回来嚜,好像难为情,对不对?"二宝道:"不对;他要晓得难为情,倒回来了!我说他一定是舍不得上海,拉了个东洋车,东望望,西望望,好开心!"

几句说得朴斋无地自容,回身对壁。洪氏忽有些怜惜之心,不复责备,转向秀英二宝计议回家。二宝道:"教栈里相帮去叫只船,明天回去。"秀英道:"你教我来玩玩,我一趟都没去,你倒就要回去了,不成功!"二宝央及道:"那再玩一天好不好?"秀英道:"玩了一天再说。"洪氏只得依从。

吃过晚饭,秀英欲去听书。二宝道:"我们先说好了,书钱我来会;倘若你客气嚜,我索性不去了。"秀英一想,含糊笑道:"那也行;明天晚上我请还你好了。"

秀英二宝去后,惟留洪氏朴斋在房。洪氏困倦早睡。朴斋独坐,听得宝善街上东洋车声如潮涌,络绎聒耳;远远地又有铮铮琵琶之声,仿佛唱的京调,是清倌人口角,但不知为谁家。朴斋心猿不定,然又不敢擅离。栈使曾于大房间后面小间内为朴斋另设一床,朴斋乃自去点起瓦灯台,和衣暂卧;不意隔壁两个寓客在那里吸鸦片烟,又讲论上海玩的情景,津津乎若有味焉,害朴斋火性上炎,欲眠不得,眼睁睁地等到秀英二宝听书回来,重复下床出房,问:"唱得可好听?"

二宝咳了一声道:"我就像没听!今天晚上刚刚不巧,碰到他们姓施的亲眷。我们进去泡好茶嚜,书钱就给施会了去,买了多少点心水果,请我们吃。你说可难为情?明天还要请我们去坐马车。我是一定不去!"秀英道:"在上海地方有什么要紧啊!他请我们嚜,我们乐得去!"二宝道:"你自然没什么要紧,熟罗单衫都有在那儿,去去好了;我好像个叫化子,坍台死了!"

二宝无心说出这话,被秀英"格"声一笑。朴斋不好意思,仍欲回避。二宝忽叫住道:"哥哥,慢点去。"朴斋忙问甚事。二宝打开手巾包,把书场带来的点心水果分给朴斋,并让秀英同吃。秀英道:"我们再吃筒鸦片烟。"二宝道:"你不要在这儿糊涂了!吃上了瘾——好!"秀英笑而不依,向竹丝篮内取出一副烟盘,点灯烧烟,却烧得不得法,斗门涩滞,呼吸不灵。朴斋凑趣道:"可要我替你装?"秀英道:"你也会装烟了?你去装嚜。"说着让开。

朴斋遂将烧僵的一筒烟发开装好,捏得精光,掉转枪头,送上秀英。秀英略让一句,便呼呼呼一气到底,连声赞道:"倒装得出色的哦!哪儿去学来的啊?"朴斋含笑不答,再装一筒。秀英偏要二宝去吃,二宝没法,吃了。装到第三筒,系朴斋自己吃的。随后收起烟盘,各道安置。朴斋自归后面小间内歇宿。

翌日午后,突然一个车夫到栈,说是:"施大少爷喊了来的马车,请太太同两位小姐一块去。"二宝本不愿坐他马车,秀英不容分说,谆嘱朴斋看房,硬拉洪氏二宝同游明园。朴斋在栈无事,私下探得那副烟盘并未加锁,竟自偷吃一口,再打两枚烟泡。可巧张小村闻信而来,特访他同堂弟妹,见朴斋如此齐整,以为稀奇。朴斋追思落魄之时曾受小村奚落,故不甚款洽,径将烟盘还放原处。小村没趣,辞别。朴斋怕羞不出,并未相送。

待至天色将晚,马车未回,朴斋不耐烦,溜至天井跂望,恰好秀英二宝扶着洪氏下车进门。朴斋迎见即诉说张小村相访。二宝默然。秀英却道:"我们哥哥也不是好人,这以后不要去理他!"

朴斋唯唯,跟到大房间内。二宝去身边摸出一瓶香水给朴斋估看。朴斋不识好歹,问价若干。二宝道:"说是两块洋钱呢。"朴斋吐舌道:"去买了做什么呀?"二宝道:"我本来不要呀,是他们瑞生哥哥一定要买,买了三瓶:他自己拿了一瓶,一瓶送了姐姐,一瓶说送给我。"朴斋也就无言。

秀英二宝各述明园许多景致,并及所见倌人大姐面目衣饰,细细品评。秀英道:"你照相楼上没去;我说,我们几个人拍它一张倒不错。"二宝道:"瑞生哥哥也拍在那儿,那是笑死人了!"秀英道:"都是亲眷,熟了点没什么要紧。"二宝道:"瑞生哥哥倒蛮随便的人,一点脾气都没有,听见我们叫妈他也叫妈,请我们妈吃点心,一块去看孔雀,倒好像是我们妈的儿子。"洪氏喝住道:"你说说嚜就没谱子!"

二宝咬着指头匿笑。秀英也笑道:"他今天晚上请我们大观园看戏呀。你可去?"二宝哆口做表情道:"我终有点难为情,让哥哥去罢。"秀英道:"同哥哥一块去蛮好。"朴斋说道:"他没请我,我算什么?"二宝道:"他请倒都请的,刚才还在说起'坐马车为

過房初看挈妹同娃

什么不一块儿来？'我们说：'栈里没人。'他这就说：'等会请他去看戏。'"秀英道："这时候六点半钟，恐怕就要来请了，我们吃饭罢。"乃催栈使开饭。四人一桌。

须臾吃毕，只见一个人提着大观园灯笼，高擎一张票，趸上阶沿，喊声"请客"。朴斋忙去接进，逐字念出：太太少爷，两位小姐，总写在内，底下出名仅一"施"字。二宝道："这可怎么回他嚛？"秀英道："自然说就来！"

朴斋扬声传命，请客的遂去。二宝佯嗔道："你说就来，我看戏倒不高兴！"秀英道："你嚟是真刁，做个人爽爽气气，不要这样！"连催二宝换衣裳。二宝道："那么慢点嚛，忙什么呀！"先照照镜子，略施一些脂粉，才穿上一件月白湖绉单衫。

事毕欲行，朴斋道："我谢谢啰。"秀英听说，倒笑起来道："你可是学你妹子？"朴斋强辩道："不是呀，我看见大观园戏单，几出戏都看过了，没什么好看。"秀英道："他是包着一间包厢，就不过我们几个人，你不去，戏钱也省不了。就不好看也看看好了。"

朴斋本自要看，口中虽说谢谢，两只眼只觑母亲妹子的面色。二宝即道："姐姐叫你看嚛，你就看看好了。——妈，对不对？"洪氏亦道："姐姐说，当然去看，看完了一块回来，不要到别处去。"

秀英又请洪氏。洪氏真的不去。朴斋乃鼓起兴致，讨了悦来栈字号灯笼，在前引导。张秀英赵二宝因路近，即跟赵朴斋步行至大观园。

注一：吴语称干娘为"过房娘"。
注二：当时制定男子发型，两鬓剃光；久未理发，长出短发来。

第三〇回
新住家客栈用相帮　老师傅茶楼谈不肖

按赵朴斋领妹子赵二宝及张秀英同至大观园楼上包厢。主人系一个后生，穿着雪青纺绸单长衫，宝蓝茜纱夹马褂，先在包厢内靠边独坐。朴斋知是施瑞生，但未认识。施瑞生一见大喜，慌忙离位，满面堆笑，手搀秀英二宝上坐凭栏，又让朴斋。朴斋放下灯笼，退坐后排。瑞生坚欲拉向前边。朴斋相形自愧，踟蹰不安。幸而瑞生只和秀英附耳说话，秀英又和二宝附耳说话，将朴斋搁在一边，朴斋倒得自在看戏。

这大观园头等角色最多，其中最出色的乃一个武小生，名叫小柳儿，做工唱口绝不犹人。当晚小柳儿偏排着末一出戏，做《翠屏山》中石秀。做到潘巧云赶骂，潘老丈解劝之际，小柳儿唱得声情激越，意气飞扬；及至酒店中，使一把单刀，又觉一线电光，满身飞绕，果然名不虚传！

《翠屏山》做毕，天已十二点钟，戏场一时哄散，看的人纷纷恐后争先，挤塞门口。施瑞生道："我们慢慢的好了。"随令赵朴斋掌灯前行，自己拥后，张秀英赵二宝夹在中间，同至悦来客栈。二宝抢上一步，推开房门，叫声"妈"。赵洪氏歪在床上，欷地起身。朴斋问道："妈为什么不睡？"洪氏道："我等着。睡了嚜，谁来开门哪？"秀英道："今天晚上蛮好的好戏，妈不去看。"瑞生道："戏嚜礼拜六晚上最好；今天礼拜三，再歇两天，同妈一块去看。"

洪氏听是瑞生声音，叫声"大少爷"，让坐致谢。二宝喊栈使冲茶。秀英将烟盘铺在床上，点灯请瑞生吸鸦片烟。朴斋不上台盘，远远地掩在一边。洪氏乃道："大少爷，这可真正对不住！两天工夫请了我们好几趟——明天一定要回去了！"瑞生急道："不要走嚜；妈嚜总是这样！上海难得来一趟，自然多玩两天。"洪氏道："不瞒大少爷说，此地栈房里，四个人房饭钱要八百钱一天呢，开消太大，早点回去的好。"瑞生道："不要紧的；我有法子，比在乡下还要省点。"

瑞生只顾说话，签子上烧的烟淋下许多，还不自觉。秀英看见，忙去上手躺下，接过签子，给他代烧。二宝向自己床下提串铜钱，暗地交与朴斋，叫买点心。朴斋接钱，去厨下讨只大碗，并不呼唤栈使，亲往宝善街上去买；无如夜色将阑，店家闭歇，只买得六件"百叶"（注一）回来，分做三小碗，搬进房内。二宝攒眉道："哥哥嚜也真是的！去买这种东西！"朴斋道："没有了呀！"瑞生从床上崛起，看了道："'百叶'蛮好，我倒喜欢吃的。"说着，竟不客气，取双竹筷，努力吃了一件。二宝将一碗奉上洪氏，并喊秀英道："姐姐来陪陪嚜。"秀英反觉不好意思，嗔道："我不要吃！"二宝笑道："那么哥哥来吃了罢！"朴斋遂一股脑儿吃完，喊栈使收去空碗。

瑞生再吸两口鸦片烟，告辞而去。朴斋始问秀英和施瑞生如何亲眷。秀英笑道："他们亲眷你哪晓得啊。瑞生哥哥的娘嚜就是我干娘。我认干娘时候刚刚三岁，去年在龙华（注二）碰见了，大家不认得,说起来倒蛮对,这就教我到他们家里住了三天,这时候倒算是亲眷了。"朴斋默然不问下去。一宿无话。

瑞生于次日午后到栈,栈中才开过中饭,收拾未毕。秀英催二宝道:"你快点噢!我们今天买东西去呀。"二宝道:"我东西不要买,你去好了。"瑞生道:"我们也不买什么东西,一块去逛逛。"秀英道:"你不要去跟她说!我晓得她的脾气,等会总去就是了。"

二宝听说,冷笑一声,倒在床上睡下。秀英道:"可是说了你生气了?"二宝道:"谁有闲工夫来跟你生气呀?"秀英道:"那么去噢?"二宝道:"不然嘿去也没什么,这时候给你猜着了,一定不去!"

秀英稔知二宝拗性,难于挽回,回顾瑞生,努嘴示意。瑞生嘻皮笑脸挨坐床沿,妹妹长,妹妹短,搭讪多时,然后劝她出去玩。二宝坚卧不起。秀英道:"我嘿得罪了你,你看瑞生哥哥面上,就冤屈点,好不好?"二宝又冷笑一声,不答。洪氏坐在对面床上,听不清是什么,叫声"二宝",道:"不要噢;瑞生哥哥在说呀,快点起来噢。"二宝使气道:"妈不要作声,你晓得什么呀!"

瑞生觉得言语离题远了,呵呵一笑,岔开道:"我们也不去了;就这儿坐会,讲讲话,倒蛮好。"因即站起身来。偶见朴斋靠窗侧坐,手中擎着一张新闻纸,低头细细看,瑞生问:"可有什么新闻?"朴斋将新闻纸双手奉上。瑞生接来,拣了一段,指手划脚,且念且讲,秀英朴斋同声附和,笑做一团。

二宝初时不睬,听瑞生说得逗笑,再忍不住,因而欹地下床,去后面朴斋睡的小房间内小遗。秀英掩口暗笑。瑞生摇手止住。等到二宝出房,瑞生丢开新闻纸,另讲一件极好笑的笑话,逗引得二宝也不禁笑了。秀英故意偷眼去睃睃她如何。二宝自觉没意思,转身紧傍洪氏身旁坐下,一头撞在怀里撒娇道:"妈,你看噢!他们在欺负我!"秀英大声道:"谁欺负你呀?你倒说说看!"洪氏道:"姐姐可会来欺负你?你不要这样瞎说!"瑞生只是拍手狂笑,朴斋也跟着笑一阵,才把这无端口舌揭过一边。

瑞生重复慢慢的怂恿二宝出去玩。二宝一时不好改口应承,只装作不听见。瑞生揣度意思是了,便取一件月白单衫,亲手替二宝披上。秀英早自收拾停当。于是三人告禀洪氏而行,惟留朴斋陪洪氏在栈。洪氏夜间少睡,趁此好歇中觉,朴斋气闷不过,手持水烟筒,踅出客堂,踞坐中间高椅和帐房先生闲谈。谈至上灯以后,三人不见回来,栈使问:"可要开饭?"朴斋去问洪氏。洪氏叫先开两客。

母子二人吃饭中间,忽听栈门首一片笑声,随见秀英拎着一个衣包,二宝捧着一卷纸裹,都吃得两颊绯红,嘻嘻哈哈进房。洪氏先问晚饭。秀英道:"吃过了,在吃大菜呀!"二宝抢步上前道:"妈,你吃噢。"即捡纸裹中卷的虾仁饺,手拈一只,喂与洪氏。洪氏仅咬一口,觉得吃不惯,转给朴斋吃。朴斋问起施瑞生。秀英道:"他有事,送我们到门口,坐了东洋车走了。"

迨洪氏朴斋晚饭吃毕,二宝复打开衣包,将一件湖色茜纱单衫与朴斋估看。朴斋见花边云滚,正系时兴,吐舌:"恐怕要十块洋钱呐噢!"二宝道:"十六块呢。我不要它呀,姐姐买了,嫌它短了点,我穿嚜倒蛮好,就教我买。我说没洋钱。姐姐说:'你穿着,过两天再说。'"朴斋不作一声。二宝翻出三四件纱罗衣服,说是姐姐买的。朴斋更不作一声。

这夜大家皆没有出游。朴斋无事早睡。秀英二宝在前间唧唧说话,朴斋并未留心,沉沉睡去,朦胧中听得妹子二宝连声叫"妈"。朴斋警醒呼问。二宝推说:"没什么。"洪氏醒来,和秀英二宝也唧唧说话。朴斋那里理会,竟安然一觉,直至红日满窗,秀英二宝已在前间梳头。朴斋心知睡过了头,慌的披衣走出。及见母亲洪氏拥被在床,始知天色尚早,喊栈使舀水洗脸。二宝道:"我们点心吃过了。哥哥要吃什么,叫他们去买。"朴斋说不出。秀英道:"可要也买两个汤团罢?"朴斋说:"好。"栈使受钱而去。

朴斋因桌上陈设梳头奁具,更无空隙,急取水烟筒往客堂里坐;吃过汤团,仍和帐房先生闲谈。好一会,二宝在房内忽高声叫"哥哥",道:"妈喊你。"朴斋应声进房。

其时秀英二宝妆裹粗完,并坐床沿。洪氏亦起身散坐。朴斋旁坐候命。八目相视,半日不语。二宝不耐,催道:"妈跟哥哥说喂。"洪氏要说,却"咳"的叹口气道:"她们瑞生哥哥嚜也真太热络了,叫我们再多玩两天。我说:'栈房里房饭钱太贵。'瑞生哥哥这就说:'清和坊有两幢房子空在那儿,没人租,叫我们搬了去,说是为了省点的意思。'"秀英抢说道:"瑞生哥哥的房子,房钱就不要了,我们自己做饭吃,一天不过两百个铜钱,比栈房里可是要省多少哒!我是昨天答应他了。你说好不好?"二宝接说道:"这儿一天房饭钱,四个人要八百呢,搬了去嚜省六百,可有什么不好啊?"朴斋如何能说不好,仅低头唯唯而已。

饭后,施瑞生带了一个男相帮来栈,问:"可收拾好了?"秀英二宝齐笑道:"我们嚜哪有多少东西收拾呀!"瑞生乃喊相帮来搬。朴斋帮着捆起箱笼,打好铺盖,叫辆独轮车,与那相帮押后,先去清和坊铺房间。赵朴斋见那两幢楼房,玻璃莹澈,花纸鲜明,不但灶下釜甑齐备,楼上两间房间并有两副簇簇新新的宁波家具;

床榻桌椅位置井井，连保险灯穿衣镜都全；所缺者惟单条字画帘幕帏幛耳。随后施瑞生陪送赵洪氏及张秀英赵二宝进房。洪氏前后踅遍，啧啧赞道："我们乡下哪有这种房子呀！大少爷，这可真正难为你！"瑞生极口谦逊。当时聚议：秀英二宝分居楼上两间正房，洪氏居亭子间，朴斋与男相帮居于楼下。

须臾天晚，聚丰园挑一桌丰盛酒菜送来，瑞生令摆在秀英房内，说是暖房。洪氏又致谢不尽。大家团团围坐一桌圆台面，无拘无束，开怀畅饮。

饮至半酣之际，秀英忽道："我们刚才倒忘了，没去叫两个出局来玩玩，倒不错！"二宝道："瑞生哥哥去叫喥，我们要看呀！"洪氏喝阻道："二宝，不要；你嚜还要出花样！瑞生哥哥老实人，堂子里没去玩过，怎么好叫啊！"朴斋亦欲有言，终为心虚忸怩，顿住了嘴。瑞生笑道："我一个人叫也没什么意思。明天我约两个朋友在这儿吃晚饭，教他们都去叫了来，那才热闹点。"二宝道："我哥哥也去叫一个，看她们来不来。"秀英手拍二宝肩背道："我也叫一个，就叫个赵二宝！"二宝道："我赵二宝的名字倒没过，你张秀英嚜有了三四个了！都是时髦倌人，一直在给人家叫出局！"

几句说得秀英急了，要拧二宝的嘴。二宝笑而走避。瑞生出席拦劝，因相将向榻床吸鸦片烟。洪氏见后四道菜登席，就叫相帮盛饭来。朴斋闷饮，不胜酒力，遂陪母亲同吃过饭，送母亲到亭子间，径往楼下点灯弛衣，放心自睡；一觉醒来，酒消口渴，复披衣趿鞋，摸至厨房寻得黄沙大茶壶，两手捧起，咽咽呼饱；见那相帮危坐于水缸盖上垂头打盹，即叫醒他，问知酒席虽撤，瑞生尚在。朴斋仍摸回房来，听楼上喁喁切切，笑语间作，夹着

秋住家客棧用相幫

水烟鸦片烟呼吸之声。朴斋剔亮灯芯,再睡下去,这一觉冥然无知,俨如小死。直至那相帮床前相唤,朴斋始惊起,问相帮:"有没睡一会?"相帮道:"大少爷走,天也亮了。还好再睡?"

朴斋就厨下洗个脸,蹑足上楼。洪氏独在亭子间梳头,前面房里烟灯未灭,秀英二宝还和衣对卧在一张榻床上。朴斋掀帘进房,秀英先觉,起坐,怀里摸出一张横披请客单,令朴斋写个"知"字。朴斋看是当晚施瑞生移樽假座,请自己及张新弟陪客,更有陈小云庄荔甫两人;沉吟道:"今天晚上我真的谢谢了。"秀英问:"为什么?"朴斋道:"我碰见了难为情。"秀英道:"可是说我们新弟?"朴斋说:"不是。"秀英道:"那么什么呀?"朴斋又不肯实说。适二宝闻声继寤,朴斋转向二宝耳边悄悄诉其缘故。二宝点头道:"也不错。"秀英乃不便强邀,喊相帮,交与请客单,照单赍送。

朴斋延至两点钟,涎脸问妹子讨出三角小洋钱,禀明母亲,大踱出门;初从四马路兜个圈子,兜回宝善街,顺便往悦来客栈,拟访帐房先生,与他谈谈;将及门首,出其不意,一个人从门内劈面冲出,身穿旧洋蓝短衫裤,背负小小包裹,翘起两根短须,满面愤怒,如不可遏。

朴斋认得是剃头师傅吴小大,甚为惊诧。吴小大一见朴斋,顿换喜色道:"我来看你呀。搬到了哪去啦?"朴斋约略说了。吴小大携手并立,刺刺长谈。朴斋道:"我们拐弯那儿去吃碗茶罢。"吴小大说"好",跟随朴斋至石路口松风阁楼上泡一碗"淡湘莲"。吴小大放下包裹,和朴斋对坐,各取副杯,分腾让饮。

吴小大倏地瞋目攘臂,问朴斋道:"我要问你句话:你可是跟松桥一块在玩?"朴斋被他突然一问,不知为着何事,心中突突

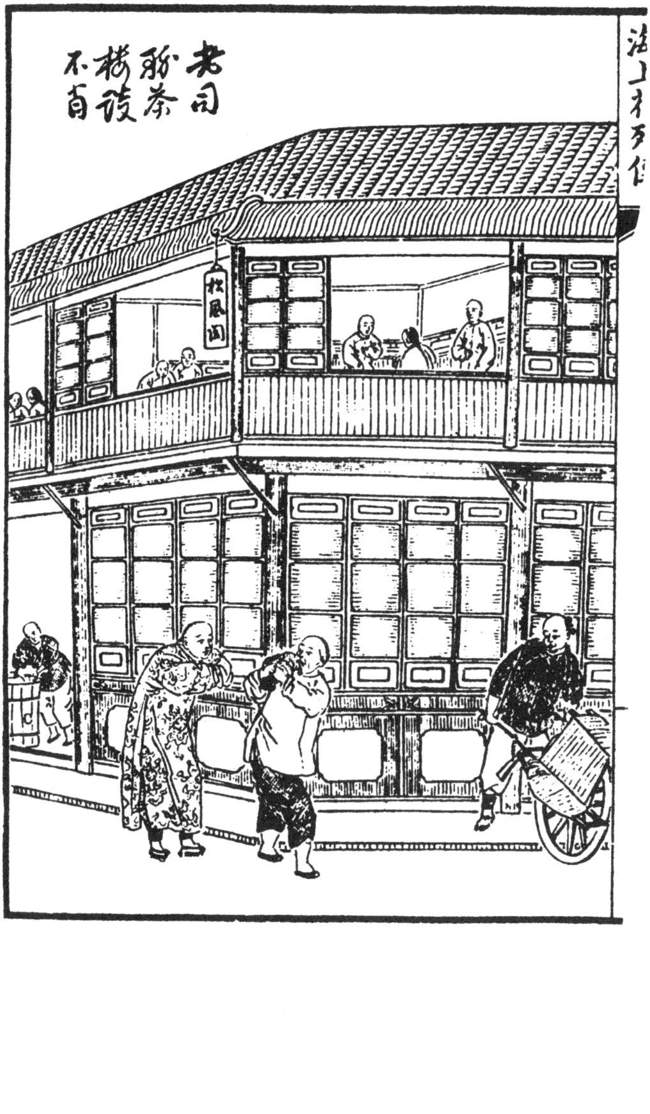
松風閣

乱跳。吴小大拍案攒眉道："不是呀！我看你年纪轻，在上海，怕你去上他当！就像松桥这杀坯嚜，你总不要去认得他的好！"朴斋依然目瞪口呆，没得回答。吴小大复鼻子里哼了一声道："我跟你说了罢：我这亲生爹，他还不认得哩！还认得你这朋友！"

朴斋细味这话稍有头路，笑问究竟缘何。吴小大从容诉道："我做个爹，穷嚜穷，还有碗把苦饭吃吃的哩。这时候到上海来，不是要想儿子的什么好处，是为我儿子发了财嚜，我来看看他，也算体面体面。哪晓得这杀坯，这么个样子！我连去三趟，帐房里说不在那儿，倒也罢了；第四趟我去，在里头不出来，就帐房里拿四百个铜钱给我，说教我趁航船回去罢！我可是等你四百个铜钱用！我要回去，做叫化子讨饭嚜也回去了，我要用你四百个铜钱！"一面诉说，一面竟号啕痛哭起来。

朴斋极力劝慰宽譬，且为吴松桥委屈解释。良久，吴小大收泪道："我也自己不好，教他上海做生意！上海租界上不是个好地方！"

朴斋假意叹服。吃过五六开茶，朴斋将一角小洋钱会了茶钱。吴小大顺口鸣谢，背上包裹，同下茶楼，出门分路。吴小大自去日辉港觅得里河航船回乡。赵朴斋彳亍宝善街中，心想这顿晚饭如何吃法。

注一：汤里煮的"千张"（一种布纹豆腐皮）包肉卷，比春卷粗大。

注二：上海近郊名胜。

第三一回
长辈埋冤亲情断绝　方家贻笑臭味差池

按赵朴斋自揣身边仅有两角小洋钱，数十铜钱，只好往石路小饭店内吃了一段黄鱼及一汤一饭，再往宝善街大观园正桌后面看了一本戏，然后散场回家。那时敲过十二点钟，清和坊各家门首皆点着玻璃灯，惟自己门前漆黑，两扇大门也自紧闭。朴斋略敲两下，那相帮开进。朴斋便问："台面有没散？"相帮道："散了有一会了。就剩大少爷一个人在那儿。"

朴斋见楼边添挂一盏马口铁壁灯，倒觉甚亮，于是款步登楼；听得亭子间有说话声音，因即掀帘进去，只见母亲赵洪氏坐在床中尚未睡下，张秀英赵二宝并坐在床沿正讲得热闹。见了朴斋，洪氏先问："有没吃晚饭？"朴斋说："吃过了。"朴斋问："瑞生哥哥可是走了？"秀英道："没走，睡着了。"二宝抢说道："我们新用一个小大姐在这儿，你看好不好？"说着，高声叫"阿巧。"

阿巧应声，从秀英房里过来，站立一边。朴斋打量这小大姐面庞厮熟，一时偏想不起；忽想着"阿巧"名字，方想起来，问她："可是在卫霞仙那儿出来？"阿巧道："卫霞仙那儿做过两个月，这时候在张蕙贞那儿出来。你在哪看见我？倒忘记掉了嚘。"

朴斋却不说出，付之一笑。秀英二宝亦未盘问。大家又讲起适才台面上情事。朴斋问："叫了几个局？"秀英道："他们一人叫一个，我们看了都没什么好。"二宝道："我说倒是幺二上两个稍微好点。"朴斋问："新弟有没叫？"秀英道："新弟没工夫，也没来。"朴斋问："瑞生哥哥叫的什么人？"二宝道："叫陆秀宝；就是她嚜稍微好点。"朴斋吃惊道："可是西棋盘街聚秀堂里的陆秀宝？"秀英二宝齐声道："正是；你怎么晓得？"

朴斋只是讪讪的笑，如何敢说出来。秀英笑道："上海来了两个月，倌人大姐倒给你都认得了！"二宝鼻子里哼了一声道："认得点倌人大姐嚜可算什么体面呀！"

朴斋不好意思，趔趄着脚儿退出亭子间，却轻轻溜进秀英房中，只见施瑞生横躺在烟榻上打鼾，满面醺醺然都是酒气；前后两盏保险灯还旋得高高的，映着新糊花纸，十分耀眼；中间方桌罩着一张油晃晃圆台面，尚未卸去；门口旁边扫拢一大堆西瓜子壳及鸡鱼肉等骨头。朴斋不去惊动，仍旧下楼，归至自己房间。那相帮早直挺挺睡在旁边板床上。朴斋将床前半桌上油灯芯拨亮，便自宽衣安置。

比及一觉醒来，日光过午，朴斋慌的爬起。相帮给他舀盆水洗过脸，阿巧即来说道："请你楼上去呀。"朴斋跟阿巧到楼上秀英房里，施瑞生正吸鸦片烟，虽未抬身，也点首招呼。秀英二宝同在外间梳头。

须臾，阿巧请过赵洪氏，取五副杯筷摆在圆台。相帮搬上一大盘，皆是席间剩菜，系�蹄套鸭南腿鲥鱼四大碗，另有一大碗杂拌，乃各样汤炒小碗相并的。瑞生洪氏朴斋随意坐定。秀英二宝新妆未成，并穿着蓝洋布背心，额角边叉起两支骨簪拦住鬓发，

332

联步进房。瑞生举杯说请。秀英二宝坚却不饮,令阿巧盛饭来,与洪氏同吃,惟朴斋对酌相陪。

朴斋呷酒在口,攒眉道:"酒太烫了。"瑞生道:"我好像有点伤风,烫点倒也好。"秀英道:"你自己不好嚜。阿巧来喊你,叫你床上去睡,你为什么不去睡呀?"二宝道:"我们两个人睡在外头房间里,天亮了还听见你咳嗽。你一个人在做什么?"

瑞生微笑不言。洪氏唠叨道:"大少爷,你嚜身体也单薄点,你自己要当心的噢。像前天夜里天亮时候,你还要回去,不冷吗?在这儿蛮好嚜。"瑞生整襟作色道:"妈说得不错呀,我哪晓得当心啊!自己会当心倒好了!"秀英道:"你伤风嚜,酒少吃点罢。"二宝道:"哥哥也不要吃了。"瑞生朴斋自然依从。

大家吃毕午饭,相帮阿巧上前收拾。朴斋早溜去楼下厨房,胡乱绞把手巾揩了手,持一支水烟筒,踱出客堂,搁起腿膀,巍然独坐,心计如何借个端由出门逛逛以破岑寂。

正在颠思倒想之际,忽然有人敲门,朴斋喝问何人。门外接口答应,听不清楚,只得丢下水烟筒,亲去看看。谁知来者不是别人,即系朴斋的嫡亲舅舅洪善卿。朴斋顿时失色,叫声"舅舅",倒退两步。善卿毫不理会,怒吽吽喝道:"喊你妈来!"

朴斋诺诺连声,慌的通报。那时秀英二宝打扮齐整,各换一副时式行头,奉洪氏陪瑞生闲谈。朴斋诉说善卿情形。瑞生秀英心虚气馁,不敢出头。二宝恐母亲语言失检,跟随洪氏下楼见了善卿。

善卿不及寒暄,盛气问洪氏道:"你可是年纪老了,昏了头了!你这时候不回去,还要做什么?这儿清和坊,你晓得是什么地方？（注一）"洪氏道："我们是本来要回去呀，巴不得这时候就回去嚜最好；就为了个秀英小姐还要玩两天，看两本戏，坐坐马车，买点零碎东西。"二宝在旁听说得不着筋节，忙抢步上前，叉住道："舅舅，不是呀，我妈是——"刚说得半句，被善卿拍案叱道："我跟你妈讲话，挨不着你来说！你自己去照照镜子看，像什么样子！不要脸的丫头！"

二宝吃这一顿抢白，羞得两颊通红，掩过一旁，嘤嘤细泣。洪氏长吁一声，慢慢接说道："也是他们这瑞生哥哥嚜实在太热络了！……"善卿听说，更加暴跳如雷，跺脚大声道："你还要说瑞生哥哥！你女儿给他骗去了，你可晓得？"连问几遍，直问到洪氏脸上。洪氏也吓得目瞪口呆，说不下去。大家嘿然无言。

楼上秀英听得作闹，特差阿巧打探。阿巧见朴斋躲在屏门背后暗暗窥觑，也缩住脚，听客堂中竟没有一些声息。

隔了半日，善卿气头过去，向洪氏朗朗道："我要问你：你到底想回去不想回去？"洪氏道："怎么不想回去呀！这可教我怎么样回去喉？四五年省下来几块洋钱给这畜生去花光了，这时候我们出来再亏空了点，连盘费也不着杠嚜！"善卿道："盘费有在这儿！你去叫只船，这时候就去！"

洪氏顿住口，踌躇道："回去是最好了；不过有了盘费嚜，秀英小姐那儿借的三十洋钱也要还给她的嚜。到了乡下，家里大半年的柴米油盐一点都没有，那跟谁去商量啊？"善卿着实叹口气道："你说来说去嚜总是不回去的了！我也没什么大家当来照应外甥，随便做什么，不关我事！从此以后，不要来找我，坍我台！你就算没有我这个兄弟！"说毕起身，绝不回头，昂藏径去。

長輩裡究
就情多
係

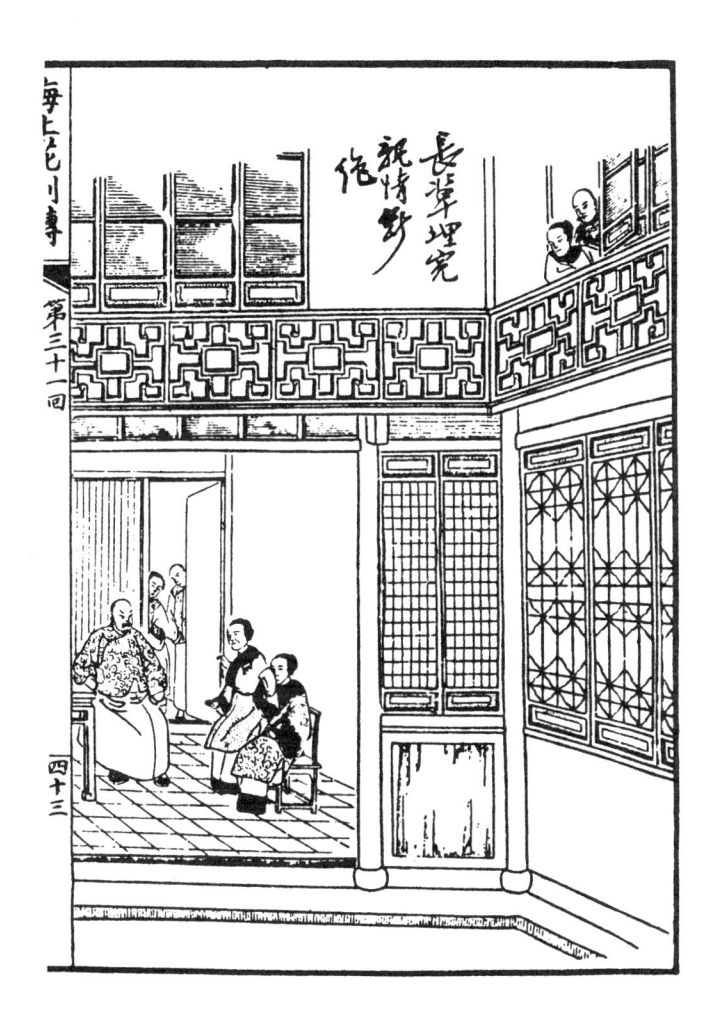

洪氏瘫在椅上，气得发昏。二宝将手帕遮脸，呜咽不止。朴斋阿巧等善卿去远方从屏门背后出来。朴斋茧茧侍立，欲劝无从。阿巧讶道："我当是什么人，是洪老爷嚛。怎么这样呀！"

　　洪氏令阿巧关上大门，唤过二宝，说："我们楼上去。"朴斋在后跟随，一同上楼，仍与瑞生秀英会坐。秀英先问洪氏："可要回去？"洪氏道："回去是应该回去，舅舅的话终究不错，我算嚛倒难唲。"二宝带泣嚷道："妈嚛还要说舅舅好！舅舅光会埋怨我们两声，说到了洋钱就不管帐，走了！"朴斋便也道："舅舅的话也说得稀奇：妹妹一块坐在这儿，倒说给人骗了去了！骗到哪去啦？"瑞生冷笑道："不是我在瞎说：你们这舅舅真正岂有此理！我们朋友们，不得了的时候，也作兴通融通融，你做了个舅舅倒不管帐！这种舅舅就不认得他也没什么要紧！"

　　大家议论一番，丢过不提。瑞生重复解劝二宝，安慰洪氏，并许为朴斋寻头生意，然后告辞别去。秀英挽留不住，嘱道："等会还到这儿来吃晚饭。"

　　瑞生应诺，下楼出门，行过两家门首，猛然间一个绝俏的声音喊"施大少爷"。瑞生抬头一望，原来是袁三宝在楼窗口叫唤，且招手道："来坐会唲。"

　　瑞生多时不见三宝，不料长得如此丰满，想要趁此打个茶围，细细品题。可巧另有两个客人，劈面迎来，跫进袁三宝家，直上楼去，瑞生因而止步。袁三宝亦不再邀，回身转而接见两个客人。

　　三宝只认得一个是钱子刚；问那一个尊姓，说是姓高。茶烟瓜子照例敬过。及坐谈时，钱子刚赶着那姓高的叫"亚白哥"。三宝想着京都杂剧中《送亲演礼》这出戏，不禁格声一笑。子刚问其缘故,三宝掩口葫芦,那高亚白倒不理会。

俄延片刻,高亚白钱子刚即起欲行。袁三宝送至楼梯边。两人并肩联袂,缓步逍遥,出清和坊,转四马路,经过壶中天大菜馆门首。钱子刚请吃大菜,亚白应承进去,拣定一间宽窄适中的房间。堂倌呈上笔砚。子刚略一凝思,随说:"我去请个朋友来陪陪你。"写张请客票,付与堂倌。亚白见写的是"方蓬壶",问:"可是蓬壶钓叟?(注二)"子刚道:"正是;你怎么认得他的呀?"亚白道:"因为他喜欢作诗,新闻纸上时常看见他大名。"

不多时,堂倌回道:"请客就来。"子刚再要开局票,问亚白:"叫什么人?"亚白颦蹙道:"随便好了。"子刚道:"难道上海多少倌人,你一个也看不中?你心里要怎么样的一个人?"亚白道:"我自己也说不出。不过我想她们做了倌人,'幽娴贞静'四个字用不着的了;或者像王夫人之林下风,卓文君之风流放诞,庶几近之。"子刚笑道:"你这样大讲究,上海不行的!我先不懂你的话!"亚白也笑道:"你也何必去懂它?"

说时,方蓬壶到了。亚白见他花白髭须,方袍朱履(注三),仪表倒也不俗。蓬壶问知亚白姓名,呵呵大笑,竖起一只大指道:"原来也是个江南大名士!幸会!幸会!"亚白他顾不答。

子刚先写蓬壶叫的尚仁里赵桂林及自己叫的黄翠凤两张局票。亚白乃道:"今天去过的三家,都去叫了个局罢。"子刚因又写了三张,系袁三宝李浣芳周双玉三个。接着取张菜单,各拣爱吃的开点几色,都交堂倌发下。蓬壶笑道:"亚白先生可谓博爱矣!"子刚道:"不是呀,他的书读得实在太通了,没有对劲的倌人,随便叫叫。"蓬壶抵掌道:"早点说了喴!有一个在那儿,包你蛮对!"子刚道:"什么人哪?去叫了来看。"蓬壶道:"在兆富里,叫文君玉。

客人为了她眼睛高不敢去做,就像留以待亚白先生的品题。"亚白因说得近情,听凭子刚写张局票后添去叫。

须臾,吃过汤鱼两道,后添局倒先至。亚白留心打量那文君玉仅二十许年纪,满面烟容,十分消瘦,没甚可取之处,不解蓬壶何以剧赏。蓬壶向亚白道:"你等会去,看见君玉的书房,那才收拾得出色!这面一排都是书箱;一面四块挂屏,客人送给她的诗都裱在那儿。上海堂子里哪有呀!"

亚白听说,恍然始悟,爽然若失。文君玉接嘴道:"今天新闻纸上,不晓得什么人,有两首诗送给我。"蓬壶道:"这时候上海的诗,风气坏了!你倒是请教高大少爷作两首出来替你扬扬名,比他们不知好多少呐!"亚白大声喝道:"不要说了!我们来划拳!"

子刚应声出手,与亚白对垒交锋。蓬壶独自端坐,摇头闭目,不住咿唔。亚白知道此公诗兴陡发,只好置诸不睬。迨至十拳划过,子刚输的,正要请蓬壶捉亚白赢家。蓬壶忽然呵呵大笑,取过笔砚,一挥而就,双手奉上亚白道:"如此雅集,不可无诗;聊赋俚言,即求法正。"亚白接来看,那张纸本是洋红单片,把诗写在粉背的,便道:"蛮好一张请客票!可是外国纸?倒可惜!"说毕,随手撩下。

子刚恐蓬壶没意思,取那诗朗念一遍。蓬壶还帮着拍案击节。亚白不能再耐,向子刚道:"你请我吃酒呀,我这时候吃了的酒要还给你了嗷!"子刚一笑,搭讪道:"我再跟你划十下!"亚白说:"好!"这回是亚白输了。只为出局陆续齐集,七手八脚争着代酒,亚白自己反没得吃。文君玉代过一杯酒先去。

蓬壶揣知亚白并不属意于文君玉,和子刚商量道:"我们两个人总要替他找一个对劲点的才好;不然,未免辜负了他的才情了

方家
貽笑真味
茗池

嘿。"子刚道:"你去替他找罢,这个媒人,我做不了。"黄翠凤插嘴道:"我们那儿新来的诸金花好不好?"子刚道:"诸金花,我看也没什么好,他哪对劲呀!"亚白道:"你这话先说错了:我对不对倒不在乎好不好。"子刚道:"那我们一块去看看也行。"

当下吃毕大菜,各用一杯咖啡,倌人客人一哄而散。蓬壶因赵桂林有约,同亚白子刚步行进尚仁里,然后分别。方蓬壶自往赵桂林家。高亚白钱子刚并至黄翠凤家。翠凤转局未归,黄珠凤黄金凤齐来陪坐。子刚令小阿宝喊诸金花来。小阿宝承令下去。

子刚先向亚白诉说诸金花来由道:"诸金花嚜是翠凤娘姨诸三姐(注四)的讨人。诸三姐亲生女儿叫诸十全,做着了姓李的客人,借了三百洋钱买的诸金花,这时候寄放在这儿,过了节,到么二上去了。"

话未说完,诸金花早来了,敬过瓜子,侍坐一旁。亚白见她眉目间有一种淫贱之相,果然是么二人材,兼之不会应酬,坐了半日,寂然无言。亚白坐不住,起身告别。子刚欲与俱行。黄金凤慌的拦住道:"姐夫,不要走喂!姐姐要说的呀!"

子刚没法,只得送高亚白先去。金凤请子刚躺在榻床上,自去下手取签子替子刚烧鸦片烟。子刚一面吸烟,一面和金凤讲话。吸过三五口,只听得楼下有轿子进门,直至客堂停下,料道是黄翠凤回家。

翠凤回到房里,换去出局衣裳,取支银水烟筒向靠窗高椅而坐,不则一声。金凤乖觉,竟拉了黄珠凤同过对面房间,只有诸金花还呆脸兀坐,如木偶一般。

注一:最有名的清一色长三户的里巷。

注二：蓬壶即蓬莱，"海外三神山"之一。当时实有一个很有名的文人用蓬壶钓叟笔名。

注三：《醒世恒言》《勘皮靴单证二郎神》小说中，太师有个门生新点知县，衣履敝旧，太师赠"圆领一袭，……京靴一双……"中国古时都是斜领，圆领自西域传入，到宋明显然成为较贵重的服装。斜领使袍褂下缘参差不齐，圆领衣服下摆平齐，两边成直角，所以称"方袍"，看上去较整洁俐落。斜领逐渐被淘汰，成为"道袍"。圆领也可能僧俗都能穿。《警世通言》"白娘子"故事中，法海禅师初出场，"眉清目秀，圆顶方袍。"人类都是"圆颅方趾"，"圆顶"不是特点，疑是抄手笔误，应作"圆领"，"领""顶"二字笔划读音都相近。满清带来竖立的衣领，但还是挖的圆领口，也还是"圆领方袍"。"朱履"是早已没有男人穿了。不过富贵人家的老翁有时候爱穿老古董，迟至一九一〇年间，北京还有老人穿满帮绣寿字的大红鞋。书中此处的"方袍朱履"大概不过是袭用明人小说词句，表示是古色古香的装束。

注四：显然诸三姐曾经在黄二姐处帮佣。她们就是有名的"七姊妹"——如果不是诸三姐吹牛的话——黄二姐雇用她也还是照顾一个不得意的义妹，结拜的事当然隐去不提了。

第三二回

诸金花效法受皮鞭　　周双玉定情遗手帕

按黄翠凤未免有些秘密话要和钱子刚说，争奈诸金花坐在一旁，可厌已甚。翠凤眼睁睁看她半日，不禁好笑，问道："你坐这儿干什么？"金花道："钱大少爷喊我上来的呀。"翠凤方才会意，却叹口气道："钱大少爷喊你上来嚜，替你做媒人呀！你可晓得？"金花茫然道："钱大少爷没说嚜。"翠凤冷笑道："——好！"子刚连忙摇手道："你不要怪她；高亚白的脾气，我本来说不对劲的，一会都坐不住，教她也无法应酬起。"翠凤别转脸道："要是我的讨人，像这样子，一定一下子拧死了（注一）拉倒！"子刚婉言道："你要教教她的嚜；她刚出来，没做过生意嚜哪会呀！"

翠凤从鼻子里叹出一声道："看着我们娘姨要打她嚜，好像可怜；哪晓得打过了，随便跟她去说什么话，她总不听你的了，你说可气人！"金花忙答道："姐姐说的话，我都记着，要慢慢的学起来的呀；对不对？"翠凤倒又笑而问道："你在学什么呀？"金花堵住口，说不出。子刚亦自粲然。

翠凤吸过两口水烟，慢慢的向子刚道："她这人生来是贱胚！她见了打嚜，也怕的，那你巴结点嚜；碰上她了嚜，说一声，动一动！"说着，转向金花道："我跟你说了罢：照这样子，还要好好的打两回才行哩！"

金花听说，呜咽饮泣，不敢出声。翠凤却也有些怜惜之心，复叹口气道："你做讨人，还算你运气；碰上了我们的妈，你去试试看！珠凤比你还要乖觉点，不要说什么打两下，裹裹脚脚指头就少掉了三只！"金花仍一声儿不言语。

翠凤且自吸水烟；良久，又向子刚道："论起来，她们做老鸨，买了我们讨人要我们做生意来吃饭的呀；我们生意不会做，她们不要饿死了？自然要打了嚒。我们生意好了点，她们可敢打呀？应该来拍拍我们马屁。就是像她这种铲头倌人，替老鸨做了生意还要给老鸨打，我总不懂她为什么这样贱！"

说话之时，只听得楼下再有一肩轿子进门，接着外场报说："罗老爷来。"黄金凤早于楼梯边迎接，叫声"姐夫，到这儿来嘬。"罗子富径往对过房间。

这里钱子刚即欲兴辞。黄翠凤一把拉住，喝令诸金花："对过去陪陪！"金花去后，子刚方悄问翠凤道："你没跟妈说过？"翠凤道："没有。这时候去说，怕说僵了倒不好，过了节再看。这儿的事，你不要管，话嚒我自己去说。罗出了身价，你替我衣裳头面家具办好了就是了。"

子刚应诺遂行。翠凤并不相送，放下水烟筒，向帘前喊道："过来好了。"于是金凤手挈罗子富，珠凤跟在后面，小阿宝随带茶碗及脱下的衣裳一齐拥至房里，惟诸金花去楼下为黄二姐作伴。

子富见壁上挂钟敲了十下，因告诉翠凤明晨有事，要早点回去睡觉。翠凤道："就在这儿，你也早点睡好了嚒。我有话跟你说，不要回去。"

諸金花效法受皮鞭

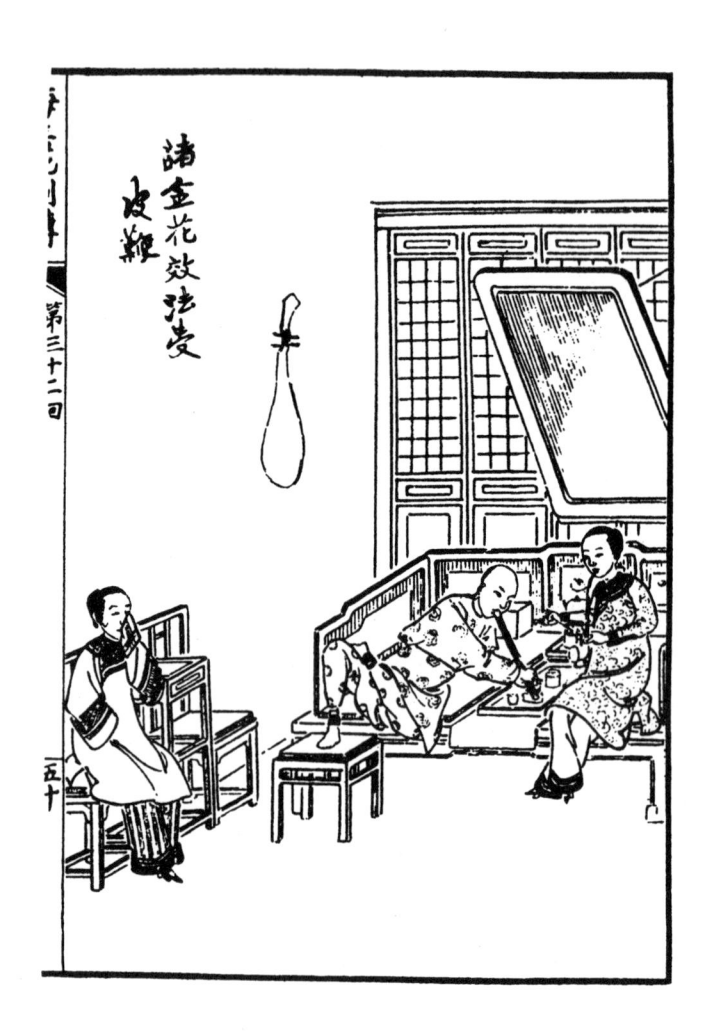

子富自然从命，令高升和轿班回寓。翠凤喊赵家妈来收拾停当，打发子富睡下。赵家妈暨金凤珠凤小阿宝陆续散出。翠凤料定没有出局，也就安置；在被窝中与子富交头接耳，商量多时，不必明叙。

高升知道次日某宦家喜事，借聚丰园请客，主人需去道喜，故绝早打轿子伺候。等到子富起身，乘轿往聚丰园，已是冠裳满座，灯彩盈门。

吃过喜筵，子富不复坐轿，约同陶云甫陶玉甫朱蔼人朱淑人两家弟兄，出聚丰园，散步闲行，适遇洪善卿，拱手立谈。朱蔼人忽想起一事，只因听见汤啸庵说善卿引着兄弟淑人曾于周双玉家打茶围，恐淑人年轻放荡，难于防闲，有心要试试他，便和洪善卿说："好几天没看见贵相知，可好一块去探望探望她？"善卿亦知其意，欣然愿导。陶云甫道："我们不去了哦。多少人跑了去，算什么呀？"朱蔼人道："我自有道理，不碍事的。"

当时洪善卿领了罗子富及陶朱弟兄，共是六人，并至公阳里周双珠家。双珠见这许多人，不解何故，迎见请坐，复喊过周双玉来。

朱蔼人一见双玉，即向淑人道："你叫了两个局，没吃过酒，今天朋友齐了，都在这儿，我替你喊个台面下去，请请他们。"朱淑人应又不好，不应又不好，忸怩一会，不觉红涨于面。罗子富最为高兴，连说："蛮好，蛮好。"催大姐巧囡："快点去喊哦。"淑人着急，立起身来阻挡道："我们还是到馆子里去吃，叫个局罢。"子富嚷道："馆子我们不要吃，这儿好。"不由分说，径令巧囡去喊："就这时候摆起来。"陶云甫向朱蔼人道："你这老哥哥倒不错，可惜淑人不像你会玩。我们玉甫做了你兄弟，那才一块玩玩，对劲了。"陶玉甫见说到自己，有些不好意思。

朱蔼人正色道："我们住家在租界上，索性让他们玩玩。从小看惯了，倒也没什么要紧；不然，一直关在书房里，好像蛮规矩，放出来了，来不及的去玩，那倒坏了！"洪善卿接说道："你话是不错，那也要看人起。淑人嚜没什么要紧。倘若喜欢玩的人，终究玩不得。"说得朱淑人再坐不住，假做看单条字画，掩过一边，匿面向壁；连周双玉亦避出房外。周双珠笑道："他们两个人一样的脾气：话嚜一句都没有，肚子里蛮乖觉呐。"大家呵呵一笑，剪住话头。

迨至台面摆好，阿金请去入席，众人方踅过对面周双玉房间，即时发局票，起手巾，无需推让，随意坐定。朱淑人虽系主人，也不敬酒，也不敬菜，径自敛手低头，嘿然危坐。周双玉在旁，也只说得一句："请用点。"众人举杯道谢，淑人又含羞不应。阿德保奉上第一道鱼翅，众人已自遍尝，独淑人不曾动箸。罗子富笑道："你这主人要客人来请你的！"因即擎起牙筷，连说："请，请，请。"羞得淑人越发回过头去。朱蔼人道："你越是去说他，他越不好意思；索性让他去罢。"为此朱淑人落得一概不管。幸有本堂局周双珠在座代为应酬，颇不寂寞。

一时，黄翠凤林素芬覃丽娟李漱芳陆续齐集。罗子富首先摆庄。宾主虽止六人，也觉兴致勃勃。朱淑人捉空斜过眼梢望后偷觑，只见周双玉也是嘿然危坐，袖中一块元色熟罗手帕拖出半块在外。淑人趁台面上划拳热闹，暗暗伸过手去要拉她手帕；被双玉觉着，忙将手帕缩进袖中，依然不睬。淑人没奈何，自己去腰里解下一件翡翠猴儿扇坠，暗暗递过双玉怀里。双玉缩手不迭。淑人只道双玉必然接受，将手一放，那猴儿便滴溜溜滚落楼板上。周双珠听见声响，即问："丢掉了什么东西？"令巧囡去桌下寻觅。淑人心慌，亲自去拾，不料双玉一脚踹住那猴儿，遮在袴脚管内，推说"没什么"，随取酒壶转令巧囡去添酒，因此掩饰过去。

适临着淑人打庄，罗子富伸拳候教。淑人匆促应命，连输五拳。淑人取酒欲饮，忽听周双珠高声唤道："双玉哩？来代酒呀。"淑人回身去看，果然周双玉已不在座，连楼板上翡翠猴儿也不知去向。淑人始放下心。巧囡适取酒进房，代饮两杯，再唤双玉来代。双玉代过酒，仍是嘿然危坐。淑人再去偷觑，只见双玉袖中另换一块湖色熟罗手帕，也拖出半块在外。淑人会意，又暗暗伸过手去要拉。双玉正呆着脸看台面上划拳，全不觉得，竟为淑人所得，揣在怀里，不胜之喜，意欲出席背地取那手帕来赏鉴赏鉴，又恐别人见疑，姑且忍耐。

无如罗子富兴致愈高，自己摆庄之后，定要每人各摆一庄。后来陶玉甫不胜酒力，和李漱芳先行。林素芬覃丽娟随后告辞。黄翠凤上前撤去酒杯，按住罗子富不许再闹，方才散席。黄翠凤催着罗子富同去。朱蔼人陶云甫向榻床对面躺下，吸烟闲谈。洪善卿踅过周双珠房间。剩下朱淑人，独自一个溜出客堂，掏取怀里那手帕，随手一抖，好像一股热香氤氲喷鼻，仔细一闻，却又没有什么。淑人看那手帕乃是簇新的湖色熟罗，四围绣着茶青狗牙针，不知是否双玉所绣；翻来覆去，骇想一回，然后摺叠起来，藏好在荷包袋内。正欲转身，忽见周双玉立在屏门背后偷觑微笑，淑人又含羞要避。双玉点首相招。淑人喜出望外，急急赶去。双玉却沉下脸咕噜道："你此地认得了呀！同多少人一块来干什么？"淑人低声陪笑道："那么过两天我一个人来。"双玉道："你有多少事啊？好忙！还要过两天！"淑人告罪道："说错了，明天来；明天一定来！"双玉始不言语。淑人亦就回房。

周雙玉定情遺手帕

朱蔼人陶云甫各吸两口烟，早是上灯时候，叫过洪善卿来，并连朱淑人相约同行。周双珠周双玉并送至楼梯边而别。

双珠归到自己房间，双玉跟在后面。双珠不解其意，相与对坐于烟榻之上。双玉先自腼腆而笑，取出那翡翠猴儿给姐姐看。双珠看见那猴儿浑身全翠，惟头是羊脂白玉，胸前捧着一颗仙桃，却是翡色，再有两点黑星，可巧雕作眼睛，虽非稀罕宝贝，料想价值匪轻；问双玉道："可是五少爷送给你了？"双玉不答，仅点点头。双珠笑道："那是送给你的表记，拿去好好的收起来。"

双玉脸色一雌（注二），叫声"姐姐"，央及道："不要给洪老爷晓得㖸。"双珠问："为什么？"双玉道："洪老爷要告诉他们家里的呀。"双珠道："洪老爷嘿为什么去告诉他们家里呢？"双玉呐呐然说不出口。双珠举两指头点了两点，笑道："你嘿真正是外行！你做五少爷是刚做起呀；告诉了洪老爷嘿，随便什么事拜托拜托，倘若五少爷不来，也好教洪老爷去请，不是蛮好？为什么要瞒他？"双玉道："那么姐姐跟洪老爷说一声，好不好？"双珠沉吟道："我说也行；就不过五少爷的话，你都要说出来，那我就替你说。"双玉道："五少爷没说什么，就说是明天来。"双珠沉吟不语。

双玉取那翡翠猴儿，复欣欣然下楼，到周兰房间里，要给妈看。只见周兰躺在榻床上，沉沉闭目，烟迷正浓，周双宝爬在榻床前烧烟。双玉不敢惊动，正要退出。不想周兰并未睡着，睁眼叫住，问双玉："什么事？"双玉为双宝在，不肯显然呈出，含糊混过。周兰只道双玉又要说双宝的不是，因支使双宝出房。双宝去后，双玉然后近前，靠着周兰腿膀，递过那翡翠猴儿。周兰擎在掌中，啧啧称赞。

双玉满心欢喜，待要诉说朱淑人如何情形，忽听得楼梯上咕咭咯咯是双宝脚声上楼。双玉急急收起猴儿,辞了周兰,蹑手蹑脚,一直跟到楼上。双宝径进双珠房间。双玉悄立帘下,暗中窃听。听那双宝带哭带说道:"我碰上了前世里冤家!刚刚闹了一场什么,这时候又在说我什么!我是一定活不了命的了!"双珠道:"她不是说你哝。"双宝道:"怎么不是呀!不是嚜,为什么叫我走开点?"

双玉听到这里,好似一盆焰腾腾炭火端上心头,欻地掀帘,挺身进去,向靠壁高椅一坐,盛气说道:"我跟妈说句话,你可是不许我说?我就依了你,从此以后,总不到妈房间里去说一声话好了!好不好?"双珠厌开口舌,攒眉嗔道:"什么要紧的事呀!"一面调开双宝,一面按住双玉。双玉见姐姐如此,亦就隐忍。

晚餐以后,大家忙乱出局。及十点多钟,双珠先回。洪善卿吃得醉醺醺的,接踵而至。双珠令阿金泡一碗极酽的雨前茶给善卿解渴,随意讲说,提起朱淑人和双玉来。双珠先嗤的一笑,然后说道:"这时候的清倌人比浑倌人花头还要大!你跟他们一块在台面上,可是不晓得?"善卿问故。双珠遂将淑人赠翡翠扇坠与双玉之事细述一遍。善卿道:"双玉也好做大生意了;就让他来点了大蜡烛罢。"双珠道:"好的,你做媒人了嚜。"善卿道:"媒人你去做,我嚜帮帮你好了。"双珠应诺。计议已定,一宿无话。

次日午牌时分,善卿双珠同时起身,洗了脸,吃些点心,阿金即送上一张请客票。善卿看是王莲生的,请至张蕙贞家面商事件,送令传话说:"晓得了。"善卿就要兴辞。双珠嘱咐:"等会来。"善卿道:"等会淑人来,我尴尬,倒是不来的好。"双珠想也不差。

善卿乃离了周双珠家,出公阳里,经同安里,抄到东合兴张蕙贞家,上楼进房。那张蕙贞还蓬着头,给王莲生烧鸦片烟。莲生迎见善卿,当令娘姨去叫菜吃便饭。善卿坐下。莲生授过一篇帐目，托善卿买办。善卿见开着一副翡翠头面，件件俱全，注明皆要全绿。善卿道："翡翠东西，我跟你一块去买的好。推扳点，百十洋钱也是一副头面；倘若要好的，再要全绿，恐怕要千把了喏。"蕙贞插嘴道："我说一千洋钱还不彀哩。你去算喏。一对手镯就几百洋钱也不稀奇嚜。"善卿问蕙贞："可是你要买？"蕙贞倒笑起来道："洪老爷说笑话了！我嚜可配呀？金的还没全哩，要翡翠的做什么？"善卿料知是为沈小红办的了。

当时蕙贞去客堂窗下梳头，莲生躺在榻床上吸烟。善卿移坐下手，问莲生道："沈小红那儿，你今年用掉了不少了呀，还要办翡翠头面给她？"莲生蹙额不语。善卿道："我说你就回掉了她也没什么。"莲生叹口气道："你先替她办两样再说。"善卿度不可谏，不若见机缄口为妙。

须臾，娘姨搬上聚丰园叫的四只小碗并自备的四只荤碟，又烫了一壶酒来，莲生请善卿对坐小酌。

注一：指拧转鸡颈，杀鸡的一法。
注二：像要哭的神气。

* 初刊一九八二年四月至一九八三年十一月台北《皇冠》杂志，一九八三年十一月皇冠杂志社出版单行本，题《海上花》；收入《张爱玲全集》分为《海上花开——国语海上花列传Ⅰ》、《海上花落——国语海上花列传Ⅱ》。

著作权合同登记号　　图字：01-2018-4232

本书由皇冠文化集团授权，仅限于中国大陆地区发行，不得销售至港、澳及任何海外地区。

图书在版编目（CIP）数据

海上花开 /（清）韩邦庆著；张爱玲译注 . —北京：北京十月文艺出版社，2019.9（2024.7重印）
（张爱玲全集）
ISBN 978-7-5302-1870-9

Ⅰ.①海… Ⅱ.①韩…②张… Ⅲ.①长篇小说—中国—现代　Ⅳ.① I246.5

中国版本图书馆CIP数据核字（2018）第195878号

海上花开
HAISHANG HUAKAI
（清）韩邦庆　著
张爱玲　译注

出　　版	北京出版集团公司
	北京十月文艺出版社
地　　址	北京北三环中路6号
邮　　编	100120
网　　址	www.bph.com.cn
发　　行	新经典发行有限公司
	电话 (010)68423599
经　　销	新华书店
印　　刷	河北鹏润印刷有限公司
版　　次	2019年9月第1版
印　　次	2024年7月第11次印刷
开　　本	850毫米×1168毫米　1/32
印　　张	11.25
字　　数	252千字
书　　号	ISBN 978-7-5302-1870-9
定　　价	58.00元

质量监督电话　010-58572393
如有印装质量问题，由本社负责调换。

版权所有，未经书面许可，不得转载、复制、翻印，违者必究。